MYSTERY LEAGUE

上海殺人人形《ドール》

獅子宮敏彦
Shishigu Toshihiko

原書房

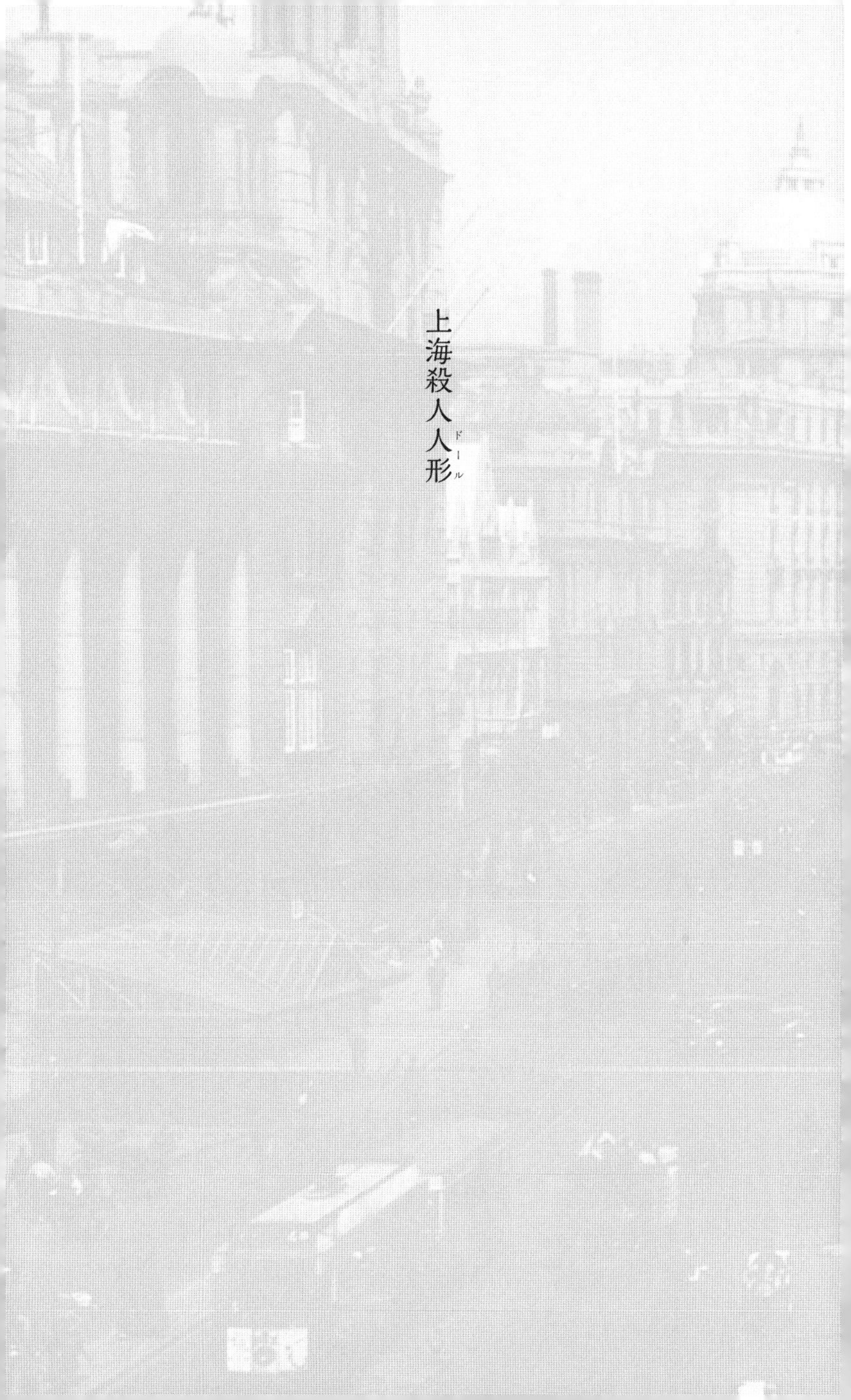

上海殺人人形《ドール》

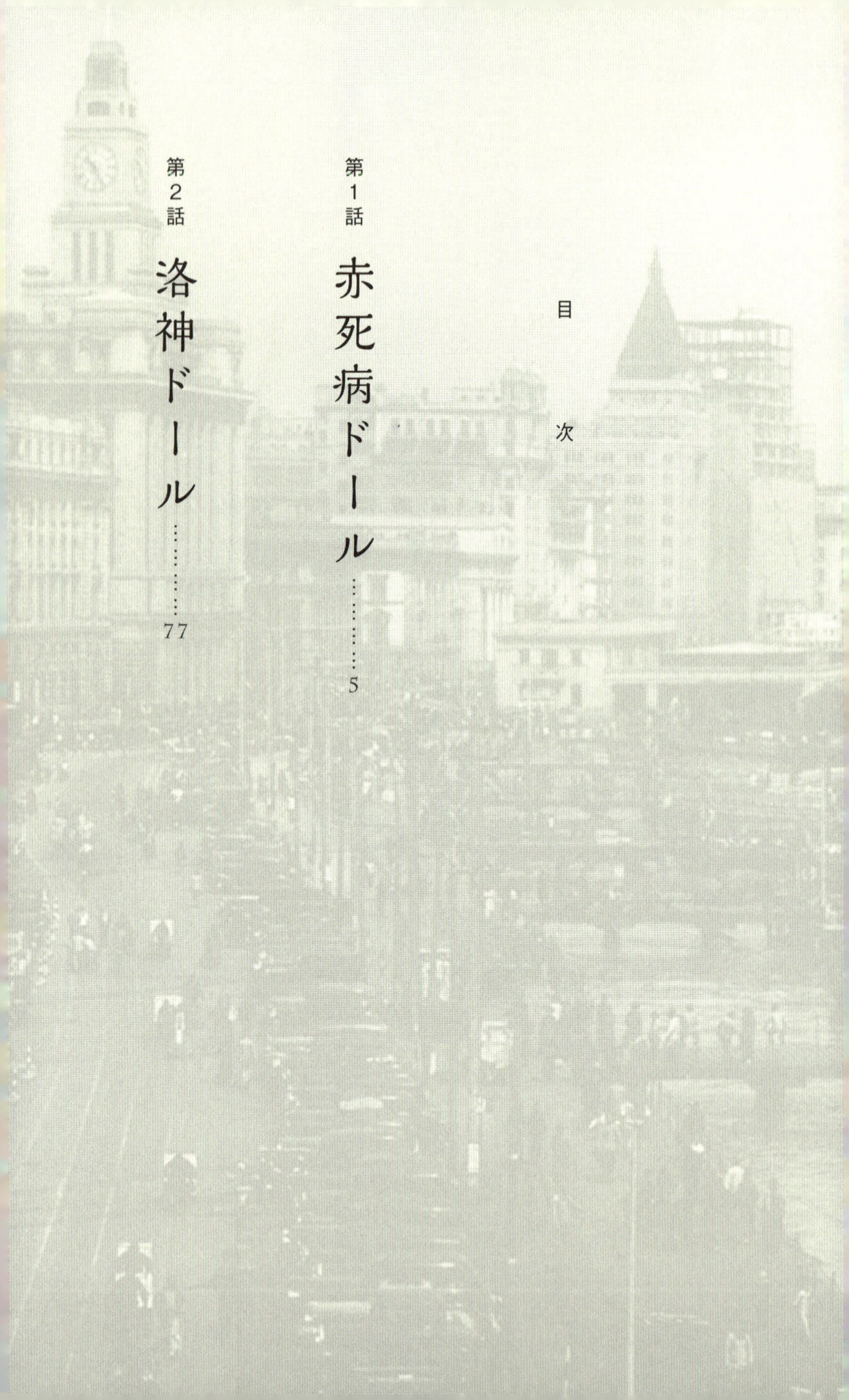

目次

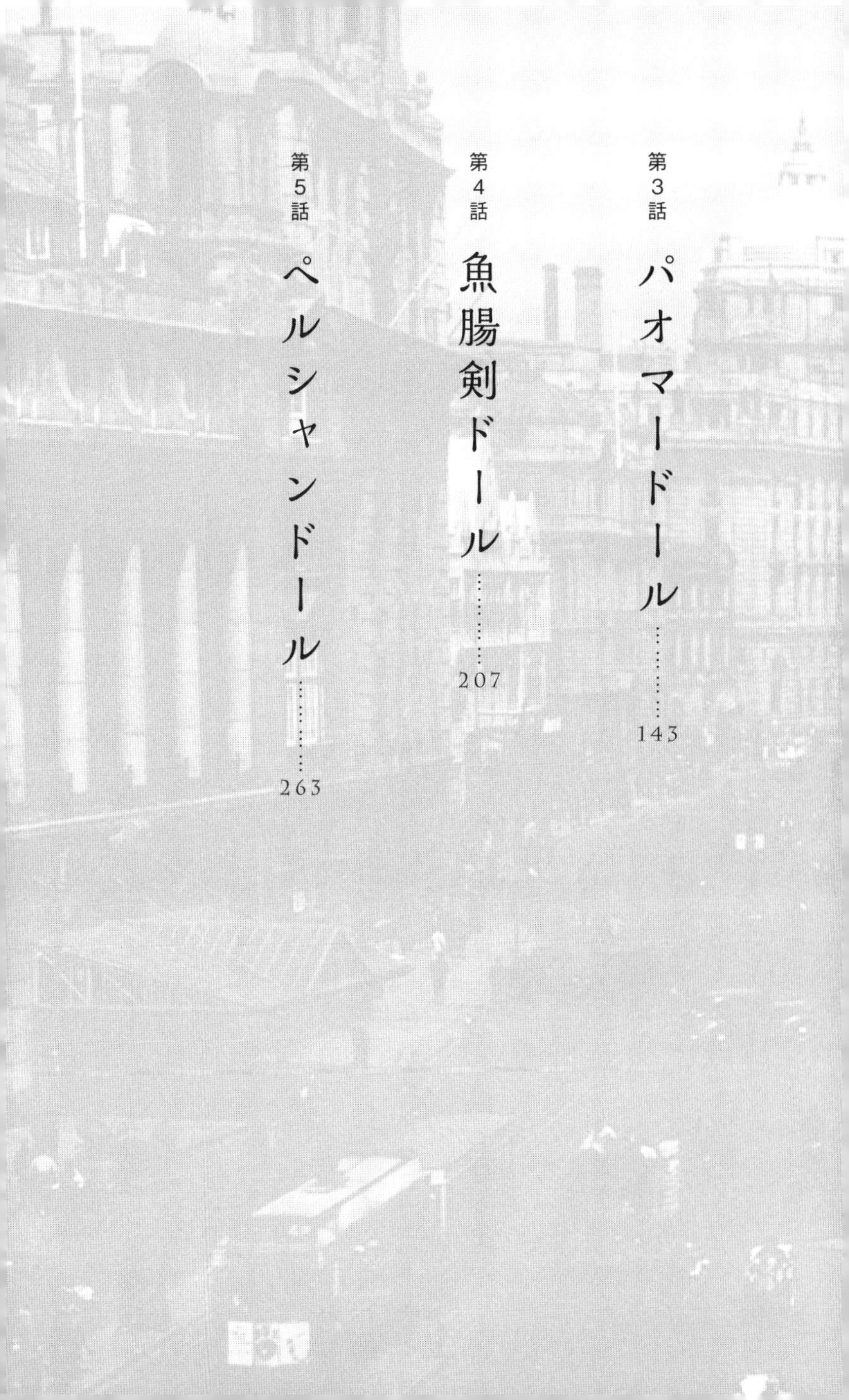

第1話 赤死病ドール

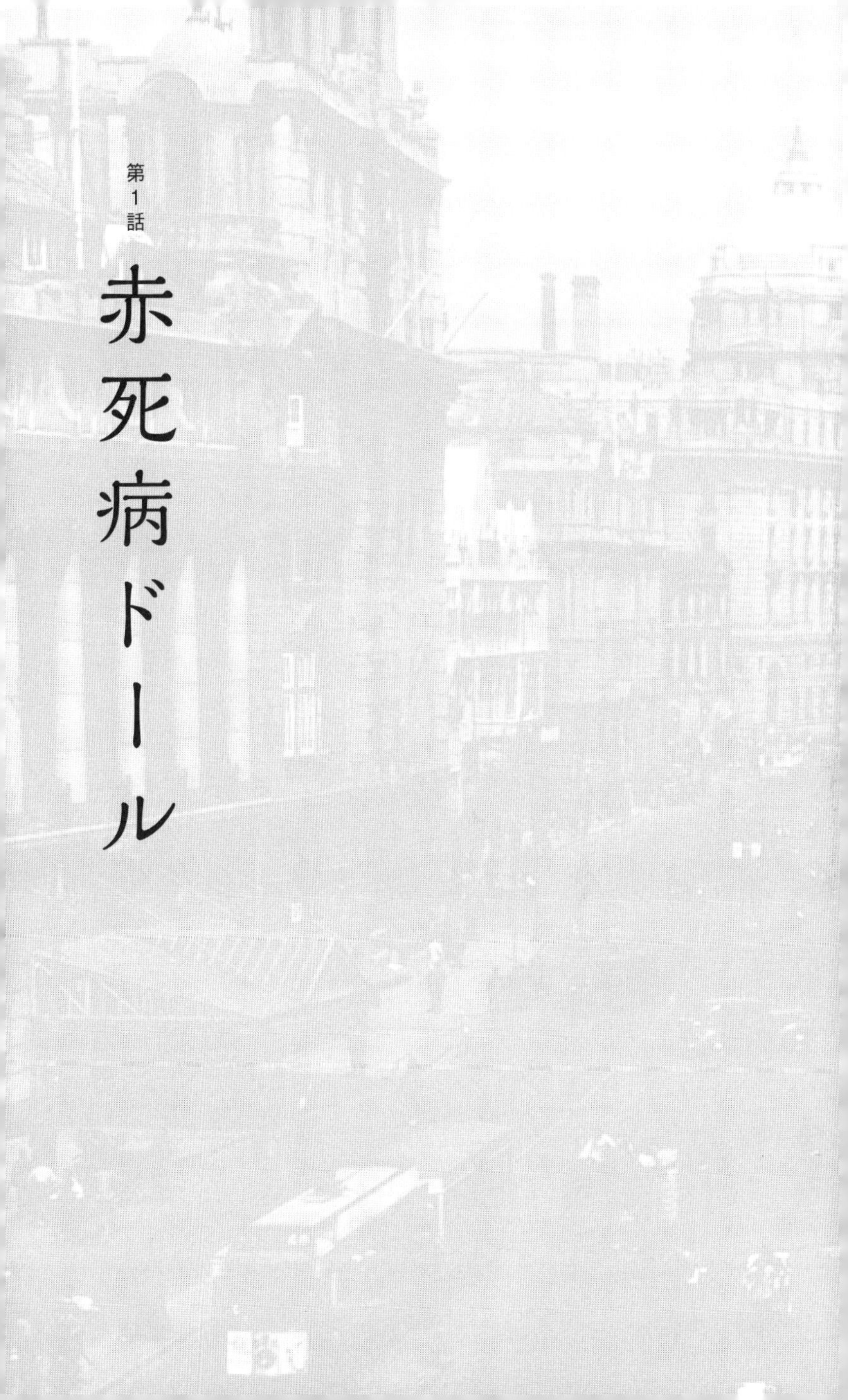

1

——豹徳林《ひょうとくりん》将軍没落。

早瀬《はやせ》秀一《しゅういち》が広げている新聞に、そんな見出しが載っていた。その横には、どじょう髭に禿頭《とくとう》という特徴的な男の顔写真も出ている。

早瀬が見ているのは、上海の華字新聞『春申正紙《しゅんしんせいし》』である。

それを覗き込んできた男が、

「ほう。満州のパンサーも、とうとう日本に降参か」

と言った。

西洋人であった。

早瀬も、少しは英語がわかる。確か英字新聞『デイリー・チャイナ・ポスト』のエリオットと名乗っていた筈だ。

「おいおい、これはな——」

早瀬は、言ってやらなければと思い、口を開きかけたのだが、その時、

「いよいよ上海ピュアドールのお出ましだ」

と、別の英語が聞こえてきた。

早瀬も口を噤《つぐ》み、新聞を閉じて、背広の内側へねじ込んだ。

早瀬がいるのは、上海の共同租界――そのメインストリートというべき南京路《なんきんろ》で、屈指の偉容を誇る高級ナイトクラブ『ルビイ』であった。店内のメインホールにある記者席に陣取っている。

ホールの客たちは、みなきっちりとした服装をしていて、記者も例外ではない。それなのに、早瀬の背広は、皺だらけのヨレヨレで、髪の毛はボサボサ、顔には無精鬚が生えている。明らかに場違いであった。しかも、早瀬は、日本人の中でも小柄な方なので、西洋人の中にいると、余計にみすぼらしい。まわりの記者は、胡乱《うろん》な目で早瀬を見ている。

『デイリー・チャイナ・ポスト』をはじめ、まわりは一流の新聞社ばかりであり、早瀬のいる『上海蛇報《じゃほう》』とは月とスッポンなので、仕方がないとはいえる。

「それにしても、麟《りん》のヤツ、こんなところだぐらいは言ってくれりゃあいいのに――」

早瀬は、ブツブツとこぼしながら、正面のステージへ目をやった。

ステージではバンドが準備を終え、西洋人の司会者が、

「これよりレディー・ヨウの登場です」

と、口上を述べている。

ライトが一斉に消され、一秒か二秒の間をおいて再び灯った時には、影も形もなかった中央のマイクの前に人が立っていた。客席から拍手と歓声がひと際高く鳴り響く。勿論、記者席も同様だ。客も記者もほとんどが白人で、東洋人は早瀬と、日本人がもう一人いるだけ。

ステージに現われた人物は、黒い燕尾服《えんびふく》に黒いシルクハットをかぶり、細くスラリとした身体

付きをしていた。髪の毛はシルクハットに隠れてほとんど見えない。そして、バンドの演奏とともに歌い出す。

歌は、早瀬も知っているものであった。

ドイツの妖花――マレーネ・ディートリッヒが『嘆きの天使』という映画の中で歌った『フォーリン・ラブ・アゲイン』。日本語に訳せば、『また恋をしちゃった』とでもなるであろうか。その題名通り、どこか切なく、どこか気だるげに、そして、甘く悩ましげに歌っている。

男の格好をしているが、司会者がレディーと言ったように女であった。そのことは、身体付きからもはっきりとわかる。ほどよくくびれた腰と膨らんだ胸の柔らかなラインが、服を通しても隠しようもなく浮かび上がっているのである。手脚も長くてしなやかであり、背丈も女性にしては高く、それが、男装にしっかりと似合っている。

あの男装はやはりディートリッヒが出演した『モロッコ』のワンシーンを模しているものだということが、早瀬にもわかった。

女は、『フォーリン・ラブ・アゲイン』に続いて、『モロッコ』の挿入歌や、ディートリッヒが上海リリーという役を演じた『上海特急』の主題歌などを歌い、万雷の拍手を浴びていた。東洋人のようだが、英語もフランス語もドイツ語も実に滑らかで、澄んだ歌声は、時に妖しく、時に心地よく響き、相当な歌唱力であることが、素人にもわかる。

そして、女は、きりりと引き締まった表情で、冴えた視線を客席へ投げ掛けていた。歓声と拍手に笑顔で応えるわけでもなく、口と視線が動くだけで、表情は全く変わらない。

歌が終わり、女が礼をすると、司会者が、

「次は、ダンスをお目にかけます」

と言って、拍手と歓声がさらに大きくなった。

また照明が消え、やはり一、二秒の間をおいて灯った時――。

ホールは、どよめきに包まれた。

ステージには、別の女が立っていた。黒髪が肩の下にまで流れ、頭に小さな王冠のようなものをかぶっている。衣装は、ゆったりとした上衣に、やはりゆったりとしたズボンを身に着けているが、薄い絹のような素材でできているせいか、その中がすっかり透けていた。

しかも、その中身というのが胸と腰の辺りを覆っているだけで、それ以外は、生身の肢体がくっきりと見えているのである。『アラビアン・ナイト』にでも出てくるような姿であった。長い脚は、百万ドルの脚線美といわれたディートリッヒにも負けない。早瀬の目には、そう映った。

しかし、最初は別の女だと思ったが、周囲の反応で、さっきと同じ人物であるとわかった。短い消灯の間に、歌舞伎の早変わりをもしのごうかという素早さで、衣装を変えたらしい。長い黒髪は、シルクハットの中に隠していたようだ。

バンドが演奏を始めると、女は踊り出した。妖しく悩ましい踊りであった。

早瀬は、写真でしか見たことがないが、歌っていた時がディートリッヒなら、これは、先の大戦で英仏双方の関係者を手玉にとったとされる女スパイ――マタ・ハリではないかと思った。あの大胆な衣装も、マタ・ハリを彷彿とさせる。

女の踊りは、曲が進むごとに奔放《ほんぽう》さを増していった。

とにかく、女の身体が信じられないくらいに柔らかかった。身体を後ろに反らせると、顔がお尻にくっ付くほどになるかと思えば、そのまま後方へ倒れ込んで、股の間から顔が出てくる。さらには、両脚が真横に百八十度開いて、ぴたりと床に付き、逆Ｔの字の形になったかと思えば、そのままの状態で肩を支点に逆立ちをして、今度は普通のＴになり、両脚を徐々に閉じていって、ＹからＩの字に変わる。

そういう動きが、随所に取り入れられていたのだ。

観客は、釘付けになっていた。

早瀬も、そうだ。

シルクハットがなくなったことで、女の顔がよく見えるようになった。

明らかに東洋人の顔をしていて、とても美しかった。目鼻や口が整い過ぎるほどに整い、まるで造り物のように思えるほどである。なにしろ女は、表情が全く変わらず、拍手や歓声が起こっても笑みさえ浮かべない。

「あれが魔都の夜に咲く妖しい恋の華――妖恋華《ヨウレンカ》。またの名を上海ピュアドールか」

早瀬は、その人形のような美しさに見惚《みと》れていた。

早瀬秀一は、満州から上海へ来たばかりであった。

あてはなく、知人もおらず、日本人街で一番汚いといってもよさそうな飲み屋で知り合った胡《う》散臭《さんくさ》げな男から、『上海蛇報』を紹介された。

『上海蛇報』は、新聞社ではあるが、自社の新聞を出しているわけではなかった。自分たちでとってきたネタを他社に売り込んだり、依頼を受けて取材を代行したりしていて、ネタもかなりいかがわしいものが多いという正に蛇（邪）道な新聞社であった。

オーナーと呼ばれる経営者がいるらしいのだが、早瀬は、誰なのかを知らず、社員は、他に三人。米国人と中国人の記者に、事務と経理を担当する中国人女性がいるだけであった。それまでは、米国人記者が欧米系の新聞と、中国人記者が華字新聞と関係を持っていて、日系新聞とのルートがなかったため、早瀬は、採用されたのである。

そんな入社間もない早瀬のところへ、『ルビイ』へ行って欲しいという依頼が来た。

「上海には、半年ほど前からエーベルト・シュタインバッハという映画監督が来ているの」

そう言って、彼の記事が載っている華字新聞を見せたのは、事務兼経理の麟と呼ばれている中国人女性であった。牛乳瓶の底のような眼鏡を掛け、冴えない顔をしている。しかも、明らかに年下だ。

英語よりも中国語の方がよくわかる早瀬であったが、まだ上海語には慣れない。それでも、会話はなんかとかできた。

その記事は、シュタインバッハが今夜、『ルビイ』を訪れるというものであった。

「シュタインバッハは、ハリウッドで巨匠といっていいユダヤ人の映画監督だったんだけど、超大作『イノセント』の大失敗でいづらくなり、上海で映画を撮ることになったのよ。上海の租界はユダヤの財閥が牛耳っているから、彼らが援助の手を差し伸べたの」

　早瀬も、『イノセント』のことは知っていた。古代バビロンの巨大セットを造って、まわりを唖然とさせたが、余りにも気難しいテーマであったため、大衆受けをしなかったのだ。

「今夜、シュタインバッハは、妖恋華を目当てに『ルビイ』へ行くわ。シュタインバッハは、女好きとして知られていて、彼女をすっかり気に入ったようね。しかも、今夜は彼を支援している租界の幹部の好意で、『ルビイ』を借り切り、彼らの前で何か重大発表をするそうよ。それで記者も招いているの。どうやらシュタインバッハが上海へ来たのは、映画だけが目的ではなかったみたいなのよ」

　満州にユダヤ人国家を創設しようという計画があるらしい。ドイツでナチス政権が誕生し、ユダヤ人への弾圧が強化されていた。しかし、日の出の勢いのナチスに欧米は腰が引け、援助の手を差し伸べてくれないので、満州にユダヤ人を迎え入れようとしていて、シュタインバッハも、それに絡んでいるという。彼が上海行きに応じたのは、そのための援助をユダヤ財閥から得るためだともいわれているそうだ。

「あたしも、その噂を聞いた時には、まさかと思ったんだけど、ほら、シュタインバッハの横に日本人がくっ付いているでしょう」

　麟は、新聞に掲載されている写真を指差した。確かに東洋人らしい男が写っている。

「この男、コモダというんだけど、ハリウッド時代からシュタインバッハの側にいて、ユダヤ財閥との間を取り持ったのも彼だといわれているそうよ。その彼が、最近、上海にもやって来た。たぶん、シュタインバッハと一緒に『ルビイ』へも姿を現わすでしょう。もし本当に満州ユダヤ国を創るつもりなら、ドイツに接近している日本がどうしてそれを認めるのか。日本人には日本人ということで、あんたにコモダと接触し、取材して欲しいと、英字の記者から依頼が来たのよ。今夜の『ルビイ』に日本の新聞社は呼ばれていないそうだから――。で、これが取材許可証。いい話がとれれば、高値で買うって。うちにこれほどまともな取材の依頼が来るなんて、ほんと珍しいんだから、しっかりやって、あんたの腕を見せてちょうだい。ダメだったら、使い物にならないんでクビ切って下さいってオーナーに言うわよ」

それで、『ルビイ』へ来ることになったのだ。年下の女から、上から日線でハッパをかけられる。余りいい気分はしなかった。しかも、麟は、こんなことも付け加えていた。

「そうそう。『ルビイ』に行くなら、ついでに妖恋華との接触も試みなさいよ。人形みたいにきれいだっていわれていて、『ルビイ』以外には出演しなくて、写真は撮らせないし、取材もほとんどできないそうなの。だから取材ができれば、それも高く売れるわ。写真が撮れればもっと高く売れるわよ。なにしろ二人いる上海ドールの一人、上海ピュアドールなんだからね」

「二人って、もう一人、上海ドールがいるのか」

と、早瀬は聞いていた。

すると、麟は、怪談話でもするかのように、怖い顔になった。

「そう、いるのよ。上海デスドールというのがね。でも、こっちはおっかないわ。だって殺し屋なんだもの」

2

妖恋華のダンスが終わると、エーベルト・シュタインバッハが、ステージに上がってきた。

「いやいや、実によかった。たいへんよかったよ」

と言って、妖恋華の手を握る。しかも、それだけにとどまらず、シュタインバッハの手は、どんどん伸びていって、妖恋華の腕を擦り、肩を撫で、薄い衣装の上から身体のあちこちを触っていた。

妖恋華は、逃げもしなければ、嫌がる素振りも見せなかった。じっと立っているだけだ。表情は変わらず、あれだけ激しいダンスをした後なのに、汗も浮かんでいなければ息も乱していない。

(本当に人形みたいだ)

と、早瀬は思う。

シュタインバッハは、妖恋華の肩を抱きながら、マイクを握った。

「さて、みなさん。今夜は、私の我がままのために集まっていただき、まことに感謝します。私は、ここにいらっしゃるみなさんのおかげで、上海でまた映画が撮れることになりました。しかも、ミスター・コモダがようやく上海へ来て、私もいよいよ本格的に始動しようと思っています。そこで、まず手始めに、これより五日後、私の館でみなさんを招き、『レッドデスパーティー』を催したいと思います。ご存知のことと思いますが、私は、ポオのことがたいへん好きで、ポオの映画も何本か撮ってきました。『モルグ街の殺人』『黒猫』『大鴉』ですな。そして、ハリウッドでは、何度か『レッドデスパーティー』を開き、好評を得てきました。ポオの『赤死病の仮面』に擬《なぞら》えた仮面舞踏会を開き、あの話と同じ謎の怪人物が現われて消えてしまうという趣向を行い、どういうトリックで消えたのか、それを当ててもらうという遊びです。しかも、今回は、今までで最高のトリックを用意することができました。でも、これは単なるパーティーではないのです。私は、これがもしみなさんに好評なら、いや、きっと好評を博すと確信していますが、このトリックで自分なりのアレンジをほどこした『赤死病の仮面』を撮ろうと思っています」

「――――」

「『赤死病の仮面』は、領民が次々と赤死病に斃《たお》れながら、素知らぬふりをして城の中に籠り遊びほうけていた領主と貴族たちが、最後は自分たちも赤死病によってみんな死んでしまうという話です。これは、ドイツで起こりつつあるユダヤ人迫害に腰が引けている欧米の態度に通じる。ユダヤ人問題を放置していれば、いずれ世界はファシズムという赤死病に呑み込まれてしまうでしょう。今度の作品は、それを世界に訴える畢生《ひっせい》の大作にするつもりで、準備もどんどん進んでいるのです。赤死病の仮面を付ける主演も決めていて、その時に発表しましょう。トリックも主演も、みなさんをあっと驚かせること間違いなしです。だから記者諸君には、この件を大々的に書いてもらいたい。ただ『レッドデスパーティー』自体は内輪のものですし、映画ができる前にトリックをばらされても困りますので、記者諸君に来てもらうわけにはいかず、映画の完成を心待ちにしていて欲しい。またパーティーにお招きする紳士淑女のみなさんには、トリックをくれぐれも口外しないようにお願いします。それも見破ることができたら――ということになりますが、見破れなければ映画までのお楽しみということで――」

シュタインバッハは、自信に満ちた表情で挑戦的な笑みを浮かべ、妖恋華の肩を抱いたままステージを降りてきた。

早瀬は、ちょっと肩すかしをくらった格好になった。他の記者も同じだ。

記者たちは、シュタインバッハの方へ駆け寄り、

「映画の話はわかりました。それよりも、満州にユダヤ国家を創るという噂は本当なんですか」

と詰め寄ったが、記者たちの前に、例の日本人と、マイケル・リンチというシュタインバッハのマネージャーが割って入り、

「発表はそれだけだ。明日の新聞にしっかり載せるんだぞ。とっとと失せろ」

と、日本人が英語で怒鳴っている。

早瀬は、彼が菰田精一郎《こもだせいいちろう》という名前であることを、ここへ来るまでに摑んでいた。

撫で付けた髪を丁寧に分け、ビジネスマンらしく装っているが、尊大さを露に記者を蔑む態度と、民間人らしからぬ鋭い視線から、

（こいつ、軍人だな）

と、見抜く。

それで思わず顔をしかめていると、向こうも早瀬に気付いた。

「貴様、日本人だな。日本の新聞社は招待していないのに、なぜ来た。しかも、なんだ、その汚

いナリは――。そんなので、ここへ来るとは日本人の恥だと思わんのか」

「まだ上海に来たばかりなんで、こんな立派なところとは知らず、申し訳ありません。新参者の間違いということで、お目こぼし下さい。それと、俺は日本の新聞社じゃなくて、『上海蛇報』の者ですので――」

「華字の新聞も呼んでない」

これには、妖恋華が口を挟んできた。

『『上海蛇報』は、どこの国の新聞ということができません」

と、会社の内容を説明した。

それを聞いて、早瀬も菰田も、口をぽかんと開けていた。妖恋華が、鮮やかな日本語を話したからである。

「あなたが今日来られたのは、招待されなかった日系の新聞から依頼を受けたのですか」

「いや。英字の記者だと聞いている」

「そうですか」

妖恋華は、早瀬をじっと見つめていた。

相変わらず、その表情は動かず、目は、冷ややかな光をたたえているようにさえ感じられる。間近で見る美貌に、早瀬は、ゾクッとしたが、それよりも、その顔が意外とあどけないことに驚いていた。少女の面影を残し、まだ十代ではないかと思われる。それでいて、身体はもう充分に大人であった。そのギャップが、たとえようもなく艶かしい。

早瀬が、ゴクリと唾を呑み込み、

「たとえ日本の新聞社でないにせよ、そんないかがわしいところの取材など許可できん！」

と、菰田が、また怒声を張り上げた時――。

ホールが、突然、真っ暗になった。照明が消えたのである。

すると、早瀬は、何者かに突き飛ばされた。

「うわっ！」

早瀬は、呆気なく倒れ、次いで銃声が響いて、

「ぐえっ」

という蛙を押し潰したような声も聞こえた。

「なんだ」

「どうした」

人々の慌てふためく声がして、再び照明が灯る。

早瀬は、なんとか立ち上がり、まわりを見た。人が倒れていた。菰田と一緒にシュタインバッハの前に立ちはだかっていたマイケル・リンチである。目を虚ろに見開き、胸のところから血を流して、動く気配がない。拳銃が床の上に落ちている。

死んでいるのかと思い、近付こうとしたら、腕をねじ上げられて、床の上に押さえ付けられた。

菰田が、やはり軍人らしい鍛え抜かれた膂力《りょりょく》で、のしかかっていたのである。

「いてててて！　何をするんだ」

「何をするだと！　リンチ氏をやったくせに――」

「そんなわけないだろう」

「言い訳無用だ。観念しろ。日本語が聞こえたんだよ。怨みを晴らしてやったぞ、となｏ ここにいる日本人は、俺と貴様だけだ」

「日本語を話せる人間は、そこにもいるじゃないか」

早瀬は、妖恋華のことを言った。しかし、

「男の声か女の声かもわからん俺だと思っているのか」

あっさりと却下される。

「だけど、俺じゃない。俺は、ずっと倒れていたんだ」

しかし、聞く耳は持ってもらえず、警備主任だというビア樽のような西洋人がやって来て、黒服の部下たちに引き立てられた。

連れて行かれる時、妖恋華と目が合った。

妖恋華は、さっき以上の冷ややかな目で、早瀬を見つめていた。

４

早瀬は、店の奥へ連れて行かれた。

そこには地下への階段があり、階段の先は薄暗い廊下が続き、その果てに寒々とした鉄の扉が立ちふさがっていた。その扉が開けられると、背中を蹴られて、部屋の中へ転がされてしまう。しかも、右の足首を思いっきり踏み付けられ、グギッという嫌な音がして、

「ぐわっ！　やめろ！」

早瀬は、日本語の悲鳴を上げた。

黒服の警備員は、屈強そうな西洋人ばかりで、容赦なく立たされ、部屋の奥まで歩かされた。といっても、右の足首が猛烈に痛くて、まともに歩けない。これでは、たとえ隙ができたとしても逃げることはできなかった。足を痛め付けたのは、それが目的だったらしい。手慣れたやり方だと思う。

そして、ぽつりと置かれた椅子に座らされ、縛り付けられる。

部屋には、その椅子しかなかった。あとは、コンクリートが剝き出しの天井と壁と床があるだけ。照明も薄暗く、華やかなホールと同じ建物の中にあることが、とても信じられない。

（これが魔都か）

と、早瀬は思う。

煌《きら》びやかなネオンに彩られ、身なりのいい男女が行き交う繁華街から、一歩裏通りに入ると、阿片の臭いが瘴気のように漂い、地獄の亡者のような中毒者が倒れている。そういう街なのである。

黒服が離れると、ビア樽体型の警備主任と菰田が前に出てきて、まず菰田が、早瀬の顔をぶん殴った。唇が切れ、血が流れる。

「さあ、言え。リンチ氏をなぜ殺した」

「俺じゃないって、言ってるだろう。初めて見る外国人をどうして殺さなきゃいけないんだ」

「それを聞いているんじゃないか」

と、また一発。

今度は、ビア樽が凄んだ。

「照明が消えたことからして、内部の仲間がいる筈だ。それは誰だ」

「だから、知るわけがないって――」

そっちからも一発殴られ、あとは部下たちから殴る蹴るの暴行を受けた。

それで、早瀬の服の中から何かが落ちた。菰田が、なんだという様子で拾い上げる。記者席で読んでいた『春申正紙』であった。

早瀬は、それを見ると、痛みで朦朧としかける頭の中で、ハッと思い出した。

「そうだ。日本語を話せるのは、日本人だけとは限らない」

息が絶え絶えになるが、必死に言葉を搾り出す。

「菰田さん。あんた、英語が話せるし、俺だって、英語と中国語がちっとは話せる」

「なんのことだ」

「西洋人の記者の中に、日本語を話せたとしてもおかしくないヤツがいたんだ」

「苦し紛れの言い逃れをすると、このまま蘇州河《そしゅうが》へ放り込んでやるぞ」

「だったら確かめろよ。エリオットという記者だ」

「どうして、そいつだと思うんだ」

「その新聞に、『豹徳林将軍没落』って、記事があるだろう。それを見て、あいつ、豹徳林が降参したと言いやがった」

「そうじゃないのか」

「日本語なら、それだけでいい。しかし、これは中国語だ。勿論、中国語にも日本と同じ意味の『没落』という熟語はある。だが、中国語には『没』と『落』に分ける読み方もあって、その場合は落ちてないという意味になるんだ。この記事はそっちだ。だから、豹徳林はまだ降参してないいってことなんだが、あいつは降参と決め付けていた。つまり日本語の『没落』しかわからないということだ」

「そんなデタラメを言うな。没落は没落。意味など変わるわけがないだろう」

菰田が怒りの余り、また拳を振り上げた、その時――。

「やめて下さい！」

日本語で鋭い声が掛かった。

見ると、妖恋華が、部屋の中へ入ってきていた。悩ましいステージ衣装から、スーツに着替えている。これも結構サマになっていて、ユダヤ財閥が使っている有能な女秘書のように見えた。

「その人の言っていることは、本当ですわ。中国語で『没落』には、まだ落ちていないという意味もあります。ですから、その人を解放してエリオットという記者を追うべきです」

妖恋華は、日本語のわからない警備主任に、英語で今の経緯を説明した。

しかし、ビア樽は、容易に納得しなかった。

「お言葉ですが、レディー・ヨウ。それは、こいつの言い逃れに過ぎないと思いますがね」

妖恋華も、引き下がらない。

「私の忠告を聞かず、店を血で汚した人間を取り逃がしたりしたら、あなたの責任になりますよ」

そうぴしゃりと言い放ち、ビア樽は、顔色を変えて、部下に追うことを命じた。何人かが部屋を出ていく。

「それでは、この人は私が預かりましょう」

妖恋華の指示で、残っている黒服が早瀬を縛っている縄を切った。早瀬は、黒服に両脇を抱えられ立ち上がった。

「待て。こいつはいかにも怪しい」

菰田が、慌てて止めようとしたが、

「魔都におられるのであれば、魔都のやり方に口を挟まれませんように――」

と、こちらもぴしゃりと遮る。

(助かったのか)

と思いながら、早瀬は、意識が遠のいていくのを感じていた。


目覚めた時、早瀬は、ソファの上に寝ていた。

上着だけ脱がされ、腫れ上がった顔には、氷嚢が載せられている。シャツも一旦は脱がされたようで、胸や腹には何かが貼られている。

早瀬は、起き上がろうとして、

「いててて！」

と、盛大に呻き、ソファにまた頭を付けてしまう。

すると、

「気が付かれましたか」

という日本語が聞こえた。

整い過ぎるほどに整った美貌が、上から覗き込んでいる。

「うわあっ。お前は、妖恋華！」

「そんなに驚かれなくてもよろしいではありませんか。もう乱暴をされることはありませんから――。医者の先生に診ていただいたところでは、骨は折れていないようです。でも、顔や身体の腫れは数日でおさまるでしょうが、足の方はしばらく引きずることになると思います」

そういえば、このソファで目覚めるのは、二度目であった。誰かが足を乱暴に扱っていたので、その痛みで目が覚めたのだ。それで余りの痛みに呻いていたら、注射をされて、また意識が遠のいてしまった。

「ここはいったいどこなんだ。あれからどうなった」

「ここは私の楽屋です。私の許しがない限り、誰も入ってきませんから、ゆっくりできます」

早瀬が、まわりに目をやると、結構広い部屋であった。応接セットがあり、キッチンもあるようで、楽屋らしく大きな鏡が壁面を埋め、華やかな衣装や悩ましげな衣装が、いくつも吊るされている。

「エリオットは、こちらで捕まえました。そして、内通していたのがバンドのメンバーだとわかりました。照明を消したのはその男で、拳銃も彼が持ち込んで、エリオットに渡したのです。楽器のケースに巧妙な二重底を作っていました」

記者たちは入り口のところで、持ち物を黒服に調べられていたことを、早瀬は思い出す。

妖恋華は、早瀬の頭の側に折り畳みの椅子を持ってきて、そこで優雅に脚を組んでいた。だから、顔をそのまま横へ向けると、タイトなスカートから出た脚線美が膝の少し上まで見えていて、目の毒だと、早瀬は、上を向く。

「あなたは、彼らに利用されたのです」

「利用？」

「エリオットも内通者も、殺されたリンチも、アイルランド人です。ですが、エリオットは、父親の仕事の関係で子供の頃、長く日本にいて、漢字も日本語もわかるようになったそうです。そして、成長してからはアイルランドへ戻り、戦争に参加しました。その頃、アイルランドでは、独立への第一歩として、イギリスと結んだ条約をめぐり、内戦が起こっていたのです。三人は、条約反対派に属していました。エリオットは、優秀な兵士だったようです。劣勢の反対派は、ゲリラ戦を余儀なくされるのですが、エリオットは、夜の闇に紛れた暗殺が得意だったといいます」

「――――」

「結局、内戦は賛成派の勝利に終わり、その際、リンチが自分は助かろうとして仲間を売り、大勢の人が捕まって処刑されたそうです。エリオットは、それをなんとか逃れ、インドへ行って記者となり、半年前に上海へやって来ました。それで内通者と再会し、シュタインバッハの一行に裏切り者がいることを知ったのです。リンチは、アメリカへ行っていたのですね。そして、彼らが『ルビイ』へ来ることを摑み、今度の計画を立てました。一行に日本人がいることを利用し、自分の日本語を使って、別の日本人にリンチ殺しの罪をなすり付けようとしたのです。しかも、都合のいいことに、上海へ来たての日本人が『上海蛇報』の記者になっている」

「じゃあ、日本人を行かせろとうちに依頼が来たのは――」

「あなたを生贄《いけにえ》にするためです。そうでなければ、『ルビイ』に取材へ行くような話が『上海蛇報』に来ることなどなかったでしょうね」

「罠にはめられたというわけか。しかし、お前の店もひどいところだな。もうちょっと穏やかに聞けないのか。ああ、いてえ――」

早瀬は、思いっきり顔をしかめる。

しかし、相手は、口以外ピクリとも動かさない。

「命があっただけ、よかったと思って下さい。上海では、間違いで殺される人など、さして珍しくないのですから――」

「そうかい、そうかい。だとすると、あの記者と内通者も俺みたいに痛め付けたのか」

「ご想像にお任せします」

「それで、今は二人ともブタ箱入りか」

「いえ。ここの警備によって、そろそろ死体が蘇州河に浮かんでいると思います。勿論、表向きは、ここを出た二人が誰かといざこざになって河へ投げ込まれたという形になっています。ですから、このことを知っているのは、警備の者と菰田氏、それに、私とあなただけ」

「なんだって！　でも、そんなことをして警察に知れたら、向こうも黙っていないだろう。俺が訴え出たらどうなるんだ」

「店であのようなことをされるのは、店がなめられている証拠です。そうした者たちを警察に渡しては、却ってこちらの評判を落としてしまいます。受けた侮辱は、自分たちで返さなければならないのです。他の店でも同じようにしますわ。それに、この店は租界の偉い方々から贔屓《ひいき》にしていただいていますので、そこから圧力を掛けてもらえば、警察は何もできません。それでも、あなたが訴えたりしたら、今度は、あなたが蘇州河に浮かびます」

「ちっ！　なんてところだ――」

早瀬が、また顔をしかめていると、

「それで、早瀬様」

妖恋華は、いきなり名前を呼んで、人形のような美貌をグイと近付けてきた。

「なんだ、なんだ」

早瀬は、狼狽する。

「他の記者の方々は、早々に帰りましたから、事件の真相と結末を知りません。早瀬様が、これを記事にして、他社へ売り込めば、いい稼ぎになると思います。なにしろ真相を見破ったのは早瀬様なのですから。私たちも、せめてもの罪滅ぼしになります」

「罪滅ぼしって、詫びはそれだけかよ。あのビア樽の責任者も菰田も謝りには来ないのか」

「来ませんね。怒りがおさまらないのであれば、私を早瀬様と同じ目に遭わせますか。そのへんのゴロツキに頼めば喜んでやってくれるでしょう」

「そんなことはしないし、したいとも思わないよ。わかった、わかった。書かせてもらうよ。確かに稼ぎにはなる」

「但し、さっきも言いましたようにエリオットと内通者を蘇州河へ投げ込んだのは、店とは関係のない誰かです。それと、早瀬様についても、『ルビイ』で暴行された事実はない。そこのところもお忘れなく」

「ちっ、自分たちに非はないってわけか。けど、それもわかった。俺もあそこへ放り込まれるのは嫌だからな」

蘇州河は、ゴミだらけの汚い河なのだ。

「なるほど、これが魔都のやり方か。それにしても、きれいな顔して表情一つ変えず、怖いことを言うよ。お前は、上海ピュアドールだって聞いたけど、なんだか、もう一人の上海ドールみたいだ」

「もう一人とは、上海デスドールのことですか」

妖恋華の目が、妖しく光る。

「知っておられるのですね」

「噂だけだよ」

麟から聞いたばかりの情報だ。

上海デスドールは、殺し屋である。上海では、さまざまな勢力が殺し合いをしていて、死体が転がっていない日はない。その中で、上海デスドールは、どの勢力にも属さず、金さえ積めば誰でも殺すそうだ。しかも、人が出入りのできない部屋の中で殺したり、忽然《こつぜん》と姿を消したりという不思議なことをやるため、魔術師か魔法使いのように恐れられているらしい。ただ現場に、悪魔の顔をした少女の西洋人形が描かれたカードを残していくので、上海デスドールの仕業だとわかるのだという。

ドールという呼び名から、人形のように美しい女だろうといわれているが、噂に過ぎず、性別を含め正体は全くの不明である。

「できれば、その正体を暴いてやりたいもんだ」

「暴いて売り込むつもりですか。それは、とても高く売れるでしょうけど――」

「いや。そんなことよりも、人殺しはほっとけないだろう」

「でも、上海では、毎日、たくさんの人が殺されていますわ。それどころか、中国をはじめ世界中のあちこちで戦争をしていて、どれだけの命が奪われているか。そんな時に、一人の殺し屋を突き止めることにどれほどの意味があるのでしょうか」

「確かにひどい時代だ。しかし、だからといって、目の前で起こる殺しをほっておくわけにはいかないだろう。止められる殺しがあるのなら止めたい。そう思うだけだ」

「意外と正義漢なのですね」

「意外は余計だ。それに、上海デスドールは、出入りの不可能な部屋の中で殺したり、忽然と消えたりするんだろう。それも気に食わない。普通に殺せばいいものを、人殺しで遊んでいやがる。閉ざされた部屋へ出入りしたり、忽然と消えたりなんか、できるわけがないんだ」

「見破る自信がおありなのですか」

「所詮《しょせん》は人間が考えたこと。きっとどこかにアナがある」

「なかなかの自信ですね。早瀬様は、上海へ来るまで、何をされていたのですか。中国へ来るほとんどの日本人は、日本語と中国語の違いに気付いたりしません。同じ漢字を使っているから、意味も当然同じだと思い込み、知ろうともしないのです。なのに、早瀬様は、『没落』の違いを知っていた。真面目な方なのですね。でも、その身なりと『上海蛇報』にいることからして、まともな理由で上海へ来たとは思われないのですが——」

「それか」

自分のことについては余り話したくなかった。

しかし、妖恋華の感情を窺わせない硬質の目に上からじっと見つめられていると、つい話してしまった。

一応、大学は出た。子供の頃から何かを調べたりするのが得意だったので、新聞社を希望したが、今の時世、一流大学を出てもいい就職口はなく、知らない新聞社に入ったところ、そこは左翼系の新聞で、ほどなく摘発され、会社は潰れた。

早瀬もブタ箱に入れられ、すぐに釈放されたのだが、まわりからアカという烙印《らくいん》を押され、日本にはいられなくなって、満州へ渡った。そして、そこでも記者をやっていたのだが、ある事件で満州にもいられなくなり、上海へ逃れてきたのだ。

「ある事件で何をされたのですか」

「そこまで聞くか。満人の実業家が殺されるという事件があってな。満人の友達に頼まれて調査に行き、真相を暴いてしまったんだよ。国民党の殺し屋にやられたということになっていたんだが、俺が指摘した犯人は、関東軍の手先だった。軍は、国民党の仕業に見せ掛けて、シンパどもを弾圧しようとしていたんだ。だけど、俺が暴いてしまったから――」

「関東軍に目を付けられたということですね」

早瀬は、ムスッとして、そっぽを向く。

妖恋華は、淡々と返した。

「軍に逆らえばどうなるかわかりそうなものですのに、意外とヌケておられるのですね」

「うるさいなあ。真犯人がわかったのに、他の人間が捕まるのを黙って見過ごすわけにはいかないだろうが――」

「やはり真面目な方なのですね。そういえば、よく見ると、ボサボサ頭を整え、鬚もきれいに剃れば、意外と賢そうな坊ちゃん顔をしているのではありませんか」

「なんだ、それは――。さっきから意外、意外と、大人をからかうのもいい加減にしろ」

「別にからかっているつもりはありません。では、今日のお詫びにもう一つ、早瀬様に特別サービスをいたしましょう」

「特別サービス？」

「五日後に開かれるシュタインバッハ氏の『レッドデスパーティー』に早瀬様をご招待します。まだ足は悪いままでしょうけど、マシにはなっている筈です」

「でも、あれに記者は呼ばないと――。トリックについても口外できないんだろう」

「私のお連れ様ということでしたら、認めてもらえますわ。それに、シュタインバッハ氏は、絶対にわかるわけがないと、トリックに自信を持っています。ですから、当日の正解者には、たいへんな褒美が出ることになっていて、もし早瀬様が正解すれば、褒美だけでなく、評判が広まって、一流紙から引き抜きが来るかもしれません」

「褒美に引き抜きか。悪くはないな」

「謎を解けば――ですよ。自信はおありですか」

「だから、所詮は人間の考えたことだと言っただろう」

「では、一緒にまいりましょう。但し、参加者は『赤死病の仮面』の内容を知っていることが必須の条件になっているのですが、ご存知ですか」

「探偵小説は好きだからよく読む。それで、『モルグ街』や『盗まれた手紙』なんかは読んだけど、『赤死病』は読んでないな」

「では、本をお貸しします。英語ですけど、しっかりと読んできて下さい」

4

ザ・レッドデス。

　即ち赤死病が国中に蔓延して、領民が次々に斃れていた時、領主のプロスペロ公は、取り巻きたちと城郭に籠り、日夜、享楽に耽っていた。ところが、ある日仮面舞踏会を催したところ、そこに赤死病の格好をした謎の人物が現われた。

　舞踏会の会場は、青・紫・緑・橙・白・菫《すみれ》・黒の七色の部屋に分かれ、一番奥の黒の部屋には、誰もが不気味がって入ろうとはしなかった。謎の人物の不遜な振る舞いに怒ったプロスペロ公は、その人物を青の部屋から菫色の部屋まで追い掛け、剣を振りかざしたのだが、そこで、公は不意に倒れて息絶えた。赤死病の格好をした人物は、黒の部屋へ入り、人々は勇を鼓して部屋の中へ飛び込み、巨大な柱時計のかげにたたずんでいる、その人物を捕らえた。しかし、そこにあったのは、中身のない仮面と衣装だけで、実体は消え失せ、その後人々は赤死病に罹患して、全員が息絶えてしまったのである。

　エドガー・アラン・ポオが書いた『赤死病の仮面』の内容をかいつまんでいえば、そういう話であった。謎の怪人物が消えるという不思議は出てくるが、合理的な解決はない。

　早瀬秀一は、妖恋華と一緒に、シュタインバッハの屋敷へ向から車に乗っていた。車は、『ルビイ』のものだ。

二人は、すでに仮装している。

妖恋華は、黄金色のマントを羽織り、額のところにやはり銀色の小さな兜のようなものを付けて、マントの下は、中世の騎士のような格好をしていた。ようなというのであるから、早瀬が知っている騎士の格好とはかなり様相を異にしている。

お腹の部分が剝き出しになっていて、腰から下もスカート状の衣装がかなり短かった。だから、長い脚が腿の付け根まで露になっていて、濃紺のタイツで覆われている。そして、ヒールを履き、仮面舞踏会であるから、目のところに蝶の形の仮面をしていた。シュタインバッハから、是非これを着てくるようにと渡されたそうである。

「ジャンヌ・ダルクのつもりのようです」

と、『ルビイ』の楽屋で言っていた。

「これが、ジャンヌ」

早瀬は、啞然とし、余りにも目に毒なので、まともに見ていられない。

しかし、そういう早瀬も、フランス革命時の国民衛兵だという仮装をしていて、頭に羽根付きの帽子をかぶり、目に仮面を付けていた。

妖恋華に渡されたものであった。

「ヴィクトル・ユゴーのつもりなのです」

『赤死病の仮面』では、仮面舞踏会に集った人々の様子を、『エルナニ』のようだと描写している。『エルナニ』は、ユゴーを有名にした戯曲で、ユゴーには、ヴェルサイユ宮殿が歴史博物館に生まれ変わった開館式の際、国民衛兵の制服を着て、時の国王に誉められたという逸話があるらしい。

（どうしてこんな格好をしなきゃいけないんだ）

と、早瀬は、情けなくなる。

しかも、早瀬は、松葉杖を一本だけ持っていた。あの夜、『ルビイ』にあるものを、妖恋華が貸してくれたのだ。店にどうして松葉杖があるのかと聞いたら、時々、早瀬のように足を痛める人間が出るのだと、当たり前のことのように答えていた。

ひどい目に遭わせておきながらと、気分を害したが、早瀬が書いたリンチ殺しの真相の記事が、結構いい値で売れ、菰田に取材できなかったことを補えたのは助かった。麟は、自分まで騙されたことに一切触れず、取り敢えずクビは回避と言ったのである。

早瀬の記事は、自分の災難や『没落』の文字から見破った手柄には全く言及せず、アイルランド内戦にまつわる犯罪と、二人の犯人の死を淡々と記していた。

「なんだ」

早瀬は、妖恋華が隣からじっと見ているのに気付き、憮然としたように言った。相変わらず、感情を窺わせない人形のような顔をしている。これも気に食わない。

「いえ。早瀬様の格好がとてもよくお似合いなので――。遊園地のお城の前に立っていれば、可愛らしい衛兵さんだと、子供が集まってくるでしょう」

「お前、大人をから――。それは、もういいや。但し、その早瀬様はやめてくれ。様付けで呼ばれるほどの人間でもないし、様付けで呼ばれたら、人間として腐りそうだ」

「そうですか。では、秀一さん、見事、謎を解いて褒美と一流紙への栄転を手になさって下さい」

「所詮は遊びじゃないか。いくら自信があるからといっても、たいしたことはないだろう。でも、お前、日本語が本当にうまいな。もしかして日本人なのか」

「上海で、そのようなことを聞くのはヤボというものですよ。私たちは、夢を売る仕事ですから、日本人や中国人でありながら、ハワイやジャワ、インドの出身だと名乗っている歌手やダンサーは何人もいます」

「そうか、それは悪かった。だったら、お前の身体が物凄く柔らかかったのも、聞くだけヤボだな」

「私、物心が付いた時には、サーカスの一座に入っていたのです。そこで、随分と厳しい稽古をさせられました。あれは、その結果です」

「なんだ、それはあっさり話してくれるのか。お前も苦労してるんだな」

「――――」

シュタインバッハの豪壮な邸宅に着くと、集まっていた客は、三十人ほど。全員が先日『ルビイ』に来ていた客だということで、みな趣向を凝らした仮装をしていた。

男は、ナポレオンがいれば、ネルソン提督や、カエサルにダ・ヴィンチ、リンカーンにワイアット・アープなんかがいて、女は、ヴィクトリア女王やマリー・アントワネットらしき姿が見える。ナポレオンは、剣を振りかざし、ワイアット・アープは、ピストルを構えていた。剣もピストルも本物ではないらしい。客の中には、毎日のように新聞に載っている者もいるそうだが、仮面をしているので誰が誰だかわからなかった。

また場違いなところに来たと、早瀬が、そんな客たちを見つめていたら、シュタインバッハと菰田精一郎がやって来た。

シュタインバッハは、ユダヤの指導者であるモーセの仮装をしていて、自分が望んだ妖恋華のジャンヌ・ダルクを口を極めて誉め讃えていたが、隣にいる早瀬を見ると、一転して険しい表情になった。

一方、菰田は、三銃士の格好をしていた。松葉杖をついている早瀬を見ても、間違いで痛め付けた詫びなど一言も口にすることなく、むしろ、

「上海ピュアドールのたっての頼みだというから、シュタインバッハ氏も渋々認めたのだ。余計なことをして、日本人の恥晒しになるなよ」

と、仁王のような顔で睨み付けてくる。

妖恋華のもとには、客たちが次々とやって来た。仮面をしていても、その美貌は隠しようもなく、上海ピュアドールだとわかっている者もいるようで、悩ましげなジャンヌ・ダルクの姿に好奇な視線と讃辞を投げ掛け、早瀬のことを聞いては、胡乱な目を向けてくる。客の中で日本人は、早瀬と菰田だけであった。会場には、他に楽団員とダンサーだという女性たち、それに給仕係がいて、客のように凝った仮装はしていなかったが、それぞれに仮面は付けている。

その会場だが、入ってきた最初の部屋を見て、早瀬は、ほうと目を見張った。壁も天井も床の絨毯も青い色をしていたからである。そして、シュタインバッハが、集まった客たちを案内する

と、次の部屋は何もかもが紫で、その次は緑。そして、橙、白、菫と続いていく。各部屋には、それぞれの色と同じセロファンのようなものが照明に貼り付けられていて、明かりは薄く灯され、それぞれの色に淡く染まって、妖しく不気味に、あるいは幻想的に浮かび上がっている。

原作では、各部屋に明かりはなく、代わりにステンドグラスの窓があり、それが部屋と同じ色をしていて、そこに廊下の明かりが射し込んでくるのだが、そういう違いはあるものの、原作の雰囲気は伝わっているといえる。そして、どの部屋もドアが取り外されていたのだが、一番奥の部屋だけはドアがあって、ぴたりと閉ざされていた。

シュタインバッハは、そのドアを開けて、客たちを中へ案内した。

部屋は、黒い色に覆われ、黒檀製の巨大な柱時計が置かれていた。正しく一本の柱のように鎮座している。そして、ここにだけステンドグラスではないが、窓があった。窓は、血のような赤い色をしていた。これも、ほぼ原作通りといえる。照明も赤い色をしていたので、この部屋は、黒と赤が不気味に混ざり合い、禍々《まがまが》しい色合いに染まっていた。ただドアと向き合う正面の位置にある窓は、原作の廊下側と違って、外の庭に面している。

そして――。

部屋に時報を告げる音が鳴り響いた。柱時計を見ると、針が九時を指している。正確な時刻であった。原作に柱時計の具体的な記述はないが、ここの時計は、文字盤部分と振り子部分とで、それぞれ人間一人が入れるぐらいの大きさがあった。特に振り子部分は、高さだけでも二メートルほどあり、針を見るためには見上げなければならない。文字盤部分の高さは、一メートル半ほどか。

シュタインバッハは、その時計に近付き、振り子の動きを止めて、客たちの方へ向き直った。

「私が、アメリカで何度も『レッドデスパーティー』を催し、赤死病に扮した者が黒の部屋で消えるという余興を披露したのは、この前、話した通りです。今回も時間になれば、青の部屋に赤死病の化身が現われ、ここまで逃げてきます。みなさんは、それを私と一緒に追い掛け、この部屋で奇蹟を目にすることとなるのです」

「アメリカでの話は、他からも聞いたよ」

と、客の一人が応じた。

「『黒猫』のように壁の中へ隠す場所を作っていたり、柱時計の中を空洞にして棺桶に見立て、『早すぎた埋葬』に擬えて、その中に隠れていたりしたんだろう」

「そうですな。しかし、今回は違いますぞ。実を言うと、今回のトリックは、映画の主演をお願いした人間がいいアイデアを出してくれましてな。それで、この役もやってもらうことになったのですが、それだけに素晴らしい出来映えだといえます。ですから、みなさん。この部屋に抜け穴や隠れ場所がないか確かめて下さい。果たして、壁の中や柱時計の中へ入れるかということをね」

シュタインバッハは、自信満々に請け負っていた。

客たちは、それぞれに調べ始めた。

早瀬は、足が悪いのでそれには参加しなかった。

妖恋華も、早瀬の側にとどまっていた。

調査の結果、抜け穴や隠れ場所は見つからなかった。床や壁にそのようなものはなく、天井は高くて、梯子か脚立、それも相当高くなるものを用意しておかない限り、手が届かない。

巨大な柱時計についても、振り子部分の空洞には、人が入れるだけの広さがなかった。しかも、時計の外板は簡単には外すことができず、たとえ外して中へ入れたとしても、中から外板を取り付けることは不可能である。そして、時計は重くて一人では動かせず、時計の下に抜け穴を用意するというわけにもいかない。

「どうです。逃げる場所も隠れる場所もないとおわかりいただけましたか」

頷く客たちを見て、シュタインバッハは、満足げな笑みを浮かべていた。


みんなと一緒に黒の部屋を出た後、早瀬は、妖恋華がいないことに気付いた。どうしたのかなと思っていたら、妖恋華は、シュタインバッハと一緒に部屋を出てきた。どうやら二人だけで残っていたらしい。

「お待たせしました」

と言って、早瀬のところへやって来る。

それから客たちは、青の部屋へ戻り、楽団の演奏を聞きながら、しばらく食事を楽しんだ。早瀬は、妖恋華と二人の席であった。

客席には、給仕の女性がワゴンを押してまわり、食べ物や飲み物を配っていて、早瀬も、そこからいくつかもらい、ワインを口にした。

「酔っ払ってはいけませんよ」

と、妖恋華に釘を刺される。そう言う妖恋華は、酒を飲んでいない。

飲まずにいられない気分であったし、小娘に注意されるのも癪《しゃく》に障ったが、褒美と栄転がかかっているので、

「わかってるよ」

と頷く。

ふと見ると、シュタインバッハと菰田が、険しい顔付きでこっちを睨んでいる。

俺も好き好んで、この女と二人でいるわけじゃないんだというつもりで、

「ふん」

と、顔を背け、ふとあることを思い出した。

「そういえば、菰田のヤツ、どうしてユダヤ人と一緒にいるんだろう」

『ルビイ』へ行くことになったそもそもの理由である。

すると、妖恋華が、

「何を不思議がっていらっしゃるのです。日本にもとから確固とした国策があるのですか」

と、冷ややかに言ってきた。

「日本は中国と戦争をしていますが、拡大派と不拡大派が入り乱れているそうですし、満州を独立させたのも、政府のしっかりとした方針だったわけではないのでしょう。ですから、軍の中にも、ドイツと結ぼうという者と、それに反対する者がいて、それぞれ勝手に動いているというだけのことではないのですか。いったい日本は、誰がどういう責任で物事を決めているのかわから

ないといわれていますわ」

「なるほど、確かにその通りだ。一部が暴走して、まわりがそれに引っ張られる。その繰り返しだからな」

と、早瀬も認める。

「それにしても、よく知っているじゃないか」

「魔都の夜の世界では、甘い酔いと悩ましい嬌態の裏で、いろんな情報が飛び交っています。これぐらいのこと、嫌でも耳に入ってきますわ」

お腹が満たされてくると、客たちは席を立ち、踊り始めた。男女同伴で来ていた者は、パートナーと踊り、女の連れがいない者は、ダンサーのところへ行って申し込んでいる。

すると、シュタインバッハがやって来て、妖恋華にダンスを申し込んだ。

妖恋華は、素直に受けた。

二人は、部屋の中央で、その場の主役のように踊っていた。いや、果たして踊っていたといえるのか。なにしろシュタインバッハの手が、ダンスの動きとは関係なく、妖恋華の身体のあらゆるところをまさぐっていたのである。しかし、妖恋華は、抗う様子も見せず、されるがままになっている。美しい顔も、全く表情を変えない。

そのダンスの最中、会場に時報を告げる柱時計の音が鳴り響き、音楽が止まって、人々の動きも止まった。原作でも、黒の部屋の柱時計が時を告げると、なにかしら不穏な思いを掻き立てられるのか、みなその音に聞き入って舞踏会が中断する描写が出てくる。それと同じ趣向であった。

だから時報が鳴りやむと、音楽が始まり、人々は何もなかったかのようにまた踊り出す。

シュタインバッハは、散々、妖恋華を触りまくってから、やっと彼女を解放した。それを待っていたかのように、他の客たちが、次は俺だ、私だと申し込んでくるが、妖恋華は、それらをあの無表情で振り切り、楽団のところへ行って何か話してから、早瀬の席に戻ってきた。

そして、

「秀一さんも踊りましょう」

と、手を差し出してくる。

「こんな足で踊れるわけがないだろう。それに、俺はダンスをしたことがない。そんなご身分じゃなかったんでね」

早瀬は、根負けをして、杖を置いたまま妖恋華に手を取られながら、部屋の真ん中に出てきた。

「大丈夫ですわ。楽団の人に頼んできましたから、杖も置いてきて下さい」

足を引きずる早瀬の姿を見て、周囲からいろんな国の言葉が囁かれている。あんな足で踊れるのかと言っているに違いないのだ。しかも、小柄な早瀬の身長は、ヒールを履いていない妖恋華にさえ負けるのだ。

早瀬は、恥ずかしさとバツの悪さで赤くなりそうであった。いや、赤くなっていたであろう。

しかし、妖恋華は、気にする素振りを見せず、楽団の方へ向かって手を上げた。すると、それが合図であったかのように、今までのジャズやタンゴといった曲とは違って、ゆったりとした叙情感のある曲が流れてきた。

妖恋華は、早瀬を真っ直ぐに見つめ、

「チークをしましょう。これなら動く必要はほとんどありません。こうやって抱き合っていればいいのです」

と、しなやかな肢体を密着させてくる。

「そして、私に合わせて身体を左右に揺らして下さい」

しかし、早瀬は、素直にそうできない。シュタインバッハの方を見たら、隣にいる菰田と並んで、憤怒の形相をこちらへ向けていたのである。

「どうなさったのです」

「あのモーセ。今にも神に祈って、ここの床を真っ二つに引き裂きそうだ。おまけに隣の日本人は、この恥晒《はじさら》しがと怒鳴ってやがるし――」

妖恋華は、そちらへチラリと目をやっただけであった。

「そのようなことをいちいち気になさっていては、上海で女など抱けませんわよ」

と、早瀬の手を取り、自分の腰へまわさせた。その手が、剥き出しになっているお腹のところに触れ、早瀬は、少しクラクラしてくる。

早瀬は、妖恋華の愛らしい口から、

「うふっ」

と、悩ましい吐息が洩れるのを聞いたような気がした。

早瀬は、ほとんどぐったりした状態になって、席に戻ってきた。

シュタインバッハと菰田からは、相変わらず嫉妬と憎悪の目が突き刺さってくるし、他からもこちらを指差し、あれは誰だ、どうして上海ピュアドールと親しくしているんだと言っているような声が聞こえてくる。

早瀬は、少しむしゃくしゃしてきて、ワゴンを呼び止め、ワインを飲んでやろうかと思ったが、妖恋華が、凍り付くような視線で見つめていたため、諦めた。

そして、どれくらいの時間が経ったであろうか。

時報がまた聞こえてきて、十二時を知らせた。それを聞いて、会場がややざわめく。『赤死病の仮面』では、十二時が告げられた後、赤死病の化身が現われるのである。会場は十二時の時報を合図に、何かを待つかのように、音楽が止み、ダンスも終わって、人々はそれぞれの席に戻っていた。

時間だけが、張り詰めた空気の中で流れていく。

早瀬も、緊張の度合いを高めていると、妖恋華が、

「ちょっと席を外させてもらいます」

と言ってきた。

「どこへ――」

と聞くと、妖恋華は、またもや冷ややかな目を向けてきた。

「女性にそのようなことを聞くものではありません」

「あっ、用足しね」

早瀬の何気ない言葉に、さらにきつい目を向けて、妖恋華は、さっさと出ていった。

「可愛げがないな」

早瀬は、小娘の色香にクラクラしかけた、さっきの自分を後悔しながら、そうこぼした。そして、また時間が経ち――。

妖恋華が出ていった廊下側のドアが、ゆっくりと開いて――。

そこから何者かが、やはりゆっくりと青の部屋の中に入ってきた。しかし、そのことに、まだ誰も気付いていない。

何者かは、そのままどんどん入ってきて、

「きゃっ！」

と、ダンサーの女か、給仕の女性であろうか、誰かの悲鳴が上がる。

そこで、人々は初めて気付いた。

早瀬も、そうだ。

わかっていたものの、誰もが同じような悲鳴を上げるか、驚愕に目を見張っている。

早瀬も、見入らずにはいられなかった。

その何者かは、黒いフードをすっぽりとかぶり、高い襟を立てた黒いマントのような衣装を床にまで引きずっていた。死神の衣装だ。顔は白い仮面に覆われ、その仮面には深紅のおぞましげな斑点が、禍々しい染みのようにいくつも付いている。血を思わせる真っ赤な斑点は、赤死病の象徴である。

正に原作通りの衣装。

赤死病の化身は、マントを引きずる音だけを響かせて、滑るかのように会場の中を進んでくる。

人々は早瀬と同じように、ただ茫然と見ているだけであったが、シュタインバッハが立ち上がって、怪人物の行く手に立ちはだかった。

原作では、プロスペロ公がここで怪人物の無礼を咎《とが》め、逃げる相手を青の部屋から菫色の部屋まで追い掛け、剣を抜いて迫るのである。だから、シュタインバッハは剣を持っている。

しかし――。

ここでは、怪人物もマントの中から剣を出してきた。

そして――。

その剣を一閃させると、モーセの格好をしたシュタインバッハから、蹴り上げられたボールのように首が宙を飛び、切断面から鮮血が噴水のように迸る。

「きゃあああああ！」

悲鳴が轟き、首が床を転がって、胴体ががくんとくずおれた。

怪人物は、剣を収めると、別のものを取り出して、それを放り投げる。まるで散りゆく花びらのようにヒラヒラと宙を舞うそれは、一枚のカードのように見えた。

そして、怪人物は、またゆっくりと歩き出す。

入ってきた廊下側のドアではない。紫の部屋の方へ――。

人々は、気死したかのように、あるいは凍り付いたかのように、じっと動かず、怪人物の動きを見ているだけだ。いったい何が起こったのか、よく理解できていないようであった。これも、趣向の一つなのか。しかし、首は明らかに飛んでいる。偽物ではない。血も本物。だとしたら、どういうことなのか。そこで、思考が止まっているのである。

そんな中で一番早く動いたのは、早瀬であった。

足を引きずりながら進み出て、怪人物が投げたものを、絨毯の上から拾い上げた。

やはりカードであった。トランプと同じくらいの大きさで、悪魔の顔をした少女の西洋人形が描かれている。

「上海デスドールだ！」

と、早瀬は叫ぶ。

それを聞いて、

「なにっ！」

と、菰田が飛び出してきた。

「くそっ。ナチスと手を切る切り札をふいにしやがって――。俺の苦労をどうしてくれる」

と、怪人物を追い掛ける。

早瀬も、あとに続こうとした。

しかし、この足ではまともに走れない。そこで、何かないかとまわりを捜し、給仕が使っていたワゴンを見つけた。

（これなら行ける）

早瀬は、ワゴンを引っつかみ、動ける方の足で蹴って車輪を回転させ、ワゴンに乗っかった。

ワゴンは、滑るように走っていく。

怪人物も、マントを翻して走っていた。

紫の部屋から、緑・橙・白と各部屋を駆け抜け、菫色の部屋へ入っていく。

早瀬は、菰田の後に続いていたが、途中、菰田が何かにつまずいたところで追い抜いた。だから、菫色の部屋には、早瀬が先に入った。

怪人物は、閉じられたドアを開けて、黒の部屋へと入っていくところであった。そして、ドアを閉める。

早瀬も、ドアの手前でワゴンから降り、ドアを開けて中に入った。真正面の位置にすぐさま目がいき、

「なんだ！」

と、驚く。

赤い窓の前に、赤死病の化身が立っていたのである。

早瀬は、足を引きずって近寄っていった。不思議と恐怖はない。

向こうは、全く動かなかった。それでも、どんどん近付き、マントに手を掛ける。

すると、赤死病の化身が床にくずおれた。まるで、しおれていく花のように――。

そう。くずおれた怪人物には、実体がなかった。赤い斑点を散りばめた白い仮面と黒いフードに黒いマントが、空気の抜けた風船のように重なっているだけで、中はもぬけのからだったのである。

早瀬は、この結果をなんとなく予想していた。だから、怖がらずに近付けたのだ。

しかし、マントの中身が、完全にからだったというわけではなかった。そこから血の付いた剣が見つかった。衣装の方にも、明らかに血と思われる染みが付いていて、白い仮面にも、装飾ではない血痕がはっきりと付着している。

早瀬は、窓を調べた。中から鍵が掛かっている。

窓の上を見た。そこには、曲がっていないフックとしかいいようのないものが取り付けられていた。仮面とマントは、そこに引っ掛けられ、引っ張ればするりと抜け落ちるようになっていたのだ。

早瀬は、部屋の中を見まわした。誰もいない。ドアから見て向かって左側に、巨大な柱時計が立っているだけだ。動く振り子の上で、時計の針は十二時半を指していた。十二時の時報から、これだけの時間が経っていたのである。ふと思い付いて、天井も見上げた。忍者のように張り付いているかもと思ったのだが、そんなこともなかった。

(消えた!　本当に消えやがった)

噂は、嘘ではなかったのだ。

そこへ、菰田が飛び込んでくる。

菰田は、中身のない衣装と剣を取り上げ、

「どこへ行った」

と聞いてきた。

「消えてしまったよ。どこにもいなかった」

と、早瀬は答える。

「馬鹿な」

菰田も、部屋を見渡し、天井も見上げた。結果は同じだ。

「どうやって消えたんだ」

菰田は、イライラしていた。

「あんた、今回の仕掛けを何も知らないのか」

「知るものか！　この件については、彼がコソコソやっていたんだ」

そこへ、他の客たちも続々とやって来た。その数、七人。

「怪しいヤツが逃げ出さないようにドアを閉めてくれ」

と、菰田が注意をして、ドアが閉められる。

「開いていても逃げられないぜ。ドアの前には大勢来ているからな」

と、誰かが言った。

一同は、自然と怪人物の衣装が落ちている窓の前に集まり、早瀬と菰田から話を聞くと、すっかり脅えている。

すると、菰田が、いきなり早瀬を殴ってきた。

「何をする！」

床に吹っ飛んだ早瀬が怒ると、菰田は、胸倉を摑んだ。

「どうやって消えたのか、わかったんだよ。貴様が仲間だったんだな」

「どういうことだ」

「ここから出ていくには、この窓しかない。あの仮面野郎は、窓から庭へ出ていったんだ。そして、貴様がここへ最初に入ってきて、窓に中から鍵を掛け、消えたように見せ掛けた」

「おいおい、ちょっと待て――」

「貴様がこのパーティーに来ていることからして、おかしいと思ったんだ。上海ピュアドールから頼まれたことになっていたが、貴様が、あの事件のせいで痛め付けられた詫びを強要し、無理やり頼ませたんだろう。そうだとすると、あの事件にも貴様が関わっていた可能性が高い。没落で謎を解くなどでき過ぎている」

「あのなあ――」

なんとか立ち上がった早瀬は、必死に抗議するが、相手は聞く耳を持たない。

「貴様は、上海デスドールの協力者だった。だから、足を痛めるのも予定の行動で、それで我々を油断させ、ワゴンを使い、見事一番乗りを果たした」

「どこまで都合のいい解釈をするんだ。俺が一番乗りをしたのは、あんたが勝手に転んだからだろうが――。また俺に濡れ衣を着せるのか」

「うるさい！　他に方法があるか。あるなら言ってみろ」

全て日本語での会話だったので、菰田は、他の者たちを見渡し、今のことを英語で改めて説明した。

そして、

「これ以外には考えられん。そうだろう」

同意を求めると、彼らも賛同した。

「認める気がないなら、連行しよう。今度は、しっかりと吐かせてやる。みんなも手伝ってくれ」

菰田が鬼の形相で迫り、他の者たちも彼に続く。

早瀬は、窓の横の壁際へ追い詰められていた。

「シュタインバッハ氏が今までで最高だと言ってたトリックが、こんなありふれたものだと思うのか。そんなわけないだろうが――」

と訴えるが、やはり誰も聞く耳を持たない。

すると、その時であった。

ドンとドアを叩く大きな音がした。

一同がそちらを見て、驚きと恐怖の声を上げる。

なぜなら、そこに、あの怪人物が、赤死病の化身が立っていたからである。黒いフードをかぶり、黒いマントを床まで引きずっていた。そして、ドアに鍵を掛ける。これ以上は誰も入れないようにしたのだ。

早瀬は、凍り付いたかのように動けなかった。それは他の者たちも同じで、双方はじっと睨み合っていた。

それを破って真っ先に動いたのは、菰田であった。

「どこにいた、上海デスドール。シュタインバッハ氏を殺すとは許さん」

ついさっきまで早瀬の協力で窓から逃げたと言っていたことなどなかったかのように、相手を威嚇している。

しかも、菰田は、中身のない衣装と一緒にあった剣を取り上げ、立ち向かおうとした。

すると、菰田が身構えるよりも前に、上海デスドールが、疾風のように動いて、ナポレオンの格好をした客から剣をもぎ取った。そして、軍人である菰田に付け入る隙を与えず、その剣で襲い掛かる。

菰田が一撃で吹っ飛び、背後の窓ガラスに突っ込んで、ガラスが派手に割れた。

それで、他の者たちはますます動けなくなり、なす術もなく次々に剣を振るわれて、倒されていった。菰田を含めた八人が倒されるのに、十秒も掛かったかどうか。そう思われるほどの素早い動きである。

早瀬は、最後に襲われた。

やはり、どうすることもできなかった。剣で強打され、胸に激しい痛みを覚える。偽物の剣とはいえかなりの衝撃で、おまけに足が痛かったから踏ん張ることができず、早瀬は、上海デスドールの方へくずれるように倒れかかった。

すると、相手が早瀬を受け止めた。

柔らかな感触が伝わってきて、早瀬はそれに、

（なんだか覚えのあるような気が――）

と思ったところで、意識を失ったのである。

6

気が付いた時、早瀬は、ベッドに寝かされていた。

しかも、上からあの顔が見下ろしている。

「うわあっ！　またお前か」

早瀬は、起き上がろうとして、

「いててて」

と、胸を押さえた。

すると、相手は、

「大丈夫ですよ。骨はなんともないようですから――」

と言ってくる。

妖恋華であった。

例によって、感情の窺えない人形のような表情で、じっと見つめている。まわりを見ると、どうやら病院にいるようであった。窓の外は、ほんのりと明るくなり始めている。胸を押さえた時、

シャツの胸ポケットに何かが入っていることに気付き、取り出してみた。悪魔の顔をした西洋人形のカードである。

早瀬は、何があったかを思い出した。

「そうか、上海デスドールにやられたんだ。でも、俺を殺すつもりはなかったんだな。それで病院に運ばれ――。お前が付いていてくれたのか」

妖恋華は、何の反応も示さない。

「現場はあれからどうなった。一緒にやられた他の人たちも無事なのか」

これには、やはり感情の籠っていない声で、淡々と答えた。

「私が会場へ戻ってきた時、人々は、まだ黒の部屋の前で茫然としていました。勇敢な人だけが中へ入り、その後、ドアには鍵が掛けられて悲鳴やガラスの割れる音まで聞こえたというのですから、どうしたらいいのかわからないのも無理はないでしょう。しかし、中の様子を窺ったところ、微かに呻き声のようなものが聞こえましたが、それ以外は静まり返っていました。ですから、私が使用人に斧を持ってきてもらい、ドアを壊させて、中へ入ったのです」

それで、倒れている早瀬たちを見つけたという。みんな息があった。いや、みんなというのは正確ではない。窓のところへやって来ると、割れて庭の方へ飛び散ったガラス片の上で、菰田が死んでいた。胸の上に、剣を深々と突き立てられていたらしい。その剣は、菰田が中身のない衣装から取り上げた上海デスドールの剣であった。

「つまり上海デスドールの狙いは、シュタインバッハと菰田だったということか。でも、あいつはどこに隠れていたんだ」

「警察の捜査でもわかっていないようです」

「租界警察か。あいつら、ちゃんとやってるのか」

「ユダヤ人が殺されたのですから、上から相当ハッパをかけられていますわ」

「上はそう言うだろうけど、下が付いていくかなあ」

租界警察の劣悪さは、早瀬も、すでに知っているところである。租界警察は、欧米人の幹部が部下の中国人やインド人、ベトナム人などをこき使っていた。幹部たちは、東洋人が被害者だとほとんど関心を示さず、部下は、ワイロでどうとでも転び、阿片の密売などに手を染めている連中もいるらしい。

だから、上海では、事件や揉め事が起こると、警察よりも闇社会を頼ることが多い。それが、さらなる犯罪の温床になっているのである。

「確かに、警察に見破ることができるとは思われませんん」

と、妖恋華も認める。

「秀一さんはどうなのですか。何かわかっているのですか。パーティーの褒美は望みがなくなりましたけど、上海デスドールのトリックを暴けば、記事がとても高く売れるでしょうし、引き抜きの話も、それこそ引く手数多《あまた》になること請け合いですよ」

「まあ、それはそれで魅力的だが――」

早瀬は、手の中のカードを見つめた。

「それよりも、目の前で上海デスドールに人を殺され、まんまと消えられたうえに、赤子の手をひねるように倒されたのが悔しくてたまらない。だが、俺も気が付いたばかりだから、少し考えさせてくれ。あの部屋へ飛び込んだ時、何かおかしいと思ったんだ。だから驚いてしまった。なんだったかなあ」

と、頭を掻《か》きむしっていたのだが、妖恋華は、余り関心がないのか、

「私は、夜になると『ルビイ』に出なければなりませんので、一旦、家に戻ります」

そう淡々と言った。

「おい、帰るのなら、俺も連れて行け。この病院、随分と立派そうじゃないか。支払いはどうなるんだ。パーティーの参加者がやられたんだから、普通なら主催者が出してくれるところだろうが、シュタインバッハも菰田も死んでるよな。俺の給料じゃ無理だぞ。だから、このまま退院させてくれ。『ルビイ』でやられたことを思えば、食らったのは一発だけだ。もう何ともない」

早瀬は、ベッドから出ようとして、また、

「あいたた！」

と、胸を押さえる。

妖恋華は、そんな早瀬を、相変わらずの表情で見ていた。

「今日は、ここでゆっくりとお休み下さい。支払いは、そうですね。秀一さんが謎を解けば、私から財閥の幹部の方に掛け合ってあげましょう。ですから、暇潰しにこれでもお読みになって――」

妖恋華が差し出したのは、この前借りた『赤死病の仮面』が入っているポオの英語の本であった。

7

事件から五日後の午前――。

早瀬秀一は、再びシュタインバッハの邸宅を訪れていた。

すでに、病院は退院している。足はまだ少し引きずっているが、杖を必要とするほどではなくなっていた。

早瀬は、妖恋華と一緒であった。

もう一度現場を見ればわかるかもしれないと言ったので、妖恋華が、財閥の幹部に掛け合ってくれたのだ。

早瀬は、相変わらずのヨレた格好。一方、妖恋華は、パリッとしたスーツに、帽子を深々とかぶっている。

事件には全く進展が見られなかったが、邸宅には、警察の見張りが残っていた。そのうえ、私服の日本人も二人いた。目付きが鋭く、尋常ではない雰囲気を漂わせている。

早瀬は、そんな目付きと雰囲気に心当たりがあった。

（憲兵だな）

と察した。

日本人の、それも軍人が殺されているので、捜査に乗り出しているようだ。といっても、真面目に犯人を挙げようとしているのではないと思った。憲兵が租界警察以上に危険で厄介なのは、早瀬自身が身をもって知っている。

菰田は、軍の大勢とは異なる反独の立場をとっていた。だから、菰田の周囲を探って、反独派のあぶり出し、もしくは、それを口実にした不穏分子の弾圧を目論んでいるに違いない。

その憲兵たちは、早瀬に気付くと、険悪な顔で近付いてきた。

「貴様、日本人だな。ここに何の用だ」

「それに見掛けん顔だ。しかも、昼間から女連れとはいったい何者だ」

「怪しいぞ。ちょっと来い」

すると、妖恋華が、間に割って入り、流暢《りゅうちょう》な日本語を口にした。

「この人は新聞記者で、取材に来ただけです」

それを聞いて、相手は、無遠慮に妖恋華の帽子を取った。

「貴様も日本人か。他の記者はここへ入ることさえできないというのに、どうして、こいつは来ているんだ。それに貴様、なかなかの別嬪《べっぴん》じゃないか。それがこんな記者に同行しているとは、貴様も怪しい。一緒に来い」

しかし、男でも竦《すく》み上がる憲兵を相手に、妖恋華は、怯む様子を全く見せなかった。こんな場合でも、いつもの表情は全く変わらず、怜悧な目で、彼らを正面から真っ直ぐに見つめている。

「この人は敏腕で知られ、財閥の幹部の方とも昵懇《じっこん》なので、特例として許可をもらわれたのです」

(ええっ!)

早瀬は、心の中で叫ぶ。

「私は、当日のパーティーに参加していましたので、案内役を頼まれました。私は、『ルビイ』というクラブの歌手兼ダンサーです。『ルビイ』には憲兵隊長様もしばしばお越しになり、ご贔屓にあずかっています。ですから、隊長様に今すぐ連絡なさって、『ルビイ』のこういう女がこんなことを言っているがどうしますかと、お聞きになって下さい。それもしないでこのまま連れて行かれると、後悔することになりますよ」

それから三十分後、早瀬は、妖恋華と二人で、黒の部屋に入っていた。二人の私服憲兵は、すでに退散している。

早瀬は、仮面とマントが掛かっていた窓の前に立った。窓は割れたままで、ガラス片も事件当時そのままに散乱している。

「俺は、この部屋へ最初に飛び込み、ここに仮面とマントが掛かっているのを見て驚いてしまった。シュタインバッハは、この会場やパーティーの進め方を原作そっくりにしていた。色違いの七つの部屋を作ったり、時報が鳴ると音楽を止めたり、赤死病の化身が現われる時間とか、そいつの格好もそうだ。勿論、何から何まで同じにするというわけにはいかなかったが、できるだけ原作通りにしようと心掛けていたことは間違いない。だから、この部屋へ飛び込んだ時も、中身のない衣装があることは予想していた。なのに驚いてしまった。どうしてか」

「――――」

「衣装のあった場所が予想とは違っていたからだ。お前に借りた本をもう一度読んで、はっきりしたよ。原作では、赤死病の仮面とマントは巨大な柱時計のかげにあって、人々がそれを摑むと、中には何もなかったということになっていた。だから、俺は、時計のかげにあるだろうと予想していて、それと違っていたことに驚いたんだ。いろんなことを原作通りにしていて、大事なクライマックスの場面に、ポオ好きだと公言していた映画監督が、どうして設定を変えたのか」

「上海デスドールが勝手に変えたのではありませんか。窓から逃げたと思わせたかったのでしょう」

「いや、違う。シュタインバッハの最初のシナリオから、ここへ仮面とマントを掛けることになっていたんだ。なにしろ、窓の上にこんなものを取り付けている」

と、フックを指差す。

「他の部屋も見てみたが、どこにもこんなのはなかった。だから、これはシュタインバッハが用意したものだ。原作と違う場所にしたのは、そこから人々の注意を逸らしたかったのだと思う。つまりトリックのタネは、巨大な柱時計にあった」

早瀬は、そちらの方へ近付いていった。

時計の長針と短針は、十二時五十分頃で止まっている。

「この柱時計は、シュタインバッハ氏がアメリカから持ってきたものだと聞いています」

「なるほど——」

早瀬は、柱時計をじっくりと見た。文字盤と振り子部分で、それぞれ人間一人が入れるぐらいの大きさがあり、振り子部分の高さは二メートルほどで、文字盤の位置は、早瀬の頭の上だ。振り子の隙間に潜り込む広さはなく、時計の外板を簡単に外すこともできない。

しかし、早瀬は、あるものに注目した。

文字盤と振り子部分の境界のところに、突起があるのだ。親指ぐらいの突起が、正面の右側に二つ、同じ高さに付いているのである。

（まるで把手のような――）

そう思った早瀬は、その突起から目を下ろしていった。すると、下の方にも突起があった。振り子部分の右側の壁板に、横一文字型の突起が出ていて、下駄の跡を思わせるように、段違いの二列で、計六個付いている。こちらの突起は、指先の爪程度と小さなものだ。

境界部分の突起は、小柄な早瀬だと、手を伸ばしたうえに、少し飛び上がらなければならない。しかし、早瀬の足は、まだ万全ではない。それでも、早瀬は、なんとか摑めないものかと、飛び上がってみた。当然、うまくいかない。

それを見て、

「何をしているのですか」

と、妖恋華が聞いてきた。

早瀬は、境界部分と下の方の突起を指差した。

「あれを摑んで、これを足場にして、文字盤のところまで上がっていけないかなと思ってね」

「その足では無理ですね。足がなんともない人でも上がっていける人はそういないでしょう」

「そうか。俺の考えはダメか」

早瀬が、がっかりしていると、

「私がやってみましょう」

と、妖恋華が言った。そして、ヒールを脱ぎ、

「邪魔です」

と、早瀬を追い払うかのようにどかせて、ヒラリと飛び上がる。境界部分の突起を難なく摑み、ストッキングの足で下の突起に乗っかり、スルスルと上がっていった。境界部分から上は、文字盤の縁と数字の突起に手を掛けている。

それで、身体全体が文字盤にまで達した。

「さすがサーカスにいただけのことはある」

早瀬は、感心する。

「これからどうすればよろしいのですか」

「針に触ってみてくれないかな。たぶん抜けるんじゃないかと思うんだけど――」

妖恋華は、言われた通りにした。

「意外と軽いです。これなら抜けます」

妖恋華は、さして苦労することなく、長針と短針を抜いて、早瀬の足元に落とした。

長針・短針といっても、長さは少ししか変わらなかった。どちらも大人の背丈のほぼ半分ぐらいの長さで、太さはほぼ同じ。文字盤の中心部分にある方が膨らんだ形をしていて、真ん中が丸い形にくり抜かれ、数字を指す先端部分は尖っている。

早瀬は、手に取ってみた。

妖恋華が言った通り、軽いものであった。黒々とした色に鈍く光っているので、真鍮か鉄製と思われたが、そうではなかった。

早瀬は、針が抜けたところを見た。

文字盤の中心には、丸い穴が開き、そこから丸い棒のようなものが出ている。その棒が、長針と短針の丸くくり抜かれたところに差し込まれていたのだ。そして、文字盤の中心の穴は、妖恋華のほっそりとした身体なら、入れそうな大きさに見えた。

「その棒のようなもの、もしかしたら動くんじゃないか」

早瀬が言うと、妖恋華は、手で棒を押してみた。

すると、簡単に中へ引っ込んでいくではないか。

「中はどうなっている？」

妖恋華は、穴の中を覗き込み、

「空洞ができています」

と答えた。

「身体、入られるか」

「入ります」

妖恋華は、身体を入れていった。

腰の辺りまでスルスルと入っていく。

そして、身体を出し、ヒラリと床に飛び降りて、

「入るのは、あそこまでです」

と、報告する。

「うん、それでいい。それで充分だ。トリックがわかったよ」

と、早瀬は言った。

7

現場をあとにした早瀬秀一と妖恋華は、『ルビイ』の楽屋にやって来た。

まだ昼間なので、中は閑散としていて、静まり返っている。早出なのか、雑用係をしている中国人の女性がいて、妖恋華のお出ましに驚き、楽屋をノックして、

「あのう、何かお飲物のお持ちしましょうか」

と聞いてきた。

「そうね。紅茶をお願い」

そう妖恋華が答え、しばらくすると、またノックの音がして、妖恋華が、ドアまで行き、その際、

「この前といい、今日といい、恋華さんが楽屋に男の人を入れるなんて、初めて見るんですけど、何かあったのでしょうか」

と、さっきの女性がまた聞いてくる。

「何もないわ。余計なことを言わない」

妖恋華は、ぴしゃりと遮った。

「す、すいません」

女の慌てて立ち去る足音がして、妖恋華が、紅茶を持ってきた。

早瀬が、ぽかんとした顔で見ていると、妖恋華は、きりっとした硬質の目を向けてきて、早瀬は、慌てて目を逸らせる。

「謎解きをして下さるのでしょう。時計の針がトリックのタネだったのですね」

妖恋華が、さっきの続きを促した。

「そうだな」

と、早瀬は頷き、説明を始めた。

「あの時計は、おそらくシュタインバッハが『レッドデスパーティー』の余興で使うために造らせたものだろう。一度、時計の中に隠れるトリックを使っているが、たぶんあっさりと見破られたんだ。外板が取り外しやすかったとか、中が空洞で軽かったとか、時計が動いてなかったとか、いろいろとばれやすい要素があったに違いない。その反省から、もっとわかり難いものにしようとしたんだと思う。黒の部屋で隠れるとすれば、小道具的にはあの柱時計が一番だからな。それで、中にはちゃんと機械を入れて重くし、振り子は動くが、針は動かず、但し、針は動かなくても、一時間ごとに時報を知らせる音は出す。最初は、そういう構造にしていたんじゃないかな。彼は映画監督だからね。映画にセットや大道具・小道具は付き物だ。しかも、彼は、古代バビロンの巨大セットを造らせている。その感覚で、そういう巨大時計も造らせたんだろう。しかし、具体的にどうやって隠れるか、そこまでは決められないまま、上海へやって来て、どういうわけか、上海デスドールと知り合ってしまった」

「――――」

「勿論、シュタインバッハは、相手が上海デスドールとは知らず、上海デスドールは、時計の仕掛けを利用して消えてやろうと思い、トリックの助言をした。それがまさか自分を殺して消えるためのものだとは夢にも思わず、シュタインバッハは、いいトリックができたと喜び、上海で時計を改造させたんだ。上海にも映画会社はあるし、時計職人だっている。もしかしたら、ハリウッドから馴染みのスタッフを呼び寄せていたのかもしれない。とにかく、シュタインバッハは柱時計を改造した。それがあの突起と、軽くて取り外しやすい長針と短針に、針を差し込む穴の中に上半身だけを入れられる空洞だった。上海デスドールの助言と時計の改造の内容は、あくまでも俺の想像だから、違ってるところがあるかもしれないけど、最終的に時計は、そういう形になった」

「――――」

「そして、シュタインバッハは、トリックの助言をしてくれて、あの小さな突起を上がっていくことができる上海デスドールに、赤死病の化身役を頼んだ。相手も、それが目的だから心安く受けた。しかも、どうやらシュタインバッハは、そんな上海デスドールに映画の主演まで頼んだようだけど、向こうの方では映画化が実現しないとわかっているから、それも適当に引き受けていたんだろう。いずれにせよ、シュタインバッハは、そこまで用意をしていたものだから、自信満々で俺たちに部屋を調べさせたんだ。まあ、あの突起に気付いたところで、あれを使って文字盤まで上がっていくことは、普通の人にはできないし、下から見ている分には、時計の針が軽くて簡単に取り外せるとは思えない。なにしろ、パーティーの夜のあの部屋は、薄暗かったから、針の様子も突起もわかり難かった。ただ針は動かないので、九時という時間を予め指すようにしておいて、その時間に客たちを案内し、音を聞かせた。その後、さあ部屋を調べてくれと言って、まず振り子を止めたのは、針が動かないことを悟られないようにするためだった。そして、余興の幕が開く」

「――――」

「勿論、最初の目論見は、赤死病の化身が現われて、それをシュタインバッハが咎め、客も引き連れて追い掛けていくということだったんだが、そんな段取りも、上海デスドールに全部引っくり返されてしまった。いきなり首を斬り飛ばされたというわけだ。そして、上海デスドールは黒の部屋へ逃げた。でも、俺が追い掛けてくることなど、全く予想もしていなかった筈だ。そもそも、俺は、パーティーのメンバーでさえなかったんだからな」

「――――」

「最初の想定では、真っ先に追い掛けて、黒の部屋へやって来るのは、菰田だと思っていたに違いない。彼は、シュタインバッハを仲介にして、反独政策を画策していたから、そのシュタインバッハを殺されて、怒り心頭に発することだろうし、そもそも軍人だ。びっくりして驚き脅える客たちの中で、最初に動くのは菰田だと見るのはおかしなことじゃないし、実際にそうなった。だから、黒の部屋への一番乗りは、菰田。しかし、上海デスドールの姿はない。後からやって来た連中は、俺がそうだったように、菰田を疑っただろうね。部屋の中に抜け穴や隠れる場所がないことは事前に調べてある。だから、菰田は、俺がそうされかけたように引き立てられていき、上海デスドールは、その後時計から出てくることにしていた筈だ」

「――――」

「そして、菰田の方は、警察へ身柄を渡されることになっただろう。いや、日本人だから、日本の憲兵が引き取ったに違いない。それで、菰田は、反独派の内情を吐くように強要される。反独派の菰田が、どうしてシュタインバッハを殺すのかという矛盾は、仲間割れですませばいい。要はどんな理由にせよ、身柄を押さえることが目的だった。そして、菰田は、上海デスドールの一味として処刑されることになる。上海デスドールのそもそもの計画は、こういうことだった筈だ。あいつに依頼したヤツの計画というべきかな。シュタインバッハと菰田を消すことが目的だったんだが、菰田に対する扱いが過酷なことからして、依頼がどこから出ているかは想像がつくというものだ。でも、そんな計画を俺が狂わせてしまった。足が悪いくせにワゴンを見つけて、それに飛び乗るという予期せぬことをやり、そのうえ、菰田が途中でつまずいたせいで、追い抜いてしまうことになった。そして、俺が最初に黒の部屋へと入った」

「――――」

「では、上海デスドールが、あの時計にどうやって隠れていたのか。シュタインバッハが俺たちに部屋を調べさせた後、上海デスドールは、パーティーのどさくさに紛れて、黒の部屋に忍び込んだ。パーティーはあの騒ぎようだし、みんな仮装をしているのだから、誰が紛れていてもわからない。そして、針を抜き、窓から外の庭に出しておいた。針は黒いし、外は闇だ。だから、たとえ窓から見られることがあっても、わかり難い。それと、文字盤の中心にできた穴にある棒も動かし、空洞も作っておいた。そういう準備をしておいて、上海デスドールは、赤死病の化身になり、改めて青の部屋の廊下側のドアから現われ、シュタインバッハの首を斬って、黒の部屋へ逃げ込んだ。そして、仮面とマントを窓の前に引っ掛け、柱時計の文字盤のところへ上がって、穴の中へ腰の辺りまで身体を入れ、両脚を広げた。十二時半を指すように、真一文字の形に広げたんだ。上海デスドールは、脚全体を黒いタイツのようなもので覆っていたんだろう。そのタイツは臀部にまで及び、だから、臀部の膨らみが針の中心部分の膨らみに見え、足先が針の先端部分に見えた」

「――――」

「黒の部屋は一度調べているから、あの時の俺たちは、改めて部屋の中をじっくりと調べてみようとはしなかった。それに、まさか時計の針が人間の脚になっているとは思わなかったし、あの部屋の黒に赤が混じった禍々しい照明のせいもあって、針の違いに誰も気付くことはなかった。文字盤の位置は高いから、脚立のようなものがないと上がって確かめることもできない。十二時半にあの部屋へ逃げ込むようにしていたのも、当初の計画通りだ。針が一直線になる十二時半は、両脚を真一文字に広げるだけだから、一番やりやすかったんだろう。その後は時間の進み具合に合わせて、足も少しずつ動かしていたんじゃないかな。こうして時計の針を装うところまでは、計画通りだったんだが、菰田じゃなく、俺が真っ先に駆け付け、窓に鍵を掛けたんだろうと疑われたことで、計画が狂ってしまった。だから、こっそりと時計から抜け出し、邪魔が入らないようにドアに鍵を掛けて、俺たちの前に現われた。予備の仮面とマントは、針を外した時に空洞の中へ入れておいたんだな。そして、みんなを気絶させ、菰田だけを殺し、時計の針を戻して、窓から庭へ逃げた。時間を俺たちがここにいた分だけ進ませ、振り子を止めて、時報も鳴らないようにしておいたんだ。これが、あの時起こったことの真相だよ。シュタインバッハが、パーティーの前に、客たちを『ルビイ』に招待して、お前のダンスを見せたのは、ミステリーでいうところの伏線――ヒントのつもりだったんだと思う」

「お見事ですわ。そのようなトリックによく気付かれましたね」

妖恋華が、珍しく早瀬を称賛した。

「それで、上海デスドールの正体はどういうことになるのでしょう。私をお疑いなのでしょうね。私は、あの突起を上がれて、脚を真一文字に広げることができて、赤死病の化身が現われた時、席を外していました」

妖恋華は、いつもの目で、早瀬を真っ直ぐに見つめている。

「安心しろ。俺は、菰田やビア樽主任のようなことはしない。それだけのことで決め付けたりはしないさ」

早瀬は、目を逸らさずに言った。

「お前のわけがないだろう。お前が上海デスドールなら、俺の前で時計を上がってみせるわけがない。あいつは仮面とマントで全身が隠れていたから、男か女かはわからない。脚を真一文字に広げられる人間も、上海でお前だけということはないだろうし、サーカスにいなくても、あの突起を上がっていける人間だっている筈だ。俺は腕っぷしに全く自信がないけど、上海デスドールは軍人の菰田をはじめ、あれだけの男たちをあっという間に倒した。女にできることとは思えない。あいつは腕の立つ男に違いないと、俺は見ている」

「――――」

「とにかく今回の事件でわかったことといえば、上海デスドールは、腕が立つだけでなく、身軽で身体が柔らかく、時計の針の穴へ入れるくらい身体が細いうえに、たぶん脚がきれいだってことだけだ。きれいな脚じゃないと、時計の針が不自然に見えたんじゃないかな。ま、細身で脚のきれいな男っていうのはなんだか気持ち悪いから、お前も容疑者の一人には入れておいてやろう」

「一人……ですか」

「ああ。パーティー会場に最初からいた人間じゃなく、どこの誰だかわからないヤツが赤死病の化身役として、こっそり潜り込んでいた可能性だって充分にあるんだ。今の状況じゃあ、こいつだと誰かに絞ることとなんてできない。だから、このトリックを記事にすることもやめる」

「記事も書かないのですか」

「そうだ。書いてしまうと、租界警察のことだ。男も女も関係なしにお前を含め、脚が広げられる人間を片っ端から捕まえて、無理やり吐かせようとするに違いない。憲兵は、さっき見た通りの連中だ。拷問で責め殺すかもしれない。俺は、そんな連中の片棒を担ぐことなんか真っ平ごめんだ」

そうきっぱりと言う。

「それに記事なら、あのパーティーの一部始終を書いたものが高く売れたよ。なにしろ客たちは、関わりになるのを嫌がって口が堅いし、ダンサーや給仕の証言はあるけど、俺は、黒の部屋に飛び込んで、上海デスドールに一発食らわされたんだからな。迫力が全然違う。引き抜きがあるかどうかはわからないが、これで、しばらくはあそこで食っていけるよ。でも、あんな時計を作らせるとは、上海デスドールは、そうまでして不可能な状況にこだわっているのか。よほど自分を他とは違う、凄い殺し屋だと思わせたいようだな。それをまんまと成功させて、またうまく消えてやったとほくそ笑んでいるんだろうと思うと、やっぱり癪だけどな」

「ほくそ笑んでいることはないと思いますよ。秀一さんがワゴンを使って最初に飛び込んでくるとは、上海デスドールも思っていなかったのですから――。計画が狂ってしまったせいで、依頼者から叱られていることでしょう。そんなことは、上海デスドールにとっても初めてのことです。それは、秀一さんのお手柄です」

「そうか、それなら、ちょっとは溜飲が下げられるけど――。それに、お前には例を言わないといけないんだろうな」

「礼……ですか」

「前はリンチ殺しの記事を書かせてくれたし、今日は、現場を見るのに便宜を図ってもらったうえに、憲兵も追い払ってもらった。病院の支払いもなんとかしてくれたんだろう。そもそも、『没落』の話をちゃんと聞いて、俺を助け出してくれたのも、お前だ。足もだいぶよくなってきたから、詫びはしてもらったと受け取っておこう。お前の能面みたいな顔も、ちょっとは見慣れた。

まあ、『上海蛇報』だと、『ルビイ』なんかには取材に来られないし、俺の給料じゃ、とてもここでは遊べない。上海にいる限りはどこかで会うかもしれないけど、取り敢えずはオサラバだ。元気にしていてくれ」

その時、早瀬の頭の中で、あることがよみがえってきた。

「そうだ、思い出したぞ。上海デスドールにやられた時、あいつに抱き止められたんだ。そんなことをされること自体、おかしいんだが、しかも、あの時、何かに気付いたように思ったんだけど、なんだったかなあ」

早瀬は、ボサボサの頭を掻きむしりながら、楽屋を出ようとした。

すると、早瀬の前に、妖恋華が、すっと立ちはだかった。

人形のような無表情が崩れて、薄っすらと笑みを浮かべている。なんとなくぎこちない感じであったが、明らかに笑っていた。早瀬が初めて見る笑みで、ああ、この女も笑うのかと思ったほどである。

「ど、どうしたんだ。却っておっかないぞ」

早瀬は、思わず身体を引き、妖恋華は、一瞬、慌てたようにも見えたが、元の表情へ戻って、こう言った。

「秀一さん。あとで係の者から取材証をお渡しします。他の記者なら、こちらから依頼がある時しか渡さないのですが、秀一さんのものは、いつでも自由に出入りできる特別のものです。勿論、飲み食いも自由です。そして、私の楽屋へも自由に来て下さい。鍵は掛けていませんので、ノックなしにいつでもどうぞ」

「なんだそれ？　ノックもなしとは、お前が着替え中だったらどうする」

「その時は、その時でかまいませんわよ」

そう言って、早瀬にグイと身体を押し付けてきた。顔も唇が触れかねないほど近付けてくる。

「おいおい」

「あら。パーティーでも私に触れるのをためらっておられましたね」

「あれは、シュタインバッハと菰田が睨んでいたから――」

「でも、今は誰もいませんのに――。もしかして意外とウブなのですか」

「だから大人をからかうなって――」

妖恋華は、かまうことなく、早瀬の手を取って、片方を自分の後ろに、片方を胸のところへ持っていく。

「どこまでも大人をなめやがって――」

早瀬が、思いっきり触れてやると、妖恋華の口から、

「うふっ」

はっきりと切なげな吐息が洩れた。

第2話

洛神ドール

1

魔都上海の澱んだ夜に華やかなネオンを灯しているナイトクラブ『ルビイ』は、塀に囲まれた広大な敷地の中に建っていた。

客は、自動車か人力車である黄包車《ウオンポツオ》で、宮殿かと見紛うばかりの店の入り口まで乗り付け、ボーイに迎えられる。そこから降りてくるのは、身なりのいい人間ばかりだ。

その『ルビイ』に出入り自由となった早瀬秀一は、明らかにみすぼらしかった。髪はボサボサで無精髭を生やし、着ている服はヨレヨレである。しかも、車で乗り付けられるほどの金銭的余裕はない。

なにしろ早瀬が勤めている『上海蛇報』は、自分のところで新聞を出さずに、記事を他社へ売り込むといういかがわしい新聞社なのだ。それに、この格好で歩いて店まで行き、黒服の迎えを受けて、店内へ乗り込むほどの度胸もなかった。

だから早瀬は、従業員用の出入り口から中へ入っている。今夜もそうだ。そして、店の営業が終わると、妖恋華の楽屋を訪れた。

妖恋華は、『ルビイ』の歌手兼ダンサーで、上海ピュアドールとも呼ばれている。

ノックをして、

「どうぞ」

という日本語の返事があったので、ドアを開けた。

妖恋華は、流暢な日本語を話す。

「店におられたので、そろそろ来られるだろうと思っていました」

「ちょっと用があってな」

「ノックはいりませんと申し上げましたのに、いつもなさるのですね」

「女性の楽屋へ入るのに、そういうわけにはいかないだろうが、着替え中だったら、どう――」

早瀬は、そう言いながら、ドアを閉めて、中の方へ振り返り、

「うわっ！」

と、大きな声を出した。思わず逃げ腰になり、閉めたばかりのドアに、背中がドンと当たる。

妖恋華が、あられもない下着姿で立っていたのである。抜群のプロポーションがすっかり露になっていた。

「お前、なんて格好をしてるんだ」

「着替え中ですけど――」

妖恋華は、平然としていた。

黒髪が肩の下にまで流れ、整い過ぎるほどに整った顔は、人形のように美しい。しかし、その表情も人形のように動かず、何を考えているのか全くわからなかった。それでいて、その顔には、まだ十代ではないかと思われるあどけなさが感じられる。

「着替え中って、それならどうぞとか言うなよ」

「でも、これでおわかりになったでしょう。ノックをしてもしなくても、こういう場面に遭遇するのです。ですから、もうノックはしないで下さい」

「なんなんだよ、それは――。でも、わかった。わかったから、早く服を着てくれ」

早瀬は、疲れが一気に噴き出してソファへ座り込んだ。妖恋華も、スーツに着替えてから、向かいに腰をおろす。

「昨日も来たんだけど、お前、休んでたよな」

「あら、そうだったのですか。申し訳ありません。しばらく水曜日には休みをいただくことになったのです」

「『ルビイ』のスターが、よく休めるな」

「『ルビイ』には、今月からマリエナが出演することになったので、お客様は、マリエナを見れば満足なさいます」

マリエナは、上海一と謳《うた》われている天才ダンサーで、本当かどうかはわからないのだが、インドの出身と称し、東洋的な顔立ちをしていて、妖恋華よりは明らかに大人の女性であった。

「あの拍手喝采を受けていた曲、なんていうんだっけ」

「『ペルシャン・マーケット』ですね。イギリスのケテルビーが作曲したもので、マリエナの十八《おは》番《こ》です。そのおかげで曲の方も魔都で流行っています」

「なるほど、凄い人気なんだ。確かにダンスはうまかった。でも、俺には、お前が負けてるようには思えないんだけど――」

「あら。秀一さんにダンスを見る目があったのですか」

「ないよ。どうせ俺の目は節穴だ。でも、俺は、お前の歌やダンスの方が楽しめたんだ」

「それは、私のダンスの衣装がマリエナより露出が多くて、際どい動きをしていたからでしょう」

「そ、そんなことはない。誓って、ないぞ」

早瀬は、必死に抗弁するが、妖恋華の表情は変わらない。

「でも、たとえ節穴とはいえ、楽しめたと言っていただけると嬉しいですわ」

「節穴を強調するな」

「それで、用があるとおっしゃっていたのはなんなのですか。うかない顔をしています。西太后《せいたいごう》さんにまたきつく言われたのですね」

図星を指されて、早瀬は、うろたえた。

西太后というのは、『上海蛇報』で事務兼経理をしている麟という女のことである。どういうわけか、早瀬はまだ顔も見たことがないオーナーの信頼が厚いようで、『上海蛇報』には、早瀬の他にアメリカ人と中国人の記者がいるのだが、四人の中では一番年下のくせに、一番威張っていて、早瀬たちにあれこれと指図するのである。

西太后とは、清《しん》朝末期に権勢を振るった女傑で、中国の三大悪女に数えられるほど評判は悪い。

とぼけるわけにもいかないので、早瀬は、正直に打ち明けた。

「実は、マリエナのことなんだ。お前と同じで取材嫌いだといわれているけど、せっかく『ルビイ』へ出入りをしているのなら、インタビューをしてこい、他へ売れるからって、ハッパをかけられたんだよ。なにしろ上海ピュアドールの写真撮影とインタビューには失敗したからな。これもしくじったら、今月の給料を半分にするとヌカしやがる」

「まあ、それはたいへんですわね」

お前が断ったせいだぞと訴えるつもりで睨んでやったが、妖恋華は、何の反応も示さない。早瀬も、そんなことはわかっているから、無駄なことは言わなかった。

「でも、マリエナは写真を撮らせるだろう。今月から『ルビイ』へ出演するっていうポスターがあちこちに貼り出されていたものな。だから、お前よりは脈があるんじゃないかって、西太后は思っているのさ。それで、ちょっと力を貸してくれないか」

小娘に頼むのは癪であったが、背に腹は代えられない。

妖恋華は、

「わかりました」

そうあっさりと応じた。

「マリエナには、私から話をしておきましょう」

「そうか、それならありがたい」

「でも、西太后さんからハッパをかけられているのは、それだけではないのでしょう？」

「まあな。赤死病のパーティーで上海デスドールを見ちまったから、そっちの方も新しいネタはないのかと、せっつかれているよ」

上海デスドールは、もう一人の上海ドールである。しかし、こちらは殺し屋だ。やはり人形のように美しい女だといわれているが、噂に過ぎず、男か女かさえもわかっていない。正体が全く不明なのである。

すると、妖恋華は、これについても、

「そのことなら、今夜のお客様にちょうどいい人がいました」

と言った。

「ステージが終わってから、私が最後に席へ行った人です」

「ああ、あの中国人か。お前が目当てにしては珍しく手を出さなかったな」

妖恋華は人気者なので、ステージが終わると、あちこちの席からお呼びが掛かる。妖恋華が行くと、相手はお決まりのように彼女を触るのである。妖恋華は、それも表情を変えずに、うまくあしらっているのだが、その中国人は手を出さなかった。そして、妖恋

「あの方、堅物だといわれていますわ。他の店に行っても、女の子に触ったりしないそうです。秀一さんとは大違いです」

「どこが大違いなんだ。そもそも俺は他の店なんかに行かない。行く金もない。だから触りもしない」

しかし、今度の抗議も、やはり聞いていないかのように、妖恋華は、話を進める。

「それで、赤死病のパーティーに私も参加していたことを話したら、あの方、上海デスドールについて知っていることがあると言っていました。ですから、そのことを秀一さんに話して下さる

ように頼んだのです。了承して下さいましたわ。日時はおってお知らせできると思います」

「それはそれは、手まわしのいいことで――」

「ただ私と秀一さんの二人だけで行くと、向こうは気分を害されますので、『上海蛇報』の方を連れて来て下さい。西太后さんも歓迎します。向こう持ちで、豪勢な料理を食べることができるでしょう」

「豪勢な料理はこっちも大歓迎だが、気分を害すって、どういうことだ」

「あの方、とても嫉妬深いのです。店の中で私を呼ぶのは、租界の幹部といった自分より上の人間ですから、我慢していますが、秀一さんは、ずっとずっと下の人間ですから、そんなヤツがどうして私と二人でいるのかと、秀一さんを憎むことでしょう。殺し屋に頼んで、秀一さんを始末しようとするかもしれません」

「なんだって！　そんな危ないヤツには見えなかったぞ。紳士だったじゃないか。それに、ずっと下とか言うな」

「そうではないのですか」

「当たってるけど、お前みたいな小娘に言われると、心の折れ方が半端じゃないんだよ」

「意外と繊細なのですね」

「ふん、どこまでも馬鹿にしやがって――。それなのに、どうして俺のためにいろいろとやってくれるんだ」

妖恋華は、眉一つ動かさずに、早瀬をじっと見ていた。

2

上海デスドールのことで、妖恋華が紹介してくれたのは、鄭将国《ていしょうこく》という人物であった。

鄭将国は、北京《ぺきん》や天津《てんしん》で大きな中華料理店を出している実業家で、一年前に念願の上海進出を果たし、四川路《しせんろ》に『青楼滬店《せいろうこてん》』を開店させたという。滬というのは、上海の古名である。商売の面では、辣腕家として知られているらしい。

早瀬たちは、翌週の月曜日の昼に、その『青楼滬店』へ行くこととなった。

当日、早瀬たちは、南京路が黄浦江《こうほこう》に臨むところで、妖恋華と待ち合わせた。

『上海蛇報』からは、全員が来ていた。他の三人は、妖恋華を見るのが初めてなので、スーツ姿の彼女を見て、誰もが目を丸くしている。

「オウ。ヴェリー、ヴェリー、ビューティフルガールね」

米国人記者のロバートは、讃辞を惜しまない。一見、陽気なヤンキー風だが、この男も格好には無頓着で、どことなく荒《すさ》んだ雰囲気も漂わせている。禁酒法時代はギャングでもやっていたのではないかと、早瀬は、睨んでいるほどだ。

一方、眼鏡を掛けた中国人記者の竹《ちく》は、一番まともな格好をしていて、真面目なインテリ学生という感じだが、美人に免疫がないのか、すっかり固まっていた。因みに、社内では四人とも中国語で話していて、ロバートの言語力が一番怪しい。

麟は、

「あんたが上海ピュアドール？　噂通りの人形みたいな凄い美人だわ。ねっ、ねっ、一枚でいいから写真撮らせてよ。高く売れるんだから――」

と、商魂たくましくカメラを出してきたが、

「私は、どなたにもご遠慮願っていますので――」

と、冷気を帯びた硬質の目で、ぴしゃりと遮り、麟も、それに呑まれたのか、カメラを引っ込めた。

しかも、妖恋華は、

『『上海蛇報』の西太后さんだと、お聞きしていましたので、どれほどおっかない人かと思っていたら、随分と可愛い方ではありませんか。写真で見た西太后とは全然違います」

と、余計なことまで言った。

早瀬も、西太后の写真を見たことがあるが、悪女らしいいかつい顔と恰幅のいい身体をしている。これに対し、麟は、瓶底眼鏡を掛けた冴えない顔をしていて、小柄だ。

「西太后って、どういうこと？」

と、胡乱な目を向けてきたので、早瀬は、しどろもどろになってしまう。

妖恋華は、平然とした様子で、早瀬たちを、まずいかにも高級という感じの貸衣装店へ連れて行き、そこで立派な服と着替えさせた。

「あたし、精一杯めかし込んできたのよ」

麟は、不満そうだったが、その差は歴然としている。

こうして全員が普段とは比べ物にならない、しゃれた格好になり――とはいえ、全員全く似合っていなかったが――、早瀬たちは、タクシーに乗って、『青楼滬店』へやって来た。これらの費用は、妖恋華が全部出してくれた。

『ルビイ』には及ばないものの、『青楼滬店』も立派な店構えであった。経営者の客なので、丁重な出迎えを受け、特等席と思われる場所へ案内される。

「オウ。こんないい店で食べるの、初めてです」

と、ロバートは、興奮を隠せず、竹は、やはり固まっていた。そんな二人を見て、

「あんたたち、わかってるでしょうね。『上海蛇報』の品位が疑われるから、ガツガツ食って、恥晒さないでよ」

と、麟が釘を刺している。

そこへ、鄭将国がやって来た。

背が高くて、ほどよく引き締まり、穏やかな大人《だいじん》といった風格を漂わせた人物であった。

鄭は、自分の隣に妖恋華を座らせ、早瀬たちと向き合った。

「『上海蛇報』は、いかがわしい新聞社だと聞いていたのだが、彼女の話だと敏腕記者の集まりで、ハリウッドの映画監督が殺されたパーティーに招待されていたそうではないか。あれは租界の幹部しか招かれていなかったのに、君たちは彼らに相当食い込み、信頼を得ているようだな。それなら確かに敏腕だ。しかも、上海デスドールが現われて、怖い目に遭った彼女を助けてくれ

たとも聞いた。私からも礼を言わせてもらうよ。見たところ、どの顔も余り敏腕そうには見えないのだが、人は見掛けによらないものだ」

最後の見掛け云々は余計だが、それ以外はいったい誰のことだと思いながら、早瀬は、聞いていた。妖恋華から、かなり脚色した話を聞かされているらしい。

やがて、豪華な料理が運ばれてくると、さっき釘を刺していた麟が、真っ先に目の色を変えて食べ出し、これにつられて、ロバートと、おとなしい竹まで右に倣えとなり、早瀬は、呆気にとられてしまう。

だから、食事がある程度進むと、

「それで、君たちは上海デスドールを追っているそうだね」

と、鄭将国の方から本題に入った。

それでも口の動きを止めない麟が、それはあんたの担当でしょというような目を向けてきたので、早瀬が、

「何か知っておられるそうですね」

と応じた。

「上海デスドールの噂は、こっちへ来てから聞いた。今まではどこか他人事のように思っていたのだが、彼女を怖い目に遭わせたと聞いては許しておくことなどできない。彼女から記者に話してやってほしいと言われた時には、いい男ができて、そいつに華を持たせようとしているのではないかという疑いも持ったのだが、見たところ、そんな男はいないようだ。よかろう。私が知っ

ている話を、君たちにしてやろうではないか」

それを聞いて、

「ありがとうございます」

と、妖恋華が頭を下げている。相変わらず感情がないかのような表情であったが、鄭は、相好を崩していた。

「私が君の頼みを無碍《むげ》にするわけはないだろう」

「大人は、上海デスドールの正体を知っているんですか」

と、早瀬は聞いた。

「いや、それはわからない。しかし、上海デスドールが、誰も出入りのできない部屋の中で人を殺したり、忽然と消えたりして、悪魔の顔をした人形の絵を残すという話を聞き、思い当たることがあるのだ。君たちは、この国に皇帝がいた頃、宮城の中に刺客を育成するところがあったのを知っているかね」

鄭が一同を見渡し、三人も口の動きを止める。しかし、外国人であるロバートが知るわけはないし、中国人の二人も首を振っていた。早瀬も知らない。

「秘密にされていたのだから、知らないのも無理はない。その刺客育成所を専技処《せんぎしょ》という」

と、鄭は続けた。

「我が国は、司馬遷《しばせん》の『史記《しき》』にわざわざ『刺客列伝』という項目が立てられているほど、刺客を重んじてきた。だから、始皇帝《しこうてい》の時代から専技処はあったと伝えられ、中華の皇帝は、専技処が育てた刺客を使って、邪魔者を殺してきたそうだ。清も、専技処の刺客を使っていた。特に西太后は、彼らを大いに活用して、遂に皇帝以上の権力を手にしたといわれている。しかし、西太后は、余り満足しなかったそうだ。西太后は、芝居好きで、自ら観音菩薩に扮して写真を撮らせるほどだったから、おもしろい趣向というのが好きでな。それで、ただ殺すだけではおもしろくない、お前たち専技処というからには、不可能な状況でも殺しをやり遂げる先祖に劣らぬ刺客を育ててみよと言ったらしい。なにしろ専技処のそもそもの由来が――」

『刺客列伝』にも記されている専諸《せんしょ》から来ているそうだ。専諸は、武器を持って近付くことのできない人物の暗殺を命じられ、魚料理の魚の中に短剣を隠し、それで相手を仕留めた。これを魚《ぎょ》腸剣《ちょうけん》といい、西太后は、この専諸のような刺客を育てよと命じたのである。

「そして、それに応じたのが、一番若かった伍癌《ごがん》という男だった。伍癌は、誰も出入りができない部屋の中でも殺しをやり、忽然と消えるような刺客を育ててみせましょうと豪語して気に入られ、専技処長に抜擢された。しかし、時代は革命に向かって進み、ほどなくして西太后も病に倒れ、伍癌は、西太后にこう言われたそうだ。清は一度倒れるであろうが、お前の育てた刺客が清の再興に役立つのなら、お前と専技処も復活させるよう、次の皇帝に命じておくとな。それで伍癌は、専諸のような刺客を育て、清を倒した袁世凱《えんせいがい》に近付いた。最初は袁に従い、その命を受け、不可能な状況の中での殺しをやってのけて、自分の手下の仕業だという証拠のために、魚腸剣を描いた札を現場に貼らせたという。だから袁も気に入ったのだが、伍癌の目的は袁の暗殺にあった。しかし、肝心の殺しでヤツの刺客は失敗し、伍癌一人が命からがら逃げ出したそうだ。それで本当なら伍癌は、中国のどこにも身の置きどころがないお尋ね者になっているところだったのだが、袁も間もなく死んでしまい、伍癌のその後の消息は不明だ」

「つまり上海デスドールは、その伍癌が育てた新しい刺客だと言いたいんですか」

「普通に殺せばいいものを、不可能な状況にこだわるのは、そうとしか考えられない。ヤツは、それで自分の刺客の凄さを見せ付け、西太后の約束を果たしてもらおうとしているのだ。西太后が言っていた次の皇帝とは、今、満州国の皇帝になっている溥儀《ふぎ》のことだからな。しかも、芝居掛かったことが好きだった西太后の気に入るような刺客を作るほどだ。伍癌というヤツも、そうしたことが好きなのだろう。だから、上海デスドールが人形のように美しい女だと思われているのも疑わしい。私は、それも一種の芝居で、上海デスドールは実は男だと思っている」

その点は、早瀬の考えとも一致している。しかし、

「二十世紀の世の中に、始皇帝の時代から続く刺客がいるなんて――」

早瀬は、そのことに呆れた。

「その通りだ。上海でテロは日常茶飯事だが、民国の世に古い刺客がのさばり、滅んだ筈の清の皇帝を助けようとするとは、時代錯誤も甚だしい。早急に捕まえなければならない」

鄭の同意に、これまでおとなしかった竹が、不意に立ち上がって、声を上げた。

「そうです。王朝をよみがえらせてはいけません。我々は、断固として古い刺客を排除し、革命を完遂しなければ――」

早瀬を含め、『上海蛇報』の人間はまたかという感じで、竹を見ていた。竹は、愛国青年であ

る。だから、こういう時には熱くなるのだ。共産党員かもしれないと、早瀬は思っていて、別にそうでもかまわないのだが、拳を握り締めた竹の熱弁は、

「あんた、こんなところで演説しないでちょうだい。給料減らすわよ」

と、麟に一喝されると、憑き物が落ちたように、

「す、すいません」

と謝り、元の状態に戻ってしまう。これもいつもの光景である。

早瀬は、話を元へ戻した。

「秘密にされていたという専技処の話をよく知っていますね」

「この話は、かつて清や袁世凱に仕えていたという者から聞いたのだ。そいつが今どこでどうしているのかは知らないが、清や袁に仕えていた連中は、上海にもまだいる筈だ。そこから探っていけば、伍癌のことがわかるのではないか。そして、それがわかれば上海デスドールに行き着くだろう。どうだね、これで少しは役に立ったかな」

最後は、妖恋華に温顔を向けている。

「はい。この人たちは敏腕ですから、きっといい話を摑んできますわ。私も、助けていただいたご恩返しができて、ホッとしています」

「そうか。君の役に立てたのなら、それが何よりも嬉しい。それで、ここからは私の頼みを聞いてくれないか。君が来るというから、普段は夜しか見せないものを用意させていたのだ。それを是非見て欲しい」

鄭は、近くに控えていた若者を呼び、何かを言った。

若者は、心得ている様子で店の奥へ入り、しばらくすると、正面の舞台に照明が当たった。

そこに、女性が出てくる。その数、十人。あでやかな衣装は、昔の時代の女性——楊貴妃《ようきひ》辺りが着ていそうなものに思われ、中国風のテンポのいい曲が流れて、女たちは、それに合わせて踊り出した。激しくまわりながら踊っている。

早瀬が見たことのない踊りであった。女たちの動きに合わせて、その衣装から色とりどりの細長い絹の布が何本も伸びて、それも一緒にまわっているのだ。横に上にと旋回し、それでいて、細長い絹は決して床につかない。ずっと宙を舞っている。

やがて、曲が終わると、女たちも動きを止め、細長い絹もようやく床に落ちた。

「胡旋舞《こせんぶ》ですね」

と、妖恋華が言った。

「なんだ、それ？」

早瀬には、わからない。

「胡旋舞というのは、唐の都長安《ちょうあん》でよく見られた胡人《こじん》の踊りです。当時の長安は、今の上海とよく似ていて、異国の人間がたくさんいました。胡人というのは、主《おも》に西からやって来た異国人を指します。白楽天《はくらくてん》も、胡旋舞のことを『胡旋女』という詩に詠っています。胡旋舞は千回も万回もまわり、その動きは旋風も遅く感じられるほど速いと——」

「さすが妖恋華。よく知っている。私は、君のそういうところも好きなのだ。ただ歌や踊りがうまいだけでなく、しっかりとした教養も身に付けている。女性の美しさというのは、そういう内面のものも大きく影響すると思っているのだよ」

鄭将国は、妖恋華を見て、温顔を蕩けさせていたが、

「ただ長安と上海では決定的に異なるところがある。長安は、中華の皇帝のもとでいろんな国の人間が共存し、平和に暮らしていたが、上海は、外国人に牛耳られ、阿片の毒とテロの血に塗れている」

と言って、一瞬だけ、険しい目を早瀬とロバートの方へ向けた。

早瀬には、そう見えたのである。

それだけで鄭は、すぐに温顔へ戻り、

「あの踊り子たちは、私が手塩に掛けて育てたのだが、君の目でこれはという技量の持ち主はいたかね」

と、妖恋華に聞いていた。

十人の踊り子は、どの子も容姿が端麗で、全員が十代の少女に思われた。その中から、

「右から二番目と三番目に、七番目ですね」

妖恋華は、ためらうことなく三人を挙げた。

「ほう、私と同じだ。では、三人の中で一人を選ぶとすればどうかね」

「三番目」

と、やはり即答。

「これも同じだ」

鄭将国は、その踊り子を呼び寄せた。

「天蘋《てんぴん》という。私は、上海で『ルビイ』にも負けないような店を出したいと思っている。上海ではあれくらいにならないと、成功したとはいえない。それに踊り子たちは、みな貧しい家の生まれでね。店の格が上がれば、彼女たちも親元も暮らしが楽になる。しかし、『ルビイ』のようになろうと思えば、上海ピュアドールには及ばなくともスターが必要だ。天蘋は、そのスター候補なのだよ。上海宓妃《ふくひ》という名前も用意していて、彼女もスターになりたがっている。天蘋、この人が上海ピュアドールだ」

鄭が妖恋華を紹介すると、

「初めまして、よろしくお願いします」

天蘋は、涼やかな声で、頭を下げていた。

確かに妖恋華には及ばないものの、十人の中で一番美しい少女だと、早瀬も思った。しかも、造り物めいた妖恋華とは違い、目がイキイキと輝いていた。

『青楼滬店』を出ると、貸衣装店で元の格好に戻り、麟たちとも別れて、早瀬は、妖恋華と二人になった。

「鄭氏は、やっぱり紳士だったじゃないか。貧しい踊り子たちの将来もしっかりと考えているし、今日も、お前には指一本触れなかった」

早瀬は、そう言ってやったが、妖恋華は、冷ややかな目でこちらを見ていた。

「そうですね。秀一さんは、すぐ物欲しそうに触ってきますものね」

「だから俺がいつそんなことをした」

早瀬は、拳を握り締めて力説したが、妖恋華に変化はない。

「それに、一度会っただけで、どれほどのことがわかるというのですか。秀一さんも、人間が一つの顔しか持っていないなどと思っているわけではないでしょう。いつもは風采《ふうさい》が上がらなくて、いやらしいところしか見せない秀一さんでも、違う顔を持っているのではありませんか」

「だから、いやらしいを強調するな」

「人間はみないくつもの顔を持っています。鄭氏も、私も、マリエナもそうです。特にここでは、人を簡単に信用なさらない方がいいですよ。魔都で成功する人に、清く正しいだけの人などいないのですから――」

「――」

「あら。小娘に説教めいたことを言われて、また心が半端なく折れましたか」

「うるさい」

「それでは、私は店に行きます。今週も水曜日は休んでいますが、他の日は出ていますので、いつでも楽屋を訪ねてきて下さい。ノックはなしで――」

妖恋華は、そう言うと、通り掛かった黄包車を呼び止め、去っていった。

3

新聞社の夜は遅い。

それは、自社の新聞を出さない『上海蛇報』でも変わらなかった。

『青楼滬店』へ行った翌々日の水曜日も、十一時を過ぎたというのに、早瀬たちは社にいた。取材してきたことの整理もあるが、何らかの事情で予定していた記事を載せられなくなり、紙面に穴が開いた新聞社から、埋め合わせを頼まれることもあるのだ。たまにしかないことだが――。

だから、その夜も電話は全く鳴らなかった。

「今夜はもうダメよ。帰りましょ」

と、麟が立ち上がる。

「ああ。上海デスドールの正体を摑めれば、それが高く売れて、こんな電話待ちなんかしなくてすむのに――。ちゃんと清や袁に仕えていた人間を捜してるの？」

「やってるよ。でも、一日や二日で簡単にわかるわけないだろう」

早瀬も、すっかり重くなった腰を上げかけた。

すると、その時――。

電話が鳴った。

たまにしかないから、全員の動きがそこで止まっている。

「なにしてるの。早く出なさいよ」

最も早く凍結状態から解けた麟に急かされ、一番近くにいた早瀬が電話をとった。

「『上海蛇報』ですね。僕です、陸《りく》です」

「陸？」

「一昨日会った鄭将国氏の秘書です」

鄭将国の側に控えていた若者のことだ。陸慶新《りくけいしん》という名前であったことを、早瀬は思い出す。

「今、鄭氏の別宅にいるのですが、ちょっとおかしいんです。鄭氏の寝室が中から鍵が掛かっていて、いくら呼んでも起きてきません。しかも、寝室のドアの下から、悪魔の顔をした西洋人形のカードが出ていて――」

「なんだって！　それは上海デスドール！」

およそ三十分後、早瀬たちは、秘書に教えてもらった鄭将国の別宅へ駆け付けた。なけなしの経費を麟から出してもらって、タクシーを呼んだのだ。

鄭の別宅は、共同租界の高級住宅地にあった。早瀬たちがタクシーを降りると、

「秀一さん」

そう声を掛けられ、早瀬は、そちらを見て目を剝いた。

スーツ姿の妖恋華が立っていたのである。

「お前、どうしてここに？」

「この近くの家に用事があったのです」

用事って、なんだと聞こうとしたが、妖恋華は、鋼《はがね》のような硬い表情で拒むような姿勢を見せ、

「みなさんこそ、どうなさったのですか」

と、逆に聞いてきた。

これには、麟がしゃしゃり出てきた。

「しゃ、しゃ、上海デスドールが出たのよ」

興奮で舌をもつれさせ、後が続かないので、早瀬が、電話のことを話した。

「そうですか。私も、ご一緒してよろしいでしょうか」

「お前が紹介してくれた人だからな」

麟の承諾を求めると、

「も、勿論よ」

と応じたので、妖恋華も、同行することになった。

門のところでは、陸慶新が待っていて、邸内へ案内する。

広い敷地に広い庭。その中に、二階建ての石造の洋館があった。早瀬は、その豪華さに啞然としていたが、この辺りでは、庭も建物もこぢんまりしている方だということらしい。

洋館の中へ入ると、吹き抜けの玄関ホールの壁にびっしりと絵が飾られていた。額に入っているが、中国の古い絵のようで、横長の絵が何枚も一列に並んでいる。

竹が、この絵を見ていって、

「これは、顧愷之《こがいし》の『洛神賦図《らくしんふず》』ではありませんか。勿論、模写なのでしょうが」

と、興奮し出した。

「さすが同国人。その通りです」

と、陸が讃える。

「そうか。それで鄭氏は、あの踊り子に上海宓妃と名付けるつもりだったんですね」

竹は、一人で納得していたが、早瀬には、わからなかった。

「どういうことだ」

「宓妃というのは、『洛神賦』に出てくる河の女神の名前なんですよ。『洛神賦』は冒頭でこう詠っています。『黄初《こうしょ》三年、余ハ京師《けいし》ニ朝《ちょう》シ、還リテ洛川《らくせん》ヲ済《わた》ル。古人《こじん》言ウコト有リ。斯《こ》ノ水ノ神、名ハ宓妃ト曰ウ――』」

竹は、文学青年でもある。だから、こういう時も饒舌になり、放っておいたらどこまで続くかわからないのだが、

「あんた。給料半減！」

やはり麟の一喝で、

「すいません！」

瞬時に止まる。

「『洛神賦』って、どっかで聞いたことがあるぞ」

早瀬の疑問には、妖恋華が教えてくれた。

「『洛神賦』は曹植《そうしょく》が作った詩で、中国の文学史上一番の傑作といわれているものです。曹植は、『三国志』で知られる曹操《そうそう》の息子です。『洛神賦』は、故郷へ戻る途中の貴人が、洛水のほとりで

河の女神に出会い、その美しさに惹かれるのですが、人と神が結ばれることはないと諭され、別れてしまうという話です。『洛神賦図』は、この詩を絵にしたもので、これも傑作といわれています」

早瀬がわかったというように頷くと、陸が続けた。

「鄭氏は、この詩をとても愛しておられて、この館も洛神亭と名付けています。しかし、鄭氏が『洛神賦』にこだわるのは、それだけが理由ではありません。実は、鄭氏は未だ独身なのですが、自分にとっての洛神をずっと捜しておられるのです。それで北京や天津にも、洛神と過ごすための洛神亭を持っていて、上海がここです。空いていた館を買い取ったのです。しかし、洛神は簡単には見つからないようで、どこの洛神亭にも女性が来たことはないそうです。上海でも、ここへは月に数度来て、一人で過ごすだけでした。実際には、鄭氏が来る時だけ、阿媽《アマ》を雇って、身のまわりの世話をさせていたので、二人ということになりますが、いずれにせよ、ここを知っているのは、僕と阿媽だけです。それが、最近、鄭氏は洛神を見つけたとおっしゃって、このところ水曜日にここで女性と過ごしておられたのです」

「――」

「ですから、鄭氏は、今夜もここで女性と会っていました。普段は、二人が寝室へ入る十時過ぎになると、阿媽がもう用事はありませんかと聞きに行き、休んでいいという許しをもらって、阿媽も自分の寝室へ下がります。鄭氏は、そのまま女性と夜を過ごし、女は、明け方に帰っていくそうです。それで、今夜も阿媽は同じように休んでいいと言われて寝室へ行ったところ、女がやって来てドアを叩き、阿媽を起こして帰っていったそうです。阿媽は、なんだかおかしいと思い、寝間着になっていたので、また着替え、鄭氏の寝室へ行ったところ、鍵が掛かっていて、呼んでも応答がなく、僕に連絡してきました。僕は、すぐさまここへ駆け付けましたが、やはり応答がなく、しかも、ドアの下にカードを見つけたので、一昨日、上海デスドールの話をしたあなたたちのところへ連絡をしたというわけです。阿媽もカードには気付いていたのですが、上海デスドールのことは知らなかったので――」

寝室は二階にあるということなので、早瀬たちは階段を上がった。この洋館は通常よりも高く、二階の廊下が四メートルくらいの高さにある。

「鄭氏が見つけたという洛神は、どんな女性だったんですか」

と、早瀬は聞いたが、陸は、見たことがないと答えた。

「阿媽も食事の席や寝室へ入ることが許されていなかったので、帽子を深々とかぶっているところしか見たことがないそうです。しかも、声さえ聞いていなくて、さっきの話でも、女はドアを叩いただけでした」

二階では、その阿媽が廊下にへたり込んでいた。陸から上海デスドールのことを聞き、腰が抜けてしまったという。

寝室の前まで行くと、扉の下から赤死病のパーティーで見たのと同じカードが、確かに出ている。

早瀬は、ドアを開けようとしたが、開かなかった。一番体格のいいロバートがやっても同じだ。

「壊すしかないな。斧はありませんか」

早瀬が聞くと、

「物置にあったと思います」

陸慶新が走っていき、斧を持って戻ってきた。ロバートが、それをドアに打ち付けて、穴を開ける。

早瀬が、そこから手を入れると、確かに鍵が掛かっていた。つまみを横に滑らせて、留め金に潜らせる形式のものである。

早瀬は、それを外した。それでも簡単には開かない。ロバートが力を入れて押し開け、その時、メリメリッという音が聞こえた。そうやって、なんとかドアが開く。確かめてみると、ドアには、中から目張りがしてあった。全ての隙間にされているのではなく、短めのテープが四ヵ所に貼られていたのである。

それだけを確かめ、早瀬は、室内に目を移した。

床に絨毯、向かって右側にベッド、中央にソファと小テーブル。そのソファで、人がぐったりと背もたれに身体を預け、背もたれの上からは、顔が後方へ大きくのけ反っている。

早瀬たちが近付くと、鄭将国は、パジャマの上からガウンを羽織っていたのだが、その胸のところにナイフが深々と突き刺さっていた。目をクワッと見開き、顎が外れんばかりに開いた状態で息絶えている。

「ぎゃあああ！」

麟が、たまぎるような悲鳴を上げて、呆気なく卒倒した。

「おいおい。こんなに肝っ玉が小さかったのかよ」

と、早瀬は呆れ、竹とロバートによって、ソファがあるという隣室へ運ばれていった。

早瀬は、現場を調べた。

小テーブルの上には、酒とつまみが置かれていた。それもグラスは一つだけで、どうやらベッドへ入る前に、鄭将国は、女の酌でチビリチビリとやっていたようだ。その隙を襲われたということか。

寝室に誰かがまだ潜んでいるということはなく、廊下側のドア以外の出入り口となると、ドアと向き合う正面の位置に、全面ガラスの扉があった。扉の向こうがバルコニーになっていて、しかも、扉に鍵は掛かっていない。

早瀬は、バルコニーに出て、なんだこれはと、眉をひそめた。

全体の広さは、左右が四、五メートル、前後が三メートルほどであろうか。その上部が屋根に覆われ、側面と正面の左右も、すっぽりと壁に覆われていた。外を見ることができるのは、正面中央のほぼ二メールだけであった。その部分も、早瀬の胸の辺りまでは壁になっている。

「これは、中国特有の箱型露台です」

と、妖恋華が教えてくれた。

「中国の貴人には、自分の家の女性を他の男には見せないという風習がありました。皇帝の妃や愛妾たちも、後宮では宦官《かんがん》が世話をし、公の場へ出る時も御簾を垂らしたりして、顔を見せなかったものです。その風習が、洋館を建てるようになっても受け継がれていたのです。ですから、屋根や壁で囲って、外から見られないようにしている」

「この邸宅は、以前、中国人の富豪が愛人を囲うのに使っていたということで、こんな造りになったようです。鄭氏も、それが気に入って購入したのですが――」

と、陸慶新も付け加える。

早瀬は、正面の隙間から外を覗いた。

そこは、洋館の裏庭に当たり、眼下に日本の枯山水のようなものが広がっていた。きれいな砂の上に波のような模様が描かれ、左右を膝ぐらいの高さしかない石組で囲ってあるのだ。砂目の幅はバルコニーと同じで、裏庭の奥へと続いている。それも、真っ直ぐではなく、緩やかに湾曲していた。石組の間には、草が生え、何本もの旗竿が立っている。旗竿の高さは、一メートルぐらい。

「これは、『洛神賦』に描かれる洛水の様子を模しているのではないですか」

麟を運んできた竹が、早瀬の隣に並んで、そう指摘した。

詩の中に、旗竿が左右に立っている描写があるのだという。また詩の一節を口ずさみそうになるのを、早瀬は止める。

「そうです」

と、陸も竹の話を認めた。

早瀬は、砂目をしばらく見つめ、

「おかしい」

と呟いた。

「もし上海デスドールがここに梯子を立てかけて出ていったのだとすれば、砂目に乱れがある筈だ。なのに、どこも乱れていないように見える」

「僕も、みなさんが来られる前に下りて確かめてみました。どこにも乱れはありませんでした」

「ヘイ。そんなのは出ていってから、きれいにし直せばすむのではないですか」

と、今度は、ロバートが指摘する。

しかし、陸は、首を振った。

「あの砂目をきれいに描くには、前の模様を全て消して描き直すことになるのですが、庭師でも箒を使って四、五十分ぐらいは掛かっていますす。実は、阿媽も寝室から応答がないとわかって、もしかしたら外へ落ちているのではと疑い、この下を見に来ました。その時も異常がなかったということです。阿媽が見たのは、寝室の鄭氏に声を掛けて休んでいいと言われてから、三十分ぐらいしか経っていないそうですから、描き直すことはできません。それに、あの模様は、僕が今朝、庭師の仕事に立ち会っていた時と同じものですよ。描き直していれば、どこかおかしいと感じます」

「あなたやアマが上海デスドールの仲間だったら、どうしますか」

ロバートは、なおも食い下がったが、

「そんな方法を上海デスドールは使わないさ。身近な人間を共犯者に使うくらいなら、とっくの昔に捕まっている」

　と、早瀬は断じた。共犯がいればいるほど、露顕する危険は増すのだ。赤死病の時のことを考えても、上海デスドールは一人でやったに違いないと、早瀬は思っている。

「つまりこれは、探偵小説でいうところの密室だ。上海デスドールは、また不可能としか思えない殺しをやりやがった」

「オウ。ロックドルームね」

「密室から出ていく方法は二つしかない。下の砂目に痕跡を残さなかったか、廊下側のドアに何らかの方法で外から鍵と目張りをしたか」

　早瀬は、まずドアを調べた。しかし、どうやっても、外から鍵と目張りができるとは思われない。

　次に、バルコニーを調べた。普通の梯子であれば、真っ直ぐに立てるしかないのだが、縄梯子とかロープを使えば、横に曲げて石組のところへ下りていくことができるのではないかと思ったのだ。

　しかし、屋根と壁に覆われているこの場所には、縄梯子を引っ掛けるところも、ロープを括り付けるところもなかった。先端が鉤の手状になっている縄梯子を壁に食い込ませたとすれば、痕跡が残る筈だが、そのような痕もない。

　ただここへ出てきた時から気になっていたのだが、バルコニーには、ガラス扉と向き合う正面の壁――早瀬の胸の辺りまでしかない壁のところに、装飾が施されていた。石を彫ったレリーフのようなものが描かれていたのだ。

それも、二つ。

向かって右側のものは、靴の形をしていて、そこに『遠遊』という文字が入っている。左側のものは、球体をしていて、牛の顔が描かれていた。

「これはなんだ？」

早瀬が首を傾げていると、

「これも、『洛神賦』に出てくるものです」

と、竹が言った。

「この中で、洛神は『遠遊』の文字が入った履物を履いていて、主人公の貴人は牽牛星《けんぎゅうせい》のように孤独だといわれているのです」

「牽牛星って？」

この疑問には、妖恋華が答えてくれた。

「日本では彦星と呼ばれているものですわ。七夕の夜に織姫と会うという。牽牛とは牛飼いのことです」

「なるほど。それで牛の顔にしているわけか」

「牽牛星と洛神の履物を並べているのは、彦星と織姫のように、自分も洛神と会えることを願っていたのかもしれません」

「でも、会った途端に殺されるとは——」

靴は、長さが四十センチくらいあって、靴の中から『遠遊』の文字が浮き上がっていた。足を入れるところに、片方ずつ『遠』と『遊』の文字が、壁から四、五センチのところにまで飛び出している。右側が『遠』、左が『遊』だ。

一方、牽牛星は、同じく直径四十センチほどの球体から、牛の顔が、こちらも四、五センチのところにまで浮かび上がっていた。

しかし、実際にロープを持ってきてもらい、試してみたものの、浮かび上がっている文字や牛の顔に括り付けることはできなかった。四、五センチの高さでは足りないのだ。取り敢えず括り付けたとしても、引っ張ればすっぽりと抜けてしまう。

結局、お手上げだったのである。

「全部ダメか」

降参した早瀬が、ふと妖恋華の方を見ると、感情を窺わせない人形の目でじっとこちらを見つめていた。

早瀬たちは、警察を呼んだ。

租界警察を信用してはいないのだが、鄭将国という名の知られた人物が殺されたからには、通報なしですませるわけにはいかない。

ただ警察が来るまでの間に、早瀬たちも外へ出て裏庭を調べてみた。砂目の模様に乱れたところはなかった。それに、犯行を終えた後で描き直したのだとすれば、早く立ち去る必要があるから焦っていた筈で、模様も雑になる筈だが、そんなところもなかった。丁寧な仕事ぶりだと、早瀬も思ったのである。だから、庭師が仕事をしたままだという陸慶新の証言も信用できると思った。

しかし、警察の仕事ぶりはひどかった。

ジェームズというイギリス人の警部が、インド人の警官を率いてやって来たのだが、こんな時間に呼びやがってと、最初から不機嫌で、日本人や中国人にあからさまな侮蔑の目を向け、密室だという早瀬たちの証言を信用しようとはしなかった。しかも、死体を発見してから警察を呼ぶまでに時間が掛かっていたので、これも警部の疑惑に拍車を掛けた。

「出入りのできない部屋の中で人が殺せるものか。お前たちがやって、鍵が掛かっていたという話をでっち上げたに決まっている」

「上海デスドールの仕業だというカードが残っているじゃないか」

早瀬が抗議しても、

「それも上海デスドールに罪をかぶせようとして、同じカードを作ったんだ」

と、受け付けない。

ロバートが出ていき、

「アメリカ人の僕も信用しないのデスか」

と言っても、効果は全くなかった。

「東洋人と一緒にいかがわしい新聞社で働いているヤツを、どうして信用できる」

という有様だ。

それで阿媽も含め、全員しょっぴけということになり、卒倒から起きた麟が、

「なんでそんなことするのよ！」

ギャアギャア喚いていると、それまでどこにいたのかと思われるほど、存在感のなかった妖恋華が進み出て、

「あら、ジェームズ警部様ではありませんか」

と、しなだれかかった。

「君は上海ピュアドール！」

警部も初めて気付いたようである。

「どうしてこんなところに――」

「たまたま近くの家に来ていて、帰ろうとしていた時に、ここへ駆け付けたこの人たちに出会ったのです。みなさん、私の知り合いです。それで私も立ち会っていました。鍵が掛かっていたことに間違いありません。警部様は、私も嘘を言っているとお思いになるのですか。私も連行されるのですか」

「な、何を言うんだ。そんなことをするわけがないだろう」

「では、信用して下さるのですね」

妖恋華は、相変わらず人形の表情であったが、警部の手をとり、自分の胸に触れさせた。ジェームズ警部は、すっかり骨抜きにされていた。

「勿論じゃないか」

と言って、人目も憚らず、妖恋華の胸をまさぐり、もう片方の手は下の方へ伸ばされてくる。

そして、スカートまでまくり上げようとした時、

「ここは事件現場ですわ。続きは店で――」

妖恋華は、うろたえることなく、やんわりと制した。

早瀬たちは、無事、洛神亭を出ることができたのである。

4

週末の土曜日。

早瀬は、妖恋華に楊樹浦《ヤンジュッポ》というところへ連れて行かれた。

金曜日の夜、彼女の楽屋を訪れた早瀬は、鄭将国の事件について、警察の捜査に進展がないということを聞かされた。進展どころか、闇社会の実力者でもなく、租界の幹部とも強いパイプを持たない上海へ進出してきたばかりの中国人実業家の死に全く関心がないといった方が正解のようだ。上海では、殺人など、毎日、掃いて捨てるほどに起こっているのである。

しかし、早瀬にも、警察を笑うことはできなかった。密室の謎について見当さえ付いていなかったのだ。

楊樹浦は、欧米の都市にもひけをとらない華やかな租界とは、まるで別世界のような荒れ果て

た街であった。妖恋華によると、ここは先の上海事変で激戦地になったという。

そのため、焼け落ちた廃墟が点々と存在し、焼け野原となっているところもあって、なんとか持ちこたえているといった感じの建物やバラック小屋に、早瀬の格好がとても恵まれているように見えるほどの貧しげな人々が暮らしていた。中国人だけではなく、西洋人も多い。租界では暮らすことができないユダヤ人や白系ロシア人などが、難民となって流れてきているそうだ。

道端には、なけなしの家財を売ってなんとか糊口をしのごうとしている難民たちの露店が並び、ところどころで痩せ細った人間が転がっていた。動かない者も少なくないが、その多くは死んでいるらしい。餓死や阿片中毒によるものだということで、辺りにはそうした死臭と阿片の異臭が、強烈に混ざり合い漂っている。

しかし、妖恋華は、そうしたまわりの様子にも、人形のような表情を変えることなく、ためらいのない足取りで、さっさと歩いていく。この日の妖恋華は、帽子を深々とかぶり、薄手のコートを羽織っていた。スラリとした長身の肢体が、嫌でも人の目を惹き付けている。

荒んだ難民街でも人々は娯楽を求めていて、焼け野原の一画では、大道芸が披露されていた。

妖恋華は、そこで立ち止まった。

たくさんのボールを宙に投げては受け止めている白人の若者や、口に棒を近付けて火を噴いたり、剣を口の中へ入れたりしている中国人の大男に、大きな毬の上に乗って、スルスルと移動している白人女性などがいる。

毬女の隣では、ターバンを巻いた東洋人の男が支える、建物三階分はありそうな長い棒を、傍らにいた中国服の子供がスルスルと上がっていき、棒のてっぺんで横になったり逆立ちをしたりしている。しかも、下で支えるターバン男は、棒を左右に傾けていくのだが、それでも子供は落ちない。芸を終えて下りてきた子供を見ると、可愛らしい顔にニッコリと微笑む表情は、明らかに女の子である。

妖恋華が、熱心に見ていたので、

「お前がいたというサーカス一座も、こんな場所でやっていたのか」

と、早瀬は、思わず聞いていた。

「そうですね。貧しい一座でしたから――」

変わらないその表情からは、何の感慨も窺えない。

妖恋華に付いて、さらに芸人たちの中を進んでいくと、

「ほう」

早瀬は、思わず目を細めた。

中国人の老人が胡弓《こきゅう》を掻き鳴らし、それに合わせて、女が舞っていた。胡旋舞であった。着ている衣装は、『青楼滬店』の踊り子たちとは天と地ほどの開きがあったが、細長い絹の衣がその衣装から何本も出ていて、女の動きに合わせ、宙を舞っていた。しかも、衣の長さがあの時の倍以上はあり、衣の数も多い。

それでいて、女の動きは踊り子たちよりも遥かに激しく、正しく疾風のように旋回し、細長い衣も生ける龍か蛇の如くに強く艶めかしく躍動して、倍の長さがあって数も多いのに、決して地

面に付くことがない。

早瀬も、見惚れてしまっていた。

やがて、胡弓の音がやみ、舞も終わると、女は、客たちのところへお椀を差し出し、客は、その中へ金を入れていた。早瀬の前にも来たので、お金を入れる。女は、ニッコリと微笑んだ。店の踊り子たちと同じくらいの少女であった。但し、踊りは上まわっていても、容姿が圧倒的に劣っている。

（残念だな。美人でスタイルもよければ、あの店の一番にもなれるだろうに――）

と、早瀬は、何気なく思う。

その少女が妖恋華の前に立つと、妖恋華は、お金を入れるのと一緒に、帽子を少しだけ持ち上げた。すると、少女が、

「あっ」

と驚き、顔をますます綻ばせている。

妖恋華は、老人のところへ近付いていった。

老人も、彼女を見て、

「また来たのかい」

と、優しげな声を掛けている。皺だらけの顔は、かなりの高齢に思われ、枯れ木のような身体に真っ白な総髪が、仙人めいた雰囲気を漂わせている。

「知り合いなのか」

と、早瀬は聞いた。

「上海へ来てから舞を教わっていたことがあるのです。この人は、趙《ちょう》先生とおっしゃって、革命の前は宮城の中にある燕舞処《えんぶしょ》というところにいました。皇帝に舞を披露する舞人を育てるところです。胡旋舞だけでなく、いろいろな踊りに精通しておられますわ。腕は確かなので、袁世凱にも召し抱えられたのですが、袁の不興を買い、命からがら逃げ出したそうです」

「それって、育てるのが刺客か舞人かという違いはあるものの、なんだか専技処の伍癌と似ているな」

「鄭将国氏のネタ元は、趙先生ですわ。先生は、『青楼滬店』の踊り子にも舞を教えていました」

二人は、日本語で話しているので、老人と少女は、曖昧な笑みを浮かべて、こちらを見ていた。

妖恋華は、そんな二人を食事に誘った。妖恋華が連れて行ったのは、昼間なのに薄暗い、穴倉のような店であった。

妖恋華は、ためらうことなく中へ入り、数少ないテーブルに早瀬たちを導いた。そして、帽子を取り、コートを脱ぐと、その下には、こんなところでは全くの場違いとしかいいようのない鮮やかなチャイナドレスを着ていた。抜群の肢体が、そのままの形でくっきりと浮かび上がり、スリットが腿の付け根にまで入っていて、白く艶めかしい脚がチラチラと覗いている。

早瀬は、思わず吸い寄せられ、

「まあ、素敵」

少女も、うっとりとしていた。

少女だけではない。客も目を剝き、その中には、いかにも怪しげで胡乱な連中もいて、突き刺さるような視線が、妖恋華に向けられている。なにしろ帽子の下から現われた顔も、場違いの極みといっていいような美貌なのだ。男どもの荒い息遣いまでが聞こえてきそうで、不穏な雰囲気が漂っている。

しかし、妖恋華は、気にする素振りを微塵も見せず、おかみと思しき女性に気安く声を掛け、自分で飲み物を運ぼうとする。

老人が、

「秋玲《しゅうれい》」

と、少女に声を掛け、少女は、

「はい、すいません」

と、妖恋華を手伝った。

「ここは小龍包しか出さないのですが、絶品なのです」

と、妖恋華が言い、

「私も大好きなの」

と、秋玲も請け負う。

確かに、運ばれてきた小龍包はおいしかった。少女は、実に嬉しそうに食べ、老人は、チビチビと口に運びながら、妖恋華の近況を聞いている。その言葉からすると、老人は、彼女が租界のスター上海ピュアドールだとは知らないようであった。ただどこかの店の踊り子だと思っている感じだ。

そして、老人の口から、

「鄭将国が殺されたそうじゃの」

という話が出てきた。

「しかも、鄭は上海デスドールとかいう殺し屋にやられたというではないか。また何かおかしな現場だったとか」

「密室だったんですよ」

早瀬は、現場の様子を話した。

「洛神亭か。鄭らしいこだわりじゃな。もし上海デスドールがあやつの洛神として訪れていたのなら、空を飛んで、庭の洛水を越えていったのかもしれんな」

「空を飛ぶ……ですか」

「西洋の神の使いだという天使だったか、それは背中に翼があって空を飛ぶが、中国では、薄い衣の裾をヒラヒラさせて空を飛ぶ様子が詩や絵にも出てくる。胡旋舞の長い衣も、それと一緒でな。舞の激しい旋回は、空を飛ぶ様子を表わすものだともいわれておる。おぬし、日本人なら日本にも同じようなものがあるじゃろう」

「はて、同じもの？」

「天の羽衣のことですよ」

妖恋華が、日本語で教えてくれる。

「ああ、確かにあれも衣で空を飛ぶヤツだな」

『『洛神賦』にもな。洛神が薄い衣で空を飛んでいるかのように遊んでいるさまが詠われておる。じゃから上海デスドールも、それを真似て空を飛んだに違いない。伍癌の弟子なら、それぐらいはやるじゃろう」

「空を飛ぶなんて、まさか」

早瀬には、信じられなかった。

食事を終えて店を出ると、秋玲が、

「ありがとうございました」

と、妖恋華に頭を下げていた。妖恋華が出したのだ。それには、早瀬の分も含まれていた。出すと強く主張したのだが、いつもの目で冷ややかに見返され、それ以上の抵抗をさせてくれなかったのである。

妖恋華は、どういうわけか、

「今度、新しくていい絹を買ってくるから、二本ちょうだい」

と、胡旋舞に使う細長い絹を、秋玲に所望していた。

秋玲は、趙老人に聞き、老人が頷いたので、二本渡してくれる。そして、秋玲は、コートを羽織った妖恋華を眩しそうに見て、

「私も一度はいいドレスを着て、租界の舞台で踊りたい」

と、目をキラキラと輝かせていた。

容姿は格段に違うが、その輝きは天頬にも劣らないと、早瀬は思った。

二人とは、そこで別れた。

早瀬は、妖恋華と二人で、廃墟とバラックの通りを歩く。すると、妖恋華が、不意にしゃがみ込み、秋玲からもらった細長い絹の中に、落ちている石の欠片を詰めていた。

「なにしてるんだ」

と、早瀬が聞いても答えない。そして、何事もなかったかのように歩き出し、

「『青楼滬店』の踊り子たちを、あの技量にまで育てたのは、趙先生の腕です。それなのに、どうしてこんなところで、貧しい暮らしを強いられていると思います？」

と聞いてきた。

「わからないけど――」

「実は、先生が鄭氏に頼まれて教えていた踊り子は二十人いました。その中に、あの秋玲という子も入っていたのです。そして、鄭氏は、その中から十人を選び、残りの十人はばっさりと切り捨てました。踊りが上達しない者が切られた他に、秋玲のように踊りはうまくとも、容姿が物足りない者も捨てられたのです。特に秋玲は、二十人の中でも飛び抜けた技量の持ち主でした。でも、捨てられた。趙先生は、そのことで鄭氏と対立し、追い払われたのです。約束した報酬もほとんど払われずに――。袁に仕えていた時もそうでした。先生は、技量の優れた者から推薦するのですが、袁は容姿のいい者を選ぶ。これでやはり対立してしまい、とうとう命まで狙われるはめになって逃げ出したそうです」

「鄭氏は、店を繁盛させるために客受けのする者だけを選び、他は、せっかく育ててくれた先生も含め、いらない者は容赦なく切り捨てたというわけか。しかし、約束した報酬も渡さないとはひどいな」

「不必要な経費はとことん切り詰める。それが、鄭氏のやり方ですわ。鄭氏が先生と対立したのは、報酬を支払わない口実にする意図もあったと、私は思っています。踊り子たちも、今は客を呼ぶ大切な道具ですから、大事にされていますが、天頻だけでいいとなれば、他は捨てられるでしょうね」

「実業家として辣腕と謳われる裏には、そうした非情な面があるということか。いや、そうした一面がないと、辣腕とはいわれないんだろうな。でも、秋玲って子、踊りは物凄くうまいのに、お前の店で雇ってあげたりはできないのか」

「一度、マネージャーをここへ連れて来て見てもらいました。ダメでしたわ」

妖恋華は、さっさと歩いていく。

そのうちに、寂しいところへやって来た。

すると、背後から、

「おい、そこの二人！」

中国語で、剣呑《けんのん》な声が掛かった。

振り返ると、三人組の男が立っている。怪しげで胡乱な連中。さっきの穴倉のような店にいたヤツらであった。

三人は、妖恋華に飢えた獣のような目を向けている。

「俺たちは、そこの女に用があるんだ。男はとっとと消えな。そうすれば、痛い目に遭わずにすむぜ」

早瀬は、髪の毛が逆立ちそうであったが、勇気を奮い起こして、前に出た。

「女の前でカッコウをつけようなんて、馬鹿なヤツだな」

男どもは嘲笑を浮かべ、二人がナイフを構え、残りの一人は拳銃を取り出してきた。

「なっ」

早瀬は目を剝き、汗が流れ落ちる。

すると、妖恋華が、前に出てきた。

「秀一さんは下がっていて下さい」

「何を言うんだ。女を楯にして引っ込んでられるか」

「腕っぷしには全く自信がなかったのでしょう？」

「それは――」

「でしたら、お下がり下さい。これは私が蒔いた種です」

二人の日本語に、

「なに、ゴチャゴチャと言ってるんだ」

と、向こうはイラついている。

「早く女を寄越せばいいんだよ」

「さあ、おいで、おいで」

妖恋華は、コートの中から、細長い絹を取り出した。石を詰めたところを丸く包み、縛っているので、テルテル坊主のような頭に、途轍もなく長い胴体が付いているとでも形容すればいいであろうか。

「何するつもりだ」

「おとなしくこっちへ来た方が身のためだよ」

「俺たちが天国っていうのを味わわせてやるからよお」

相手は、妖恋華を完全に舐めきっている。それはそうだろう。いい女とはいえ、見た目は、少女のあどけなさを残す小娘でしかないのだ。

しかし——。

妖恋華が、舞うかのように身体を一回転させると、手から細長い絹がピュンと伸び、丸くなったところが、まず拳銃を持っている男の手に当たり、

「いて！」

男は、呆気なく拳銃を落とした。絹は、妖恋華の手にゴムが縮むかのように戻ってきて、今度は腕を一振りしただけで、また絹が伸び、丸いところが地面に落ちた拳銃を引っ掛け、拳銃はこちらへ飛んでくる。僅か二、三秒ほどの早業である。

「ふざけたマネをしやがって！」

男どもはいきり立ち、襲い掛かってこようとしたが、妖恋華は、また旋回し、今度は二本の絹

が同時に伸びて、丸いところがナイフを持つ二人の男の顔に当たった。しかも、妖恋華は、さらに旋回し続け、その度に絹が伸び縮みして、三人の頭や腕へ次々と命中させ、相手は、ナイフも落とし、顔から血を流して呻き声を上げる。その間、やはり数秒。

そして、妖恋華は、近くまで飛んできた拳銃を悠然と拾い上げ、慣れた手付きで、ためらうことなく一発ぶっ放した。弾は、相手の足元に落ちていたナイフの一つに命中し、ナイフが跳ね飛ぶ。

「うわあ！」

男どもは、完全に戦意を喪失し、慌てふためきながら逃げていった。

妖恋華は、早瀬の方へ振り返った。

「終わりましたよ。女に男は倒せないと前におっしゃっていましたね。どうですか。魔都の夜の世界でしたたかに生きている女を見くびられませんように──」

表情は、いつも通り。汗もかかず、息も乱れず、悪漢を三人退治した姿にはとても見えない。

早瀬は、力が抜けたように地面にへたり込んだ。

「大丈夫ですか。怖かったのですか」

「違う！　飯代を出してもらったばかりか、ゴロツキからも守ってもらうとは──。男なのに、なんて情けない」

「あら、そういうところはこだわるのですね。弱いくせに──」

「うるさい！」

妖恋華は、拳銃をポイと放り捨てた。

早瀬と妖恋華は、黄包車で租界へ戻った。

二人で乗るから、自然と身体をくっ付けるようになってしまう。さっき情けない姿を晒したばかりでもあり、居心地がすこぶる悪い。それでも、身体は容赦なくくっ付き、妖恋華が殊更にこっちへ近寄っているのではないかと思われるほどだ。

そんな早瀬の身体に、妖恋華のコートのポケットを通して、石を詰めた胡旋舞の絹の感触が当たる。それが、また忌々《いまいま》しい。

「あの子の大事な商売道具が台無しだな」

むしゃくしゃするせいもあって、早瀬の口調は、責めるような感じになった。

「いいのを買ってやれよ」

「はい。ですから秀一さんも付き合って下さい」

「俺もか。まあ、それに助けられたんだから、仕方ないけど。あの爺さんが言うことによれば、それは、空を飛ぶっていう天の羽衣かもしれないんだろう。物にはいろんな使い方があるとはいえ、ひどいことに使ってやるじゃ――」

愚痴っているうちに、何かが閃き掛けてきた。

「待てよ、空を飛ぶ羽衣だと――」

そして、

「あの密室、破れるかもしれない」

と、早瀬は、呟いていたのである。

5

月曜日の昼間。

早瀬たちは、洛神亭に来ていた。

『上海蛇報』の面々と、鄭将国の秘書であった陸慶新、それに、妖恋華が一緒だ。一同は、鄭が殺されていた寝室に集まっている。

「密室とかいうヤツの謎が本当にわかったの？」

と、麟が、疑わしさ満点の目で、早瀬を見ていた。もしそれが嘘だったら、今月の給料全額カットしてやるといった決意が、言外にはっきりと滲み出ている。

「上海デスドールに仲間はいないって、ことだったデスね」

そう確認するのは、ロバートである。

「ああ。あいつは一人でやる」

と、早瀬は応じる。

「密室から出る方法は、二つしかないと言っていましたね。砂の洛水に痕跡を残さないか、ドアの外から鍵と目張りをしたか」

と、竹。

「外から鍵と目張りをするのは無理だ。密室の出入り口はドアじゃない」

と、早瀬は言って、箱型露台に通じているガラス扉に向かった。それを開けて、バルコニーに出る。

「でも、そっちだって、庭へ下りることができなかったでしょう。空を飛んで、砂の洛水を渡ったとでも言うの」

麟は、まだまだ懐疑的である。

しかし、早瀬は、それに自信のある態度で応じる。

「そうだな。空を飛んだようなものだ。洛神が持っていた天の羽衣でね」

「羽衣って、どういうこと？」

早瀬は、持ってきた袋の中から、細長い絹の衣を取り出した。

「これは、日本の神社の五色絹《ごしきぎぬ》や鯉のぼりの吹き流しなんかに使う絹だ。ちょうどいい長さのものを買ってきた」

五色絹は、陰陽道《おんみょうどう》で使われる五色を使い、その中から早瀬は、赤と青の二色の絹を、日本人街の店で買ってきたのだ。金がどこから出ているかは言わない。

早瀬は、その絹を持って、バルコニーの正面の壁に近付いていった。そこには、牽牛星と靴のレリーフがある。

早瀬は、靴の前に立った。

「この靴には、『遠』と『遊』の文字が浮き上がっている。牽牛星の牛の顔と同様に、ロープや縄梯子は引っ掛けることができなかった。でも、これなら——」

早瀬は、二つの文字の前に屈み込み、まず『遠』の文字に先端をかなり余らせた状態で、赤い絹を引っ掛けた。『遠』のしんにょうの『、』のところに、絹の幅の真ん中辺りを少し破り、突き刺すような形で引っ掛けたのである。『遊』の方にも青の絹を同じようにして、しんにょうの『、』のところへ引っ掛けた。『、』の部分は、いうならば単なる点。他とはつながっていない、ぽつんと単独で飛び出た突起だ。だから、こういうことができるのである。

そして、絹のもう一方は、そのまま真っ直ぐに垂らすと下の地面にまで届いてしまうので、届かないところまでを丸く括った。だから、絹は、砂の洛水に届いていない。

「あの夜、鄭氏を殺した上海デスドールは、これだけの用意と、あと、廊下側のドアに目張りを半分だけしておいて、部屋から出ていったんだ。勿論、鍵は掛けず、目張りは半分だけだから、しっかりドアを固定してはいない。そして、阿媽を起こし、この洋館からも出ていったんだが、それから裏庭にまわった」

早瀬も、みなを促して裏庭へ行った。

早瀬は、箱型露台から見て右側の石組に立ち、これも用意してきた先端に鉤の手状のものを付けた棒を伸ばして、手近に垂れている赤い絹に引っ掛け、自分のところにまで手繰り寄せた。

「現場にこんなものは残っていなかった。だから上海デスドールが持って帰ったか、あるいは別の方法を使ったかだ。たとえば縄の先に鉤の手を付け、それを飛ばして絹に引っ掛けて手繰り寄せるとか。そういったことをやったのかもしれない。そっちの方が持ち運びはしやすい。絹を地面に届くほど長くしたのは、このように斜めにしても自分の手元へ届かせるためだ。その端を丸く括ったのは、引っ掛けやすくする目的もあったと思う。地面に届かないようにするだけなら、バルコニーの内側へその分を入れて垂らせばいいんだからな。どっちにしろ、ヤツは細長い絹を手元へ持ってきて、丸く括ったところをほどき、今度は絹に摑まって、砂の洛水を渡った。石組のところから飛んで、絹が真っ直ぐ垂れていたところまで行ったんだ」

「ヘイ。それってターザンみたいなものネ」

と、ロバートが言った。

『ターザン』は、すでに何度も映画化されている。早瀬も、ジョニー・ワイズミュラー主演のものを観ていた。ターザンが木の蔓に摑まり、木から木へと飛び移っていくところが似ていると言いたいのであろう。

「確かに似ていなくはない。それで絹が真っ直ぐになると、それを手繰って、今度は上へと上がっていき、バルコニーにたどり着く」

「絹を上がると言っても、それだけの力で引っ張れば、絹がどんどん破けてくるのではないですか」

と、竹が疑問を呈する。

「ああ。だから、文字の『、』のところへ引っ掛ける時、絹の先の部分をかなり余らせていたんだよ。絹が破けてずり下がってきてもいいようにな。そして、ヤツは絹が一番先端のところまで破け、『〽』から外れるまでにバルコニーへ上がり、部屋の中へ入って、ドアに中から鍵を掛け、目張りをきちんと貼り付けた。阿媽がドアを開けようとしたのは、その後だったのさ。そして、今度は最初に使わなかった方の絹に摑まって、こっちも丸く括ったところをほどいてからバルコニーの真下まで下り、そこから反動をつけて横へ飛び、石組のところへ戻った。絹を二本用意していたのは、行きと帰りで別々のものを使うつもりだったからだ。一本だけだと、もたないと思ったんだな」

「――――」

「それから二本の絹を強く引っ張り、文字のところから外して回収した。絹は柔らかくて軽い。外れたとしても、ドサッと下へ落ちることはない。それを利用して、うまく宙に浮かせながら回収したんだ。だから絹は下へは届かず、砂の洛水に乱れを生じさせることもなかった。これが密室の真相だ。上海デスドールは、正しく空に浮かんでいたんだ」

「日本の絹が使われたということは、上海デスドールは日本人ですか」

そう聞いてきたのは、陸慶新であった。

「いや、そうとは限らない。吹き流しのようなものは中国にだってあるだろう。他には、たとえばカーテンを細長く裁断して使うことができるだろうし、帯とかストッキングをいくつも結び付けて使うこともできるかもしれない。それと、胡旋舞で使われる細長い絹なんかは、うってつけだな」

早瀬が、そう言って陸を見ると、向こうは険しい目で早瀬を見つめ返している。

「だから、これだけで上海デスドールが日本人だと決め付けることはできない。それに、たとえ日本のものが使われていたとしても、日本人以外が買って使うことは当然できるだろう」

「でも、そんな細長いものに摑まり、二階へ出入りするなんて、本当にできるの？　あっさり破けてしまうんじゃないの」

　麟は、どこまでも懐疑的であった。

「なんなら、あんたやってみてよ」

　と、早瀬に言ってくる。

「えっ！　俺がか」

　運動には全く自信がないので、一瞬ためらったが、乗り掛かった船だ。

「よし、やってやるよ」

　早瀬は、丸く括ったところをほどき、赤い絹に摑まって石組から飛んだ。それで絹が真っ直ぐになり、上へ上がろうとしたのだが、上がることができず、絹もどんどんずり下がってきて、そのうち摑まっていることもできなくなり、手を離し、地面に落ちてしまった。

「ダメじゃないの」

　と、麟は、怒っている。それならお前がやってみろと言いたいところだが、そうもいかず、悔しさを噛み殺していると、

「私がやりましょう」

　それまで一言も口を挟まなかった妖恋華が、唐突に申し出た。

そして、早瀬のところまでやって来ると、

「邪魔です」

と、のかせ、早瀬が失敗した絹を持って、石組へ戻る。

妖恋華は、スーツ姿であった。

赤い絹に摑まって、ヒールを履いたまま石を蹴り、宙に飛び上がる。そして、女ターザンのように横へ飛び、絹が真っ直ぐになると、スルスルと上がっていき、あっという間にバルコニーへ達した。それから、その絹を下の地面に届かないように垂らしておいて、今度は青い絹に摑まり、これもスルスルと下りてきて、横へ飛び、石組まで戻る。どちらも、ほんの数秒しか掛かっていない。

しかも、その時、最初に使った赤い絹も手に取り、一緒に持ってきて、それを一本ずつ強く引っ張り回収した。バルコニーの突起から外れた後は、絹をうまく宙に浮かせ、砂の洛水に触れさせることなく、回収したのである。その手の動きは、まるで絹を小道具にして、舞っているかのようである。

「これで秀一さんの推理を信じていただけますね」

二本の絹を持って、妖恋華が言った。

やはり表情は変わらず、汗もかかず、息も乱れていない。

「凄い！　さすが『ルビイ』のスター上海ピュアドールだわ。マリエナなんか、まだまだよねえ」

麟は、感心している。

「オウ。すると、上海デスドールは、あの夜に来ていた女だったわけネ。男だと思っていたミスター鄭の予想は外れてた」

「しかも、性別だけじゃなく、あいつの仕掛けまでわかったのも、初めてじゃない。これ、高く売れるわよ。みんな、早く売り込みに行くのよ」

麟に急かされ、ロバートと竹が去っていった。陸も館の中へ戻った。

早瀬と妖恋華の二人だけになる。

「俺だって上海デスドールが男だと、この前、自信満々に言っていたんだから、鄭氏のことを偉そうには言えないな」

早瀬は、ボサボサ頭を搔いてから、妖恋華に責めるような視線を向けた。

「お前、どうしてあんなことをしたんだ」

「秀一さんのせっかくの推理を信じようとしなかったからです。いい推理でしたのに――」

「同情してくれたのか。小娘に何度も助けられるとは、つくづく情けない男だ。だが、礼は言っておくよ。ありがとう。でも、二度とそんなことはするな。麟たちは、ミスターであるお前を毛ほども疑ってはいないようだが、疑うヤツが出てきてもおかしくない。上海デスドールが女だとわかったんだ。お前は完全に容疑者になるんだぞ。だからこの前みたいにゴロツキをやっつけたりするのも、他のヤツの前ではやるな」

「まだ容疑者ですか。秀一さんは、私を疑ってはいないのですか」

「犯人が自分の犯行を再現してみせるなんて、そんなこと信じられるか。今回の件でわかったのは、上海デスドールが女だったこと、鄭氏が自分の洛神だと入れ込むほどだから、結構な美人だということ、このところ水曜日に所在が不明なこと、やはり身軽だということ。お前も、その条件に当てはまる。だから容疑者だ。あとはそうだな。上海デスドールは、かなり賢いと言っているいだろう」

「賢い？」

「シュタインバッハが殺された時も、あいつは、彼が作っていた時計を利用してトリックを考え出した。今回も、最初にここへ来た時に鄭氏を殺さず、何回も通ったのは、たぶんどういうトリックを使うか、現場を見て考えていたんだと思う。それでこのトリックを思い付いた。だから上海デスドールは、生半可な頭じゃない。ヤツについて、わかったことはそれだけだ。一人に絞ることはできない」

「いったい上海にどれほどの人間がいると思っているのですか。その中から、一人に絞り込むなどということができると思っているのですか。そのような生温いやり方、魔都では通用しませんよ」

妖恋華の冷ややかな視線を、早瀬は、珍しく敢然と受け止めた。

「大学を出て新聞社へ入った時、アカの疑いで捕まったって言っただろう」

「はい」

「その時、俺がどうして釈放されたかわかるか」

「――――」

「一発殴られただけで、ピイピイ泣き出したんだよ。主義者ならそうなった時点で覚悟はしているから、そんな無様な真似はしない。だから疑いは晴れた。でも、その代わりアカの人間を吐けと言われ、言わないのなら殴るだけじゃすまないぞと、おぞましい道具を目の前に並べられた。脅せば簡単に吐くと、軽く見られたんだ。その通り、俺はすっかり竦み上がって、こいつはアカの運動家だと思っていた人間の名前を口にした。そして、俺は釈放され、俺が告げた相手は責め殺されてしまった。最後まで認めなかったそうだ。それで後になって聞いたんだ。そいつは、アカの思想に理解は示していたが、運動家じゃなかったってな」

「――――」

「理解を示す程度なら、俺だって同じだ。俺は間違っていたのさ。俺は子供の頃から、まわりで起こった泥棒騒ぎとか、物が見つからない件とかを何度か解決して、失敗したことがなかった。新聞社に入ってからも、事件を解決したことがあった。だから、うぬぼれていたんだ。俺は正しい、間違わないってな。けど、そうじゃなかった。釈放される時、痛みに呻きながらも、必死に無実を訴えていた、そいつの声が、叫びが、悲鳴が、警察の中に響き渡っていた。それが今でも耳にこびり付いている。俺は、そんな仲間を売って生きのびた卑怯者、楊樹浦でお前に言われた通り、弱いヤツなんだよ」

「『ルビイ』で捕まった時は、何発殴られても無実を主張なさっていましたね」

「悔恨と反省から、少しは根性を付けたってところだ。でも、やっぱり拷問から逃れたいばかりに、つい『没落』の推理を口にしてしまった。あれはエリオットという記者が日本語を知っていることを示していたが、俺の知らない他の記者や客の中に、日本語のわかるヤツがいた可能性もあった。たまたま当たっていたようだが、外れていたらと思うと、ゾッとする。しかも、蘇州河へ放り込まれたなんて、当たっていたとはいえ、いい気はしないよ。俺の中途半端な推理で誰かが拷問されるなんて、もう願い下げだ。どんなに甘いと言われようが、俺は、こいつしかいないという証拠と論理を摑んで、上海デスドールの正体を暴く。こいつかもしれないと当たりを付けて、あとは力ずくで吐かせるなんてことはしない。それが俺のやり方だ。だから辣腕になどなれない。なりたくもない」

「そうですか。秀一さんの好きになさればいいと思います」

「ああ、好きにさせてもらうさ。それにしても、赤死病のパーティーでは消えることにそれなりの意味はあったが、今度の殺しは密室にする必要なんか全くないのに、ここまでして不可能な状況にこだわるとは――。だいだいこんな殺しをする利点は、誰かに罪をかぶせるか、自殺に見せ掛けるか、そのどちらかしかない。どちらにも当てはまらないということは、やはり上海デスドールは、自分を特別な殺し屋だと思わせたいんだろうな。忌々しいヤツだ」

「――――」

その時、

「おーい。あんた、何モタモタしてんのよ。売り込むって言ってるでしょう。あんたもそうするのよ」

と、麟が、向こうの方で怒鳴っていた。

「だから早く帰るの。あっ、上海ピュアドールも一緒に帰る？　タクシー代、また出してもらえると、ありがたいんだけど――」

妖恋華に言う時は、気味の悪い猫撫で声だ。

「お前に変な疑いが掛かって、しょっぴかれでもしたら寝覚めが悪いから、お前が実演してみせたことは記事にしないよう、あいつらに釘を刺しておく。ま、お前なら、警察なんか色仕掛けでどうにでもなりそうだけどな」

早瀬は、そう言って、さっさと歩き出した。

だから、この時、妖恋華がどんな表情をしていたか、早瀬にはわからない。

6

水曜日の夜。

『ルビイ』に来ていた早瀬は、営業が終わると妖恋華の楽屋を訪ねた。ノックもしないで、いきなり開けて中へ入る。

すると、妖恋華が、あられもない下着姿で立っていた。

「うわっ！」

早瀬は、思わず飛び退く。

「またその格好かよ。今夜は、お前の方から来てくれと呼び出したんじゃないか。なのに、どうしてなんだ」

「別にかまわないではありませんか。秀一さんも、もう見慣れたでしょう？　もしかしてまだなのですか。そんなにウブなのですか」

「ああ、わかった、わかったよ」

早瀬は、妖恋華を睨みながら椅子に座る。

「いろんな新聞に謎解きが出ていますね。『上海蛇報』も潤っているのではありませんか」

「まあな」

鄭将国事件のトリックは、欧米系、華系、日系を問わず、上海のほとんどの新聞に載っていた。但し、そのトリックを誰が暴いたかは載っていない。どの新聞も、まるで自分たちが独自に考えたかのように読めるのだ。他の新聞が、これは『上海蛇報』の手柄だなどと書くわけがないのである。

「もしかして、自分のことが出ていないのを残念に思っているのですか」

「思ってないよ。そんなことに興味はないんでね」

それは、本音である。

ただ残念に思っているのは、現段階ではそのトリックがあくまでも可能性の一つであって、唯一絶対の真相だとは思われていないことであった。だから警察も、その線で捜査をしようとする気配はないし、他社から引き抜きの話も今のところは来ていない。それが、ちょっとおもしろくないのも本音である。

「秀一さんは、探偵小説をよく読まれるそうですね。最近、何かおもしろいものを読まれましたか。もしあるのなら、私も読んでみたいですわ」

「ヴァン・ダインの『Ten Bishop Murder Case』と、バーナビー・ロスの『The Tragedy of Y』というのがおもしろかった。前者はマザーグースの童謡に擬え、後者は登場人物が書いた小説の筋書に擬えて殺しが起こるって話だ。見立て殺人とでもいうのかな。こんな殺し方があるのかと思ったよ。もうすぐ出るというアガサ・クリスティの『The Little Niggers』も、孤島に集められた男女がマザーグースの童謡通りに殺される話で、かなりおもしろいそうだ。『Bishop』と『Y』なら持っているから貸してやろうか」

「まあ、それはありがたいですわ」

「で、今日呼んだのは、そんなことなのか。それに、お前、水曜日なのに出ているんだな」

「はい、今週から出ることになりました。それで、今夜お呼びしたのは――」

その時、ノックの音がした。

「どうぞ」

と、妖恋華が応じ、入ってきたのは、マリエナであった。

下着姿のままなのに、呼び入れる妖恋華も何を考えているのかと言いたいところだが、入ってきたマリエナも、そんな妖恋華が男と一緒にいるところを見ても、全く驚かなかった。

「マリエナが取材に応じてくれたのです」

「えっ、そうなのか」

「ありがとう、マリエナ」

「いえ。上海ピュアドールの頼みとなれば、無碍にはできないでしょう。歳は下でも、上海での実績はあなたの方が上。機嫌をそこなってはここではやっていけません」

「あら。そんなことないのに――」

二人は、日本語で話していた。

「もしかして、マリエナさんって日本人？」

早瀬は、思わず聞いていたが、

「さあ、どうでしょう」

妖恋華の時と同様、はぐらかされてしまう。

「マリエナは、いろんな国の言葉が話せますわ」

と、妖恋華が言った。

マリエナは、意に介さない。

「それは上海ピュアドールも同じじゃないですか。上海では珍しいことではないでしょう。それで、いつ取材なさる？　今夜は用事があるけど、明日か明後日ならいいわよ」

「じゃあ、明日で――」

と、早瀬は答えた。

「写真も撮らせてもらえますよね」

「いいわよ。明日、店が終わってから、私の楽屋へどうぞ。上海ピュアドールのいい男って、どういう男か、私も興味津々だわ」

「いや。俺は、別に、そんな――」

「いい歳して、シドロモドロになるなんて情けない。上海ピュアドールは、こういうのが好みなの。私は、もっとかっこうのいい男が好みよ。この人、全然そうじゃないものね」

しかも、マリエナは、出ていく時、

「楽屋へ入る時はノックを忘れないでね」

とまで付け加えた。

早瀬は、しばらく唖然としてドアを見つめてから、妖恋華の方へ向き直った。

「女っていうのはどうして余計なことばかり言うんだ。でも、お前にまた礼を言うことができたな」

「別に礼などかまいません。ただ秀一さん、気を付けて下さいね」

「何を――」

「いつもの癖で、マリエナに触ったりしてはいけませんよ。マリエナは、どんなに偉いお客が相手でも、触られたりしたら平手打ちを食らわせますから――。マリエナの身体をジロジロ見るのも禁物です。秀一さんの目はいやらしいですから、それだけで頬をはり飛ばされるでしょう」

「いつもの癖ってなんだ！　それに俺は、そんな目をしてないぞ。ほんとに余計なことばかり――」

すると、妖恋華が近付いてきた。

「でも、私は、そんなことはしません」

と言いながら、どんどん迫ってくる。

「なにするんだ。早く服を着ろ」

と言っても、聞かない。

「今夜、ジェームズ警部が来ていたでしょう。あの人が私にどんなことをしていたか、ご覧になっていましたよね。私は、ああいう女です。ですから、遠慮なく——」

やめろというつもりで伸ばした手が、早瀬の意に反して、妖恋華の豊かな胸を摑んでしまう。

「うふふ」

人形のようだった妖恋華の顔に、妖しい笑みが浮かんだ。

第3話

パオマードール

1

月曜日の昼間。

南京路と四川路が交わるところに、大勢の人々が集まっていた。そこに五階建てのマヤコフビルが建っているのだが、そのビルの四川路側の壁面——窓がない三、四階の部分に、そこを覆うような巨大なポスターが掲げられたのである。

白いターバンを頭に乗せて微笑んだ美しい女性の胸から上のポスター。

天才ダンサーと謳われているマリエナのポスターであった。十八番《おはこ》である『ペルシャン・マーケット』を踊る時の姿で、雨に降られても傷まないように、ガラスで覆った枠の中に入れられている。

そのポスターを見上げて歓声を上げる人々の中では、こんな会話が交わされていた。

「私、あんな風になりたい」

と、女の声。

「君ならなれるよ、絶対に——」

と、男の声。

「一緒にハリウッドへ行こう」

「ええ。私、日曜日のオーディション、頑張るわ」

こんな会話も聞こえた。

「マリエナさんって、とってもきれいなのね。スターになる人って、やっぱりこうなんだ」

「こんなのを見てもおもろしくなかろう。行こうではないか」

「もう少し見させて下さい、お師匠様。私、きれいな人が好きだから――」

この日から、マリエナの巨大ポスターは、上海の新しい名物となったのである。

2

租界の行政を担っているのは工部局というところで、共同租界の漢口路《かんこうろ》にあり、周辺には多くの新聞社も集まっていた。

しかし、魔都といわれるだけあって、そうした行政・報道の中心地といえども、裏通りへ入っていくと様相は一変し、いかがわしい娼館や阿片窟に、何が出てくるのかわからないような飲み屋が存在している。

早瀬秀一が勤める『上海蛇報』は、そうした一画にあった。倒れる心配はないのかと、思わずビクついてしまうような三階建てのオンボロビル。そこの三階を使っている。

ビルの一階は、愛想の欠片もない白系ロシア人のマスターがまずいコーヒーを出す店で、二階には、一応貿易商を名乗っているものの、何をしているのかわからない胡散臭い会社が入っていて、周辺の路地では昼夜を問わず、野鶏《イエチー》と呼ばれる最下級の売春婦と阿片中毒者がたむろしていた。

だから、華など微塵もない場所といっていい。

なのに、その夜の『上海蛇報』には、きれいな華が咲いていた。妖しい華といった方がいいであろう。

妖恋華が来ていたのである。店が終わった後、会社へ戻ろうとする早瀬に付いてきたのだ。

「まあ、こんなところへよく来てくれましたねえ。さあ、どうぞ」

『上海蛇報』の西太后といわれている麟が、瓶底眼鏡を掛けた冴えない顔に精一杯の愛想笑いを浮かべながら、埃を払って椅子を勧めている。なにしろ妖恋華のおかげで、マリエナの単独インタビューができて、それが高く売れたのである。麟は、早瀬たち記者には一度もやったことがないお茶汲みまでして、歓待につとめている。

狭く雑然としている汚い部屋であったが、颯爽としたスーツ姿の妖恋華は、

「おかまいなく」

と言って、平然とした様子で座っていた。整い過ぎるほどに整った美貌は、何の感情も表には出していない。

「ねえねえ。昨日のマリエナのことで、あんたのことも新聞に載っているわよ」

麟は、今日の華字新聞を妖恋華に渡した。

一面のトップが、昨日、掲げられたマリエナの巨大ポスターのことであった。

早瀬も読んだから、中身は知っている。巨大ポスターを写した写真の横に、こんな記事が書かれていたのだ。

――競馬に重賞レースのシーズンがやって来るのと同時に、マリエナコンテストの応募が始まり、以来、上海は、競馬とマリエナが巷の話題をさらってきた。そして、昨日の昼、マリエナの巨大ポスターがマヤコフビルに掲げられ、その大きさにさすがの上海人士も度肝を抜かれ、声を失った。

（中略）

これでマリエナは、名実共に、上海リリー、上海ピュアドールと並び、魔都の三名花になったといえるであろう。そして、次の日曜日。重賞レースは掉尾《ちょうび》を飾るサッスーン・カップが、マリエナコンテストは最終審査が行われて、競馬とマリエナのシーズンは、いよいよクライマックスを迎える。

これは、『上海蛇報』が売り込んだ記事ではない。こんな大きなニュースは売り込むまでもなく、各社が自分たちで取材をしているのである。

麟は、この記事に魔都の三名花とあることから、ご機嫌をとるつもりで見せたのであろうが、妖恋華は、サッと目を通しただけで、何の反応も示さない。

全くもって場違いも甚だしい華である。

そんな場違いな場所に彼女がわざわざやって来たのは、鄭将国が殺された件についてであった。上海デスドールの密室トリックは見破ったが、その正体を摑むまでには至っていない。清や袁世凱に仕えていた者を探す方も、捗々しい成果を挙げていなかった。

そこで、早瀬は、別のアプローチを考えた。上海デスドールは殺し屋である。金さえ積めば、どこの陣営かなどに関係なく誰でも殺すといわれている。つまり依頼者がいるのだ。その依頼者を突き止めれば、上海デスドールに迫れるのではないかと考えた。

それは、鄭将国の経歴にあった。鄭将国は、堅物の実業家で、政治色の薄い人物であった。しかも、上海へ進出してからの日も浅く、租界の幹部や闇社会の連中とは、まだ深い付き合いがなかったのである。

鄭将国を殺そうとしたのは、身近にいる人物ではないかと思ったのだ。そして、殺しを頼めるほどの金を持っているとなれば、自然に絞られてくるだろうと見た。すると、ある集まりが浮かんできたのである。

それが、四孔会《しこうかい》。

早瀬は、そうした経緯を、楽屋で妖恋華に話していた。すると、

「四孔会の方なら、『ルビイ』にもよく来られています」

と言い、今夜、社で打ち合わせをやると聞いて、付いてきたのである。

「で、四孔会のことは、どこまでわかったんだ」

早瀬は、中国人記者の竹に聞いた。

竹は、眼鏡に手をやり、教師に名指しされた生徒のように答える。

「四孔会は、上海で成功している四川省出身者の集まりです。鄭氏も四川の出身なので、そこへ入っていたのです。四川は、三国志の時代に諸葛孔明《しょかつこうめい》が劉備《りゅうび》を補佐して、蜀《しょく》という国を興したところなので、孔明の名を付けているのですが、実態は、忠国《ちゅうこく》の正義を貫いた偉大な孔明を汚すものです。なにしろ、なにしろ――」

しかし、ここで竹の態度は変わった。興奮している様子がはっきりと出ている。自分の国のことを憂えているのだということが、早瀬も、わかるようになっていた。竹は、愛国青年である。しかし、何に憤っているのかがわからない。

「何が孔明を汚しているんだ」

これに答えたのは、妖恋華であった。

「四川は、国内有数のケシの栽培地です」

と、周囲にはわからない日本語で教えてくれる。

「そういうことか」

と、早瀬は納得した。

ケシは、阿片の原料となるものである。つまり四孔会の会員には、阿片売買に関わる者がいるということだ。いや、もしかしたら、そっちが主流なのかもしれない。

案の定、竹は、椅子から立ち上がって、拳を握り締めた。

「四孔会は、実質、三人によって仕切られていますが、その三人は全員阿片に関わっている。中国の人民を破滅に追いやる阿片を、中国人が売りさばいているなど言語道断！　我々は断固として――」


また演説が始まった。

しかし、すぐさま、

「あんた！　会社でそれはダメと言ってるでしょ。今月の給料減らすわよ」

と、麟に一喝されると、

「あっ、すいません。それだけは――」

あっさり降参してしまう。

「つまりデスね」

と、ロバートが後を引き継いだ。

「会のボス三人は、アヘンがらみでユダヤの財閥にコネがあり、チャイナギャングとも関係がある。おっかないヤツらね。その三人と、殺される前のミスター鄭は、よく会っていた。これ、結構怪しいネ。三人ともアヘンで大儲けしてるから、金はたっぷり持ってる。突つけば何か出そうネ」

「だけど、うちみたいなところの記者には会ってくれないでしょうね」

と、麟は、しょげていた。

するど、

「会えます」

妖恋華が、表情を変えずにさらりと言った。

「殺しの依頼者から迫ろうとするなんて、見事な目のつけどころですわ。その三人は、『ルビイ』へ何度も来られていますから、よく知っています。私がお膳立てをしましょう」

「ほんと！　上海ピュアドールが手伝ってくれるの。これは心強いわ」

「ですから、この件については秀一さんをお借りします」

「どうぞどうぞ持ってって、煮るなり焼くなり好きにしてちょうだい。もしかしたら大ネタが摑めるかもしれないものね。そうすると、また高く売れるわ。あんた、しっかりやってくるのよ。そうでないと、給料減らすからね。でも、上海ピュアドールと仲良くなれて、ほんとによかったわあ。この日本人のどこがいいのかわかんないけど――」

早瀬と妖恋華の間でコロコロと態度を変える麟に、早瀬は、あさっての方を向いて、顔をしかめていた。


早瀬は、妖恋華と一緒にオンボロビルを出てきた。

「汚いところにある、おかしな新聞社だっただろう。そうとわかったら、もう俺を出入り自由にする気もなくしたんじゃないか」

なにしろヨレヨレの背広を着て、ボサボサの頭に無精髭というだらしなさである。『ルビイ』では明らかに浮いている。

「そんなことはありませんわよ。秀一さんが、どんなところで働いているのかがわかって、とてもよかったですわ。前にも言いましたが、私は、子供の頃、サーカス一座にいました。辺鄙な田舎でしかやらせてもらえない小さくて貧しい一座でした。ですから、このような場所、なんでもありません」

二人で話す時は、日本語を使っている。

「それにあれくらいの場所が、秀一さんにはちょうどお似合いではありませんか」

「なんだと――」

「あら、また小娘に馬鹿にされたと、お怒りですか」

「ああ、そうだよ。そこまで馬鹿にして、それなのにどうして俺と一緒にいるんだ」

「そうしたいからではありませんか」

妖恋華は、自分からくっ付いてきた。帽子を深々とかぶって、顔がよく見えないようにしているが、かもし出す雰囲気が尋常ではない。

だから、早瀬は、うろたえ、

「こんなところでからかうのはよせ」

身体を離そうとしたが、

「私のようないい女を連れて、よそよそしくしていたら、却って怪しまれますよ。特務の工作員がこの辺りに潜り込んでいたら、スパイが恋人を装っているのではないかと思うでしょうね」

と、言ってくる。

「いい女って自分で言うか」

「違うのですか」

「ちっ。それにこんなところで特務は張ってないだろう」

「甘いですよ、秀一さん。『上海蛇報』が入っているビルの一階も二階も、得体が知れないではありませんか。それと、『上海蛇報』自体も――」

確かに、早瀬は、同僚たちの経歴を全く知らなかった。彼らのフルネームも知らなければ、麟とかロバート、竹というのも本当の名前なのかどうかわからない有様なのである。

「ですから、私と外を歩く時は遠慮なく触って下さい」

妖恋華は、相変わらず感情を窺わせない人形のような顔をしている。だから、どこまで本気で言っているのか、早瀬には、見当もつかない。それでも、妖恋華は、早瀬の手をとって自分の腰へ持っていこうとした。

早瀬は、まわりを見た。

こんな時間でも野鶏や阿片中毒者はいる。すると、うずくまっている中毒者の中にやけに鋭い目があって、こっちを見ていたような気がした。だから、振り返って確かめようとしたのだが――。

「いけません。そのまま――」

妖恋華が、しなだれかかるようにして、耳元で囁く。

「わかりましたか」

「ほんとにいるのか」

「ここが魔都であることをお忘れなく。ですから私を――」

仕方がない。

早瀬は、腰にまわった手で妖恋華の身体をグイと引き寄せ、もう片方の手で胸を思いっきり摑んでやった。

「うふふ」

妖恋華が妖しく微笑み、早瀬は、目がまわりそうなほどクラクラしてしまう。

3

日曜日。

早瀬は、妖恋華と、上海競馬場に来ていた。

世界一の規模と自慢している上海競馬場は、静安寺路《せいあんじろ》沿いに大きな敷地を占めていて、そこにそそり立つ時計塔は、上海のランドマークとなっている。競馬は、上海で最大の娯楽といってもよく、今は日曜日ごとに重賞レースが行われているため、この日もスタンドは満員であった。特に、この日は今季最後の重賞レースがあるため、いつも以上に賑やかといっていいであろう。

競馬場のスタンドは、メンバー用と、それ以外の一般用に分かれていた。時計塔のある建物を跑馬庁《パオマーティン》といい、そこに集う競馬クラブは、上海跑馬《パオマー》クラブと呼ばれていて、そのメンバーになることは、上海セレブのステータスである。

勿論、早瀬は、メンバーになどなれるわけがないので、本来なら一般用スタンドにいるべきなのだが、メンバー用に来ていた。ここへ来る前には、妖恋華に散髪屋へ連れて行かれて、髪の毛と鬚を整え、それから貸衣装店へも連れて行かれて、ボルサリーノのソフト帽を斜めにかぶり、高級スーツを着て、格好だけはそれらしくしている。

「なかなかお似合いです」

妖恋華が、とてもそうは思っていない冷ややかな口調で言っていた。腹立たしいこと極まりないが、自分でも当たっていることは自覚している。

その妖恋華は、鮮やかな色彩のチャイナドレスで、腿の付け根にまでスリットが入っていた。その美貌、スタイルのよさ、スリットから覗く白い脚の艶めかしさに、まわりのセレブは、男も女も釘付けになっている。華麗に着飾ったまわりのセレブたちは、圧倒的に白人が多い。中には、妖恋華のことを知っている者もいて、早瀬について、あれは誰だ、どうして上海ピュアドールと一緒にいるんだという嫉妬と羨望の入り混じった声が聞こえ、好奇な視線が向けられた。

明らかに場違いな早瀬は、気おくれを覚えるが、妖恋華は、気にすることなく、まわりの雰囲気に溶け込んでいる。

早瀬がこんなところへ来ているのは、四孔会の三人と会うためであった。妖恋華のお膳立てで、ここへ招待されたのである。三人は、上海跑馬クラブの準会員であったのだ。クラブは、当初、白人ばかりであったのだが、近年は、白人以外も準会員とか賛助会員という名称で、加入が認められるようになったのである。

李士文《りしぶん》、高雷騎《こうらいき》、殷覚《いんかく》の三人が、四孔会の三巨龍である。それぞれに、貿易商、出版社社長、画家という表の顔を持っている。そして、三人は、三人とも女性を同伴していた。明らかに妻ではないとわかる、夜の女といった雰囲気をかもし出している女たちであった。

「君が上海ピュアドール推奨の敏腕記者かね。ナリは立派だが、とてもそうは見えない」

そう言って、早瀬を疑わしげにジロジロ見ているのは、李士文であった。恰幅がよく重厚感にあふれた五十ぐらいの、一見、紳士である。

「しかし、上海ピュアドールが言うのだから、そうなのだろう。人は見掛けによらないものだ」

「だけど、上海ピュアドールがこんな男を贔屓にしているなんて、俺にも希望が湧いてきたな」

と、これは、殷覚。まだ三十代だが、有名な画家だ。きれいな女性の絵を描くので、日本人は上海の夢二などと呼んでいる。

殷覚が希望などと言ったのは、早瀬よりもさらに背が低く、顔も、彼が書く絵とは比べ物にならないくらいパッとしないからであろう。そんな人物に希望を抱かせるほど、自分も冴えないのかということには、到底承服できないのだが——。

「なあ、なあ、一度でいいからモデルになってくれよ」

殷覚は、チャイナドレスの中までも射抜こうかという目で、舐めるように妖恋華を見ていた。殷覚の絵は、裸婦ばかりだという。

これに、妖恋華は、表情を変えることなく、

「早瀬様にいいネタを提供して下されば、考えてもよろしいですわよ」

と応じる。

「ほんとに、ほんと？　こいつが知りたがっているのは、鄭将国のことだろう。あいつは俺たちと肌が合わないのを承知で、露骨に接近してきたよな」

「肌が合わなかったんですか」

　と、早瀬は聞いた。

「ああ。あいつは阿片嫌いだからな」

　殷は、それがとんでもないことのように言う。

「あれはいいのにねえ。吸うと桃源郷へいざなってくれる。いい絵が浮かんでくるんだ」

　殷は、うっとりとした表情で、煙を吐き出した。漂ってくる臭いが、少しおかしい感じがする。早瀬は、煙草をやらないのだが、阿片を混ぜている煙草があると聞いている。それではないかと思った。

「彼は我々を軽蔑していた。それが態度に出ていたよ」

　と、李士文が、話を引き取った。

「それでも、彼が我々に近付いたのは、上海の中心といっていい南京路で店を、それもナイトクラブを出したかったからだ。そのために、租界のお偉いさんを紹介してもらいたかったのだ」

「それと、あいつは賭け事が好きでね。重賞レースがある日曜日は、俺たちと毎週来ていたよ。人が変わるんだ。大の競馬通だと自慢して、この馬がいいと、俺たちにも勧め、聞かないと気分を損ねる。それで、あいつの予想がよく当たるのかといえば、そんなことはなくて、外したら外したで機嫌が悪く、予想に乗った俺たちには、ああだこうだと言い訳するんだよ。見苦しかったねえ」

その時、

「ほんとに最低なヤツだ」

と、前のテーブルをドンと叩いたのは、高雷騎であった。

黒眼鏡を掛けているので、年齢はよくわからない。ただヤスリで削ぎ落としたかのような鋭角の顔をしていて、葉巻を咥え、闇社会の顔役といった感じの危なっかしい男であった。今も陰鬱な怒りを発散させて、拳銃をぶっ放しそうに見える。彼だけは、白人の女を同伴していた。

早瀬が、思わずビクついていると、殷覚が、小声で耳打ちしてくる。

「今季最初の重賞でとんでもない万馬券が出ただろう。高氏は、大穴狙いの馬券を買おうとしたんだけど、あいつがそんなのは素人の買い方だと馬鹿にして、違うのを勧めて、そっちに乗ったら、大穴が来たんだよ。だから、怨み骨髄に徹しているのさ。というのも、高氏の商売がね――」

そこで、

「おい！　余計なことを言ってるんじゃねえだろうな」

と、高雷騎が威嚇してきた。

殷は、平然と返す。

「鄭氏は、今日の重賞レースを一番楽しみにしていて、絶対勝つと豪語していたのに、あんな目に遭っちまっただろう。天罰だと言ってやったんだよ。なあ」

と、最後には早瀬にも相槌を求め、早瀬は、曖昧に笑う。

その時、

「お待たせしました」

と言って、若者が、競馬場のボーイと一緒に飲み物や食べ物を持ってきた。こうしたものは競馬場で売っているのだ。

早瀬は、若者を見て驚いた。鄭将国の秘書をしていた陸慶新だったからである。

「君、こんなところで――」

これには、李が答えた。

「鄭氏の秘書を知っていたのかね。彼は、鄭氏が四孔会に参加した時から、鄭氏の意向でこうした時の世話役をやってもらっていたんだよ。それで鄭氏が死んで、どうしようか困っていたから、私が引き取ったのだ。彼も四川の人間なのでね。それと店の踊り子も、四川の者と一番上手な子は、他の店へ紹介することにしている。店についても、店長がなんとかしてほしいと言ってきたんだが、そこまでの義理はない。もうすぐ潰れるだろう」

中国は郷党意識が強い。成功者のもとへ同郷の者が集まるのは、ごく当たり前のことであった。

「さ、競馬を楽しもうぜ。あんた、競馬にはかなり詳しいんだって――。どんな予想をするのか楽しみだ」

殷覚が、酒の入ったグラスを、早瀬の前にも置かれたグラスにカチンと合わせる。

「は？」

早瀬には、何のことかわからない。

「どういうことだ」

早瀬は、日本語で妖恋華に聞いた。

「秀一さんは、名うての競馬通ということで紹介しておきました。その方が簡単に話が進みましたので――」

「そんな――。俺は、勝負事に滅法弱いんだ。だから競馬もやったことがない。馬なんか全然知らないぞ」

「本当ですか」

「本当だ。自慢じゃないが、じゃんけんも滅茶苦茶弱い。死んだオフクロが、秀ちゃんは大きくなっても賭け事はできそうにないから安心だわと、喜んでいたくらいだ」

すると、妖恋華が、早瀬の袖を引っ張って隅の方へ連れて行った。そして、じゃんけんと言って、手を出してくる。

じゃんけんは日本のものなので、それを知っているということはやはり日本人かと思いながら、早瀬も応じた。十戦全敗であった。

「くくくくく」

妖恋華が、身体を折り曲げて笑っている。表情のない顔が崩れ、歳相応のあどけなさが出た無邪気な笑い方であった。

「本当に弱いのですね」

「うるさいなあ」

「でも、困りましたわ。せっかく宣伝して向こうに応じてもらったのに、それが嘘だったとなると騙したということで、あの人たち、闇社会とつながりがありますから、今夜にでも秀一さんのところへ殺し屋を送ってくるかもしれません」

「なんだって！　でも、もともとはお前が勝手に――」

「それよりも、馬のことを勉強なさるのが先だと思いますよ」

そう言って、妖恋華は、人形の顔に戻り、自分が持ってきた競馬誌を渡して、どこかへ行ってしまった。

早瀬が席へ戻ると、

「あれ、彼女は？」

と、殷覚が聞いてくる。

「ちょっと用足しに――」

適当に答え、早瀬は誌面を見る。しかし、全くわからない。どうしようどうしようと思っているうちに、脂汗が流れ、

「なかなか真剣だね。そろそろ決まったかい」

と、殷に聞かれて、進退が極まった時、妖恋華が戻ってきた。

「随分と長かったね。たまってたの？」

殷は、いやらしい目で興味津々に尋ね、妖恋華は、どういうことですかという目を、早瀬に向けてくる。

早瀬は、そっぽを向いた。

「決まりましたか」

と、妖恋華は、日本語で聞いてくる。

「決まるわけがないだろう」

早瀬が不貞腐れていると、妖恋華は、耳元に番号を囁いてきた。

「ん？」

早瀬は、怪訝な顔をした。どうやら、その馬券を買えと言っているようだ。小娘の案に乗るのは癪だったが、自分で考えてもわからない。清水《きよみず》の舞台から飛び降りる気持ちで、乗ることにした。

馬券は、陸慶新がみんなの指示を聞いて買ってくる。すると、早瀬の馬券が当たった。それからも、早瀬は、妖恋華が勧める馬券を買い、結構当たった。メインの重賞レースもそうしたら、これまた当たってしまったではないか。四人の中で重賞を当てたのは、早瀬だけであった。

「ほう、上海ピュアドールの言う通りだ」

「なかなかやるじゃないか」

殷覚も李士文も、目を丸くしている。日本語で、それも小声でやり取りしているから、彼らは、妖恋華が教えているとはわからなかったようだ。

「くそっ」

高雷騎は、強面《こわもて》の顔をさらに歪め、葉巻も吐き捨て、馬券をビリビリと破いていた。殷と李は、何レースか当てていたが、高は、さっぱりだったのだ。

「日本人に負けるとは納得できねえ。女とコソコソ話していたが、教えてもらっていたんじゃないだろうな」

なかなか鋭い。今にも懐から拳銃を取り出してくるのではないと、早瀬が脅えていたら、

「まあまあ、高大人《だいじん》」

と、殷がなだめた。

「競馬はついてなかったけど、麻雀はどうだい。高大人は、麻雀が大の得意だろう。あっちも麻雀は得意だということだし、それで打ち負かしてやれば、今日の溜飲も下がるだろう。鄭氏にだって、競馬の怨みを麻雀で晴らしてやったじゃないか」

「ふん。麻雀の勝ちなど、大穴で外した額を思えば、全然大したことがない。だが、いいだろう。やってやろうじゃないか」

殷は、早瀬にも言ってくる。

「鄭氏は、麻雀も大好きでねえ。俺たちとよく麻雀カジノへ行ったのさ。なあ――」

最後のなあは、傍らで控えている陸慶新に声を掛け、陸は、苦笑を浮かべていた。

「あいつは、麻雀も今まで負けたことがないと豪語していたんだが、高大人にコテンパンにやられて、怒っていたよ。それでムキになって何度も何度もやって、とうとう高大人には、一度も勝てなかった。だから、帰る時はいつも機嫌が悪かったねえ。あれじゃあ、お付きもたいへんだっただろう。そこでやろう。勿論、来るだろう」

「来ないとは言わせないぞ」

と、高雷騎も凄んでくる。

「それでお前が負けたら、金を払うのは勿論だが、上海ピュアドールを渡せ。服を脱いでもらうぜ。それで負け金は半分にしてやる。もし俺が負けたら、金は全部払ってやるうえに、この女を裸にするといい」

そう自信満々に言って、隣の白人女へ顎をしゃくる。女は中国語がわからないのか、さっきからずっと商売用にしか見えない笑みを浮かべていた。

「だったら、私も彼に勝てば同じく金半分で、高氏の後に上海ピュアドールをまわしてもらおうか」

「俺は彼に勝ったら、金はいいんで、上海ピュアドールにはモデルになってもらう。勿論、ヌードね。それでどうだい」

李士文と殷覚も、ニヤニヤと笑っていた。

「そ、それは——」

早瀬は、なんとかして断らなければと思ったが、

「よろしいですわ」

と、妖恋華が引き受けてしまい、今度の金曜日に決まってしまったのである。

早瀬は、妖恋華と一緒に上海競馬場を出た。

メンバーのセレブたちは車で帰る。だから徒歩で帰るのは、一般用スタンドから出てくる者ばかりだ。

妖恋華が豊かな胸を押し付けてくるので、早瀬は、ここでもグイと抱き寄せた。しかし、その感触を楽しむ気には、とてもなれない。

妖恋華は、チャイナドレスの上に薄手の上衣を羽織り、帽子を目深にかぶっていた。それでも、そのキラキラとした存在感は隠しようがなく、まわりの視線が、こちらに向かって突き刺さってくるのだ。それに、麻雀のことも気になって仕方がなかった。

「競馬だけじゃなく、麻雀も強いと言ったのか」

「はい」

妖恋華は、悪びれることなく答える。

「競馬は今日で終わりですけど、麻雀なら、また会えるではありませんか。今日だけで、あの三人が依頼者かどうかも摑めていないのでしょう?」

途中から競馬が気掛かりになったので、鄭将国のことは聞くどころではなくなってしまった。

「だけど、俺は麻雀も弱いんだぞ。『上海蛇報』へ入った当初は、四人になったから、よくやらされたんだが、いつも負けて給料もすっかり巻き上げられるほどになってしまい、今は勘弁してもらっているくらいだ。なのに、自分から受けるなよ。服を脱がされるんだぞ」

しかし、妖恋華は、

「秀一さんのためなら、脱がされてもかまいませんわよ」

と、しなだれかかってくる。

「だから、からかうなって――」

その時、

「仲がよろしいのう」

と、声が掛かった。

振り向いて、早瀬は驚く。楊樹浦で会った趙老人がいたからだ。秋玲も一緒であった。

「この子がマリエナコンテストの最終審査を見たいと言ってな。貯め込んだ金をごっそり持って、租界へやって来たんじゃが――」

「入れてもらえなかったのです」

秋玲が、恥かしそうに顔を伏せる。

最終審査は、競馬場があるのと同じ静安寺路の大星光大戯院《スターライト・シアター》で行われていた。上海で一番豪華だといわれている劇場で、さすがにこの姿では入れてくれないだろうと、早瀬も思う。

「それで競馬場へ来たというわけじゃよ」

「お師匠様は時々来るのです。清の宮廷でも馬を競わせる遊びがあったそうですから、懐かしいみたいです」

「清の支配者だった満州族は、もともと騎馬の民でしたから――」

と、妖恋華が教えてくれる。

「それで、この前来た時は大穴が出たんですよ。誰かに当たったんです。凄いですね。その人、どうしているのかなって思ってしまいます」

「分不相応な大金を手にしたところで、ロクなことはない」

「そうですね。お金はちゃんと働いて稼がないと――。でも、少しは暮らしの足しにならないかなと思っていたら、今日、手持ちのお金が少し増えました」

秋玲は、嬉しそうだ。

「先生は競馬に詳しいんですか」

意外に思って、早瀬は聞いた。

「いや、全然わからん。じゃが、それでも買えるようになったからのう」

「上海跑馬クラブは、くじのような馬券を売り出しているのです」

これも、妖恋華が教えてくれた。

最初から馬の番号が入っているもので、これだと馬の知識がなくてもいいため、庶民は宝くじを買う気分で手軽に買い、クラブは大儲けをしているらしい。

「増えた分、ちょっとだけいいものを食べましょう。それぐらいいいでしょう、お師匠様」

「そうだな。それも悪くないのう」

秋玲が老人を支え、二人は、笑顔を見交わしながら立ち去っていく。

すると、今度は、

「おや、あんた。さっきのベッピンさんだよな」

「そうだ、そうだ。あの姉ちゃんだ」

野卑な声が聞こえてくる。

粗末な中国服の男が寄ってきていた。酒の臭いや、その他、さまざまな異臭が鼻につく。阿片もやっているような感じだ。

早瀬は、思わず顔をしかめたが、妖恋華は、平気な様子で、

「さきほどはありがとうございました」

と、頭を下げていた。

「役に立ったかい」

「はい、とても——」

「そりゃあ、よかった。でも、今日も大穴が出なかったな。それが残念だ」

「この前、重賞で大穴当てたヤツを見たから、今季はこっちに運が向くかと思ったけど、無理だったな。大穴が出たのはあれだけだ」

「まあ、今日は酒を奢ってもらったし、いいものも見せてもらった。また何かあったら来なよ」

「じゃあな」

二人は、フラフラした足取りで去っていく。

早瀬の方には見向きもしなければ、何も言わない。

「知り合いか」

「あの人たちにレースの予想を教えてもらったのです」

どこかへ出ていったのは、一般用のスタンドであったという。そこで彼らから教えてもらい、

その予想を早瀬に伝えていたのである。

「よくそんなところへ行ったな」

上衣を羽織り、帽子をかぶっていたとしても、彼女が一般スタンドへ行けば、まわりは結構な騒ぎになったであろうと思う。だが、妖恋華は、そうしたことを全く意に介していないようであった。

「あの人たちは予想屋です。それも馬の知識にかけてはピカイチといわれています。以前は予想屋もたくさんいたのですが、くじ馬券のせいで、ほとんど相手にされなくなりました。あの人たちもそうです」

「でも、ピカイチのわりには、あいつら、全然もうかっていないようじゃないか」

「自分が賭ける時は一攫千金を狙うからです。並みの勝負では満足できないのです。だから穴を狙い、うまくいかないと負けを一気に取り戻そうとして、さらに大きな穴を狙う。穴を当てたら当てたで、さらなる大勝負に出る。地道にやり、適当なところでやめる。そういうことができないのです」

「ふうん、そういうものか。なんだか可哀想な気もするな。それに、今日、俺が勝ったのは、あいつらのおかげみたいなものなんだろう。今日のもうけから、いくらかお礼に渡そうか」

「その必要はありません」

妖恋華は、ぴしゃりと遮った。

「この魔都でそんな情けは無用です。確かに、私があの人たちから予想を聞き、秀一さんに伝えました。しかし、それで馬券を買ったのは秀一さんです。秀一さんが、私の言葉を信じるという決断をして買った。ですから、もうけも全て秀一さんのもの。どれほど正確に予想していたとしても、あの人たちはその馬券を買わなかった。それが、あの人たちの決断です。ああなったのは、自分の責任に他なりません。いくらか渡したとしても、そんなものは酒と阿片に消えていくだけで、何の役にも立ちません」

「そういうものか」

「それに予想代はきちんと払いましたし、お礼もしました」

「そういえば酒を奢ってもらったと——。いいものも見せてもらったとかも言っていたけど——」

「ちょっとしたサービスをしました」

「サービス？」

「こんなふうに——」

妖恋華は、ドレスのスリットを大胆にめくってみせた。

眩しいほどに艶かしい脚線美が露になり、周囲でどよめきが起こった。見ると、まわりの連中が憑かれたような熱い視線を向けてきている。今にも飛び掛かってくるのではないかという不穏な雰囲気さえ感じられた。

「うわわわわ！」

早瀬は、狼狽したが、妖恋華は、いつもの冷ややかな表情を向けてくるだけだ。

「そんなことよりも、今は自分の心配をする必要があるのではないですか。あの人たちとの麻雀で負けたら、たとえ半額にしてもらったところで、『上海蛇報』での負けとは比べ物にならない額になりますよ。払えなかったら、蘇州河へ投げ込まれるでしょうね」

月曜日。

仕事を終えた早瀬は、同僚たちに、

「木曜日まで俺と麻雀してくれ」

と頼んでいた。

4

金曜日になった。

早瀬は、夜の八時に妖恋華と待ち合わせた。

会って早々、大きなあくびが出てしまう。

「随分とお疲れのようですね。目の下に隈もできています。今週は『ルビイ』に一度も来られず、もしかして麻雀の特訓をなさっていたのですか」

感情のわからない人形のような目で、こちらをじっと見つめてくる。すっかり見透かされている感じだ。

「それで上達しましたか」

早瀬は、答えなかった。答えられないといった方が正しいであろう。さっぱりだったのだ。競馬で儲けた金をすっかり巻き上げられてしまった。

「そんなことより、よく店が休めたな」

「マリエナに無理を頼んできましたわ。マリエナからは麻雀で勝った金で、今度、食事へ行きましょうと言われました。秀一さんと三人で――。楽しみにしていましたよ」

「ぬぬぬぬぬ」

「でも、コンテストの結果、凄かったですね」

妖恋華が言うのは、マリエナコンテストのことである。マリエナを一流ダンサーに育てたというジュスタ・バンコスを首席審査員に迎え、次のマリエナを発掘しようというオーディションであった。コンテストの正式名称は別にあるのだが、そういうことからマリエナコンテストと誰もが言っているのだ。

ジュスタ・バンコスは、ナチスドイツから逃れてきたユダヤ人のダンサー兼振付師で、ヨーロッパではかなりの有名人であったらしい。ハリウッドが呼びたがっているそうだ。それでバンコスは、コンテストの優勝者をハリウッドへ連れて行くと宣言していたのである。

そして、最終審査の結果、優勝したのは、なんと、天蘋であった。鄭将国の店の踊り子だった、まだ十代の少女である。店で一番上手いと、鄭も妖恋華も認めていたが――。

「俺も、まさか彼女だとは思ってもいなかったよ」

しかし、今は天蘋どころではなく、今夜のことが気になって仕方がなかった。一方、妖恋華は、いつも通りの表情で、今夜のことを気にしている様子は微塵も窺えない。早瀬は、競馬場の時と同じ格好。妖恋華も、チャイナドレスの上に、長い上衣を羽織っている。

二人は、黄包車を呼び止めて、福州路《ふくしゅうろ》の華人街にある中華料理店にやって来た。表向きは、ちょっと高級そうな料理店という感じであったが、コインかメダルのような丸いものを妖恋華が見せると、二人は、奥の扉の向こうへと案内された。地下へ下りていく階段があり、薄暗い廊下が続き、また同じものを見せて、行き着いた扉が開けられると、別の空間が出現した。

正方形の広い空間。中央に同じく正方形のバーカウンターがあり、そのまわりにテーブル席が設けられ、その間に噴水や花壇が点在している。席には、すでに何組かの客がいて、女を侍らせ、ボーイが飲み物やつまみを運んでいた。そして、まわりをぐるりと取り囲む壁には、いくつもの扉が設けられている。

「ここが麻雀カジノです」

妖恋華が、日本語で話す。

「会員になるか、会員の紹介がないと入ることはできません。私たちは、あの三人の紹介ということで、これを秘書さんが『ルビイ』へ届けに来ました。通行証のようなものです」

と、さっきの丸いものを見せる。

「ここは壁のところにある扉の向こうが個室になっていて、そこで客が麻雀を楽しみます。とんでもない大金を賭けて――。個室の中は、何が起きてもわかりません。阿片をやる人もいれば、女と戯れる人もいて、時には死体が残されていることもあります。その死体も店に金を奮発すれば、こっそりと処理してくれます。蘇州河に捨てるか、どこかの路上に転がしておいてくれるのです」

「なんてことだ」

早瀬は、思わず唾を呑み込む。

「だとしたら、お前もただ服を脱がされるだけじゃなく――」

「女を脱がせて、それですむわけがないではありませんか」

妖恋華は、さらりと言ってのける。

「帰ろう」

早瀬は、妖恋華の手をとった。

「ヤツらには俺が謝りに行く。それでどうなってもいい」

「上海デスドールの依頼者を突き止めなくてもいいのですか」

「だからといって、お前をそんな目に遭わすわけにはいかない。俺が勝てるわけはないんだ」

しかし、妖恋華は、連れ出そうとする早瀬の手に、もう片方の手を添えてきた。

「麻雀の特訓をしたのは、私のことを思ってのことですのね。とても嬉しいですわ」

「いや、それは、俺も蘇州河へ投げ込まれたくないし――」

「私が、そんな秀一さんを投げ込ませると思っているのですか」

と、いつになく真剣な眼差しで見つめてくる。

「そんなこと言って、どうするつもりだ」

妖恋華は、上衣を脱いだ。その下は鮮やかなチャイナドレスだが、競馬場の時とは少し異なっている。脚のスリットが、腿のずっと上にまで切れ込んでいるのだ。お尻が見えそうであった。

それでいて、下着が見えない。

「なんだ、それ――」

早瀬は、目がテンになる。

妖恋華は、かまうことなく、

「まだ時間がありますから、少し飲んで気分を落ち着かせましょう」

と、早瀬をバーカウンターに連れて行った。

しかも、身体を密着させてくる。

「こんなところに特務はいないだろう」

「ここには抗日派や闇社会の中国人も来ます。おかしな日本人が、私に手を出さないで一緒にいるのを見たら、こいつらは麻雀を楽しみに来たのではなく、ここで何かを探ろうとしているスパイだと勘繰りますよ。ですから、自分はただのいやらしい日本人だということを見せ付けないと――」

「おかしなとかいやらしいとか好き勝手言いやがって――。わかった、わかったよ」

早瀬は、あとは野となれ山となれという気分で、妖恋華に手を伸ばす。カウンターの椅子に座ると、これでどうだとばかりに、スリットの中へ手を入れてやった。

「うふっ」

妖恋華は、妖しく微笑む。

この場所は、いってみればウェイティング・バー。人待ちや、麻雀からあぶれた客が一杯やるところらしい。

妖恋華が、早瀬に酒を頼み、それを受けた中年のバーテンダーは、妖恋華の美貌にすっかり吸い寄せられていた。

妖恋華は、早瀬に酒を注ぎながら、

「あら、あんなのを張り出しているのですね」

と、バーテンダーに聞いている。

「ああ、これね」

バーテンダーが背後を振り返ったので、何かと思い、早瀬も目を向けると、酒が並んだ棚の横の壁に新聞が貼ってあった。今週月曜日の朝刊。マリエナコンテストで、天蘋が優勝したという記事だ。マリエナが、天蘋にトロフィを渡している写真が掲載されている。

「俺もあれを読んでびっくりしたのさ。なにしろ中国人が勝ったんだ。誇らしいじゃないか。しかも、きれいで、まあ、あんたには及ばないけど――」

バーテンダーは、妖恋華に目を蕩けさせ、

「それに、いい子だ」

と続ける。

「だから、ここの連中もみんな喜んでいるよ」

「でも、ここにはいい人ばかり来ませんよね」

「ああ、上海デスドールに殺されたっていう大人《だいじん》だね。確かにひどいヤツだった。そっちは誰も悲しんでなんかいないよ」

　鄭将国のことである。

「そんなにひどかったのか」

　と、早瀬も聞いた。

「博打《ばくち》をやると、人が変わるっていう、よくいるけど、余り来てほしくない類の客だよ。自分の腕には変に自信を持っていて、負けを認められないのさ。だから負けると物凄く荒れる。外見は温厚そうだったのに、わからないもんだ。旦那も穏やかそうだけど、実はってこと、ないでしょうね。騒ぎは勘弁して下さいよ。一昨日も死体の始末で大童《おおわらわ》だ」

「俺は騒がないよ」

「なにしろあの大人、殺される前には勝った相手にイカサマをやってるだろうと、嚙み付いて、相手も青幇《チンパン》のボスみたいなおっかない客だったから、今にもドンパチが始まりそうだった。上海デスドールに殺しを頼んだのは、あの客じゃないかと、ここではそういう噂になってますよ」

　青幇は、上海の闇社会を牛耳っている秘密結社のことである。つまり高雷騎が、鄭将国と一触即発になったということだ。競馬の時といい、ことといい、鄭将国にも別の顔があったということらしい。

　早瀬は、やはりあの強面が依頼者なのかと思った。今日までの間に、高雷騎の会社がかなり危ういことを、同僚たちが調べてくれていた。大穴を外した恨みは深いに違いない。でも、それなら金にも困っている筈だ。わざわざ大金をはたいて、殺し屋を頼むだろうか。

「あのおっかない客なら、自分でやりそうだと、俺は思うけどなあ」

と、バーテンダーは、首を傾げていた。早瀬も、そんな気がする。

「なにしろ、あの客は前にも――」

ところが、そう言い掛けて、バーテンダーの口は凍り付いてしまった。

早瀬が、その視線の先を振り返ると、高雷騎が入ってきたところであった。他の二人と、世話役の陸も一緒だ。やはり三人とも女を連れている。高は、前と同じ白人女だが、李と殷は、違う中国人女を連れて来ていた。

「やあやあ、逃げるかと思っていたら、よく来たね。しかも、上海ピュアドールと、早速、お戯れか、いいご身分だ」

早瀬が何をしているのかを見て、殷覚が、野卑な笑みを浮かべた。

これに対し、高雷騎は、

「たいした度胸じゃないか。その余裕がいつまで続くかな」

と、ゾッとするような笑みを浮かべる。ここでも黒眼鏡を掛け、葉巻を咥えている。

早瀬は戦慄し、スリットの中の手を離そうとしたが、妖恋華が、ドレスの上から押さえてくる。

「でも、上海ピュアドールのその格好――下着つけてるの？」

殷覚は、妖恋華の深いスリットに、欲情を抑えられないような視線を向けていた。それは、他の二人も同じであった。美貌とスタイル、肌の艶やかさ。どれをとっても、三人が連れている女を遥かに上まわっている。そのことは、早瀬も認めざるを得ない。

「さあ、どうでしょうか」

妖恋華は、平然としている。

「覚悟はできているってことだな。いい心掛けだ」

高雷騎は、今にも襲い掛かってきそうな形相をしていて、

「高君。もし私が君より勝ったら、上海ピュアドールは先にもらうよ」

と、李士文が言い、二人は睨み合っている。

一同は、個室へ入った。

早瀬たちは席につき、隣に女を侍らせた。陸慶新が、ボーイと一緒に飲み物やつまみを、男たちの後ろにある小テーブルに置き、そのまま隅の椅子にひっそりと座る。

三人は、早速、女たちの身体をまさぐり出し、

「さ、秀一さんも遠慮なく」

と、妖恋華が囁いてくる。

「ここでもかよ」

「ここでこそ手を出さないといけません。ここはそういう場所なのですから――。そうでないと、彼らは秀一さんのことを、意気地なしの弱い男なんだと舐めて、秀一さんが勝ったとしても嫌がらせをしてきます。弱さを見せてはいけないのです。ですから堂々と――」

早瀬は、えいやっとばかりに、スリットの中へ手を突っ込んだ。

「あん」

と、妖恋華が、悩ましい声を上げ、三人は、嫉妬や憎悪から殺意まで感じさせる表情で、早瀬を睨み付けてくる。早瀬が、それに恐れをなして、手を引っ込めたくなるのを必死にこらえていると、妖恋華の手もスリットの中へ入ってきて、早瀬の手を摑み、脚を組んだ腿の内側へと導いた。

かなり際どい場所なので、

「おい」

と、注意しかけたが、その時、

「えっ」

と、戸惑ってしまった。

腿の内側に何かが貼ってあるのだ。テープ？　絆創膏？　何かはわからないが、指先ぐらいの大きさの四角いものが、膝の方から腿の付け根にかけて一列に並んでいる。

妖恋華は、それを触らせながら、身体を密着させてきて、早瀬の耳元に口を寄せた。

「膝の方を右、腿の付け根側を左ということにして、私が触らせる場所と同じ位置にある牌を捨てて下さい。どこも触らせない時は引いた牌をそのまま捨て、ポンやチイの時は何もしません。ただ鳴かない方がいいと思った時は、秀一さんの手をトントンと叩きます」

殷覚には、妖恋華が甘い言葉でも囁いているように見えたのか、

「あんまり見せ付けるなよ。牌に集中できなくなるじゃないか」

と、愚痴をこぼし、

「それが狙いなのかね」

と、李士文も、苦虫を嚙み潰したような顔をしている。

高雷騎は、イライラした感じで凄んだ。

「日本語でコソコソ話すな。男なら女を頼ろうとしないで、自分の力だけでやれ。だから、これからは一切言葉を交わすな。顔を見るのも厳禁だ」

早瀬は、身体の震えが抑えられなかったが、妖恋華は、落ち着き払った口調で、

「わかりました。ただ一言、言っておきますと、秀一さんは、女を頼って勝とうとするような卑怯な人ではありませんわ」

いけしゃあしゃあと言ってのけている。

こうして麻雀が始まった。

早瀬は、妖恋華から言われた通りにした。だから早瀬の手は、牌を並べる時以外はずっとスリットの中に入ったままだ。

腿の内側に貼ってあるものは、早瀬の前に並べられた手牌と同じ数だけあった。つまり十三枚。それで、妖恋華が、腿の付け根側から三つ目のものを触らせると、左側から三番目を捨て、膝の方から五つ目を触らせた時は、右から五番目の牌を捨てる。スリットが深いので、手も動かしやすかった。

しかも、妖恋華が人形のような表情のまま、時折、

「あん」

とか、

「うふっ」

とかいう声を出すものだから、三人の形相は、ますます険悪になり、早瀬も心が乱れて、今何番目のところを触っているのかわからなくなる時があった。すると、妖恋華は、それを察して、また初めからやり直してくれる。

こうして勝負を続けたのである。勿論、勝負の間は妖恋華と一語も交わさない。顔も見なかった。

そして、結果は――。

最も勝ったのは、早瀬であった。二番目が、高。殷と李は負けた。

早瀬が、この勝利をどう受け止めていいのかわからず、茫然としていると、

「ふざけやがって――。俺が貴様なんぞに負けるなんて、認めんぞ。日本人に上海ピュアドールは渡さん！　こっちへ寄越せ！」

高雷騎が、とうとうブチ切れ、懐から拳銃を出した。

高は、早瀬たちの左隣に座っていたから、銃口はほとんど間近で、こちらに向けられている。

早瀬には、後ろ暗いところがあったから、どう対処していいのかわからず、固まっていると、妖恋華が、銃口の前に立ちはだかった。

「高様。ご自分のやっていることが恥ずかしいとお思いにならないのですか。勝てば私を脱がせ

る。負ければ自分の女を脱がせる。それは、ご自分から言い出されたのですよ。脱ぐのはそちらの方でしょう。そんなことでは、私を意のままにすることなど絶対にできません。さあ、撃つなら私をお撃ち下さい。たとえ蜂の巣にされようとも、私はここを決して動きません」

と、凛とした声を放つ。

高雷騎は、顔を引きつらせていた。額に汗を浮かべ、拳銃を持つ手が震えている。

そうやって、しばらく妖恋華と睨み合っていたが、

「高君、君の負けだ。上海ピュアドールが正しい」

そう李士文が言うと、拳銃をしまい、そそくさと個室を出ていった。白人女は置いたままであった。

それを見て、

「ああ、負けた、負けた」

殷覚が、牌をグチャグチャにかきまわした。

「俺もこの女を置いていくから好きにしなよ」

「私もだ」

早瀬に、そんな気持ちなど、もとからない。

「それは困ります。ちゃんと連れて帰って下さい」

「紳士だねえ。でも、俺は上海ピュアドールをモデルにする夢、諦めていないからね。支払いの金は陸君にどうするか言ってくれ」

「私もだ」

それで、殷覚と李士文は、女を連れて出ていった。陸慶新がそれに付いていき、見送りだけをしてきたようで、一人で戻ってくる。それから陸は、マネージャーらしき人物とお金の話をして、それが一段落すると、

「君、帰る時はこの子も一緒に連れて行ってくれないか」

早瀬は、置き去りにされた白人女を指差した。女は、やはり言葉がわからないのか、状況が呑み込めていないようで、ぽかんとしている。

「わかりました」

と、陸は頷く。

早瀬は、椅子にぐったりともたれ込んだ。そんな早瀬に、

「どうです？　私が一緒にいてよかったでしょう」

妖恋華が、あれだけのことをやっておきながら平然とした声で言ってくる。

「悔しいけど、またお前に助けられたよ。しかも、麻雀だけでなく、拳銃からも守ってもらうなんて、ほんと情けない」

「あのまま秀一さんに任せていたら、本当のことを言いそうでしたから――。嘘も下手ですね。そんなことではこの魔都で生きていけませんよ」

「しようがないさ。そういう性格になっちまったんだ。それで死んだら、天命だと思って諦めるよ。でも、お前、そんな際どいところへイカサマのタネを仕込むとは、変なことを考えたな。い

や、頭がいいよ。深いスリットもこのためだったのか」

「私は、ただこの方が秀一さんも喜ぶだろうと思っただけです。そのいやらしい目が、もっと見せろと言っているではありませんか。やっぱり嘘は下手ですね。見たいのでしょう。下着をつけているどうか、確かめになりますか」

妖恋華が、スリットをめくりそうになったので、

「や、やめろ！　まだ人がいるじゃないか」

早瀬は、必死に止めた。

「では、二人きりになった時に――」

妖恋華は、懲りない。

「そもそも、お前が俺のことを競馬どころか、麻雀にも強いって言うから、こんなことになったんじゃないか。おかげで上海デスドールの依頼者も、高が一番怪しそうだとしかわからなかったよ。といって、また会いたいとは思わないし――」

そこまで言って、早瀬は、ふと引っ掛かるものを覚えた。

（まだ人がいる！）

と、陸の方を見る。

「君、いつも一人で残っているの」

「ええ。あとの処理をするのが世話役としての僕の役目ですから――。鄭氏がいた時からこうです」

早瀬の中で、何かが閃いた。

5

それから一週間が経った金曜日。

早瀬秀一は、黄浦江沿いの寂れた波止場に来ていた。

一人ではない。スーツ姿の妖恋華が一緒だ。近くに倉庫や工場らしき建物が並んでいるものの、どれも朽ちかけていて使われているような感じがしない。人の気配もなく、辺りはひっそりと静まり返っている。

しかし、早瀬たちとは別に、岸壁のところに人が立っていた。

向こうも、男と女の二人。

女の方は、今、魔都の話題をさらっている天蘋である。

そして、男は、陸慶新。

二人は、しっかりと手を握り合っていた。その雰囲気は、明らかに恋人同士である。しかし、二人とも仮面のように無表情な顔をしていて、

「こんなところへ呼び出して、用というのは何でしょう」

と、陸が聞いてきた。

「ここでなら、他人に聞かれることはないだろうと思ったんだ」

早瀬は、そう応じ、

「上海デスドールに鄭将国氏の殺害を頼んだのは、君たちだね」

余計な前置きなどなしに、単刀直入に切り出す。

二人は、身動《みじろ》ぎもせず、表情も変えない。むしろ淡々とした口調で、

「どうして僕たちだと言うんです」

と、陸が聞き返してくる。

「鄭氏は、四孔会に入り、李士文、高雷騎、殷覚の三人と、競馬や麻雀カジノへ行っていた。そして、あの三人はいつも女性を同伴していた。となると、鄭氏も女性を連れて来ていたんじゃないか。他の三人が女性連れで、鄭氏だけが一人だったとは、堅物だったとしてもちょっと考えられない。それに、鄭氏が明らかに誰かと一緒だったのは、三人との話に出ていた」

「――――」

「競馬場での話だ。殷覚が鄭氏も麻雀カジノへ行っていたことを、君にも確かめるように聞いて、君は苦笑を浮かべていたね。その後、殷覚は、麻雀に負けて帰る時の鄭氏の機嫌が悪かったので、お付きもたんへんだったろうと言った。もし君がお付きなら、殷覚は、また君に確かめようとしただろう。しかも、君は、麻雀の後、いつも一人で残っている、鄭氏がいる時からこうだったと、この前言っていた。だから鄭氏と一緒に帰ったお付きは、君じゃない。別にいたんだ」

「――――」

「では、鄭氏が同伴していた女とは誰か。そこで、俺は、麻雀カジノへ行った時に、バーカウン

ターのバーテンと交わした会話を思い出した。そのカウンターには、天蘋がコンテストに優勝した記事が貼ってあって、バーテンは、天蘋のことをきれいな子だ、いい子だと言っていた。顔は写真でわかるとしても、いい子とまでわかるのは、バーテンが天蘋を知っているということだ」

「――」

「勿論、バーテンが麻雀カジノ以外の場所で、天蘋を知っている可能性もある。しかし、バーテンは、店の他の者も天蘋の優勝を喜んでいたと言っていた。店の者も天蘋のことを知っていたんだ。つまり、あの場所に天蘋も来ていたのさ。それも鄭氏と一緒に――。だから、いい子の天蘋と対照的な人物として、バーテンは鄭氏を上げていた。俺は、そう考えた方がいいと思い、殷覚に聞いてみた。鄭氏が誰を連れて来ていたのかと――。それは、自分の店の踊り子たちだった。その踊り子たちを日によって変えて、麻雀カジノや競馬場へ連れて来ていたんだ。その中には、天蘋もいた」

殷覚の証言によれば、連れて来ていた踊り子は、都合三人いたという。鄭の店へ行った時、妖恋華が踊りが上手いと指摘した三人であろうと、早瀬は思っている。

「そして、最後の重賞レースが行われる日曜日だ。鄭氏は、あのレースを楽しみにしていたそうだから、踊り子の中でも一番のお気に入りである天蘋を連れて来るつもりだったんじゃないか」

天蘋をまだ競馬場へ連れて来ていなかったことは、やはり殷覚から聞いている。

「もしそうなると、天蘋は、同じ日に行われるマリエナコンテストの最終審査に出られなくなる。天蘋は、鄭氏に内緒でコンテストに応募したんだろう」

鄭は、天蘋を自分の店のスターにするつもりだった。上海宓妃《ふくひ》という名前まで用意していたのである。ハリウッドに連れて行くというコンテストへの応募を認めるわけがないし、最終審査に残ったと知っても、行かせてくれるわけがないのだ。ビジネスについて、鄭が非情な辣腕家であることを、早瀬は知っている。だから彼らも、当然、知っている筈だ。

「彼女をコンテストへ行かせるために、鄭氏の殺害を依頼したというのですか」

陸慶新は、簡単には認めなかった。

「でも、上海デスドールに頼むにはたくさんの金がいるんでしょう。僕らが金持ちじゃないことぐらい、あなたにもわかる筈ではありませんか。依頼者は金持ちですよ」

「ああ、そうだな。金がないと、殺しは頼めない。だが、金持ちでなくとも、大金を手にすることはある。博打だよ。麻雀、ルーレット、カード。この魔都には、庶民でも一攫千金を狙えるものがいろいろあるけど、君がやったのは競馬だね。ちょうど今季最初の重賞レースで、とんでもない万馬券が出ている。しかも、高が、最初、その大穴を狙っていた。君は、四孔会の世話役をしていて、馬券を買うのも君の役目だったから、彼らの馬券を買いに行く時、高の意見を参考にして、大穴を買ってみたんだろう。勿論、馬券を買ったのは、殺しを頼むつもりなんかじゃない。ほんの軽い気持ち。ちょっとした夢を買うつもりだったんだろうが、当たってしまった。今季のレースで大穴が出たのは、それしかない。しかも、そんな君を見た人間がいるんだ」

あの予想屋であった。早瀬は、彼らを探し出し、写真を見せたのである。酔っ払っていたようだが、この若者だと、二人とも証言した。馬にまつわることで見間違えることはないと、変な自信まで持っていた。

「俺は、いかがわしい新聞社の人間だ。せっかく摑んだ天蘋のハリウッド行きを邪魔するつもりはない。君たちのことを警察に言ったり、他の新聞に売り込もうとは思わない。君たちが依頼者だとわかれば、上海デスドールの正体を吐かせようと、警察や日本の憲兵が君たちにひどいことをするだろう。上海デスドールが口封じのために殺すかもしれない。君たちをそんな目に遭わせたくないんだ。だから、今の話はこの場限り。その代わり、どうやって殺しを頼んだか、教えてくれ。そうすれば、君たちのことは出さないで、上海デスドールの正体を暴く」

しばらく無言のまま、双方は睨み合う。

すると、陸慶新が、重い口をゆっくりと開いた。

「向こうから来たんだ」

「なんだって」

「換金の手配をしてきた日のことだ。仕事を終え、天蘋を下宿まで送ってきた時、黒い帽子に黒覆面で顔を隠した黒い長袍《チャンパオ》姿の小柄な男が近付いてきた。僕も、初めての馬券であんな大金を当てて動揺していたから、こっそりと手続きするのを忘れ、もしかしたら賞金を横取りしようとする連中じゃないかと思わずビクついたが、よく見ると、なんだか弱ってるように見えた。それで、そいつはこう言ったんだ。『鄭将国が邪魔なんだろう。殺してやるよ。それだけの金があれば、上海デスドールに頼むことができる』とね」

「それをあっさりと信じたのか」

「信じるわけがないさ。それに弱そうに見えたから、ぶちのめしてやろうとしたところへ、もう一人出てきた。黒いフードをすっぽりとかぶり、黒いマントを羽織った、黒ずくめの女だった。だから、こっちは顔ばかりか体型もわからない。ただ長袍の男より背が高かった。そいつが男に促され、カードを出して宙へ飛ばすと、そこへナイフを放り投げた。ナイフはカードを貫き、僕たちのすぐ側の電柱に突き刺さった。それがこれだ」

陸は、懐から何かを取り出して、こちらへ放り投げた。

早瀬が拾うと、上海デスドールが殺しの現場に置いていくというカードであった。悪魔の顔をした少女の西洋人形のカードだ。ナイフが刺さったままになっている。

「僕は、大金が入ったといっても、それで贅沢しようなんて思っていなかった。それよりも、ハリウッドでスターになりたいという天蘋の夢をかなえてあげたかった。だから頼んだ」

その時、天蘋が口を挟んできた。

「いえ、彼はためらっていたのよ。でも、私がやってと言ったの。どうしてもコンテストに出たかったから――。コンテストに出れば、絶対に勝てるという自信があったから――」

天蘋は、きりっとした鋭い目で、こちらを睨み付けていた。そして、その目はみるみる力を失い、声も消え入りそうになっていく。

「それに、もうあの人のお供をして、四孔会の集まりに行くのが嫌だった。賭け事の時になると、あの人、すっかり人が変わって、私に変なことばかりするんだもの。他の二人も嫌だと言っていたわ」

「僕も見ていられなかったよ」

と、陸も口を添える。

「そうか。でも、本当に君たちが知っていることはそれだけか」

と、早瀬は言った。

「どういうことだ」

「君。今、長袍の男と一緒だった人間を女だと言ったね。顔も体型もわからないのに、どうして女だとわかった」

「上海デスドールは女じゃないか」

「上海デスドールは人形のように美しい女。確かにそういわれていたが、それは噂で正体は不明だった。だから鄭氏も男だと思っていた。なのに、君は顔も体型もわからない黒ずくめの人間を女だと言った。まだ鄭氏が殺される前のことなのに――」

「記憶が混じっただけだ。その時はわからなかったけど、今なら女だとわかっている」

「果たしてそうかな。ぶちのめそうとしたところへ、もう一人出てきたと言ったけど、ぶちのめすのを思いとどまったのは、そいつを見たからじゃなく、その前に思いとどまるようなことがあったんじゃないのか。相手をぶちのめす時は、その相手を見ているものだから、なかなか他へ目がいかない。出てきたもう一人も黒ずくめだとしたら、夜の闇の中で見え難かっただろう。申し訳ないが、君たちが街灯一杯の明るい場所に住んでいるとは思われないのでね。俺もそうなんだ。まわりが暗いところだ」

「――」

「声を聞いたんじゃないか。ぶちのめそうとした君の動きを止めるような声を――。だから女だとわかった。しかも、君はそのことを言わなかった。長袍の男が話したことは言ったのに、女の声のことは言わなかった。もしかして、その声に聞き覚えがあるんじゃないか。それなら、そう言ってくれ。さっきも言ったように、ここでの話はこの場限り。君たちのことはどこにも言わない。俺たちは、二人の夢がかなうことを願っている」

陸慶新は、こっちをじっと見ていた。

じっと、こちらを――。俺を――。

（いや、なんだか違うぞ）

そう思った早瀬が、相手の視線の先を確かめようとした時、陸が拳銃を取り出した。そして、銃口をこちらへ向けてくる。しかも、それと同時に、妖恋華が、早瀬の前にサッと立ちはだかる。

「よせ！　警察なんかに言わないと言っただろう」

早瀬は、狼狽したが、

「大丈夫です。あの人に秀一さんは撃てません。もし撃てるのなら、殺し屋に頼む必要などなかったでしょう」

妖恋華が、毅然とした声を放った。

「そんなこと言って、お前、また俺をかばっているじゃないか。何度も何度も女を楯にできるか」

早瀬は、意地になって前へ出ようとした。

その時、

「慶新。私、少しの間だったけど、夢を見られて幸せだったわ」

「僕もだよ、天蘋」

「一世一代の賭けだったけど――」

「僕たちの負けだ」

二人は、見つめ合って言葉を交わし、陸慶新は、銃口を天蘋の胸に当てた。

「やめろ！」

早瀬は、絶叫した。

しかし、銃声が響いて、天蘋が倒れ、陸は、自分の頭に当てて、さらに銃声。陸は、天蘋の上に折り重なるようにして倒れる。

早瀬は、駆け出したが、間に合わなかった。血に染まって倒れる二人を見下ろすことしかできない。

早瀬は、後悔していた。

「くそっ。俺は、もっと早くに気付けた筈だった。競馬場であの三人が女連れなのを見た時、麻雀カジノで同じ光景を見た時、鄭氏は誰を連れて来ていたのか、そう一言聞いていれば、こんなことをさせずにすんでいたかもしれないのに――」

しかし、

「この二人は弱かったのです。その場合でも結果は同じだったでしょう」

妖恋華が、冷ややかな声でぴしゃりと否定した。死体を見下ろす目には、いつものように何の感情も窺えない。

「大穴なんか、当たらない方がよかったかもな」

早瀬は、そう呟き、ハッとなった。

「大穴だと！」

あることに思い当ったのだ。

それで、手に持っていたナイフに貫かれたままのカードを、思わず握り潰してしまう。ナイフが手に当たって血が出ていることにも気付かないほどであったから、自分をじっと見つめている妖恋華にも、早瀬は、気付くことがなかった。

6

さらに一週間後——。

早瀬秀一の姿は、楊樹浦にあった。

大道芸が披露されている焼け野原の中を歩き、やがて、胡旋舞をしている秋玲を見つけた。傍らで、老人が胡弓を鳴らしている。舞が終わると、秋玲が金を集めてまわり、早瀬に気付いてニコッと笑った。早瀬も、つられて笑みを返す。

日が沈みかけているので、他の芸人たちも芸をやめ、見物人たちも散っていくと、秋玲が、

「このお金で点心を買ってきます」

と言って、どこかへ駆け出していった。

早瀬は、老人の隣にあった手頃な石に腰を下ろした。

「今日は一人か」

と、老人が尋ね、

「ええ」

と頷く。

「鄭の秘書と天蘋が死んだそうじゃの」

あの日、早瀬は、死体をそのままにして、あの場所から立ち去った。警察に言うと、いろいろと事情を説明しなければならず、面倒なことになると、妖恋華に止められたからだ。早瀬も、そうなるだろうと思った。死体のことは、妖恋華が、路上でゴロゴロしている中国人に金を渡し、警察へ通報させた。

そして、二人が死んでしまったことで、麟は、当初の方針を変更し、彼らが鄭将国殺害の依頼者であることを、他社へ売り込ませた。二人との接触は伏せて、陸が大穴を当てていたことと、鄭が四孔会の集まりに天蘋を連れていたことからの推理ということにしたのである。

それで複数の新聞社がこのネタを買い、それが新聞に載った。但し、二人が自白したことには触れていないので確証に欠け、恋人をハリウッドへ行かせたくなかった陸慶新による無理心中説も根強く唱えられている。

いずれにせよ、次代のスター天蘋の死は、大きな衝撃となって魔都を騒がせていたのである。

「それで、今日は何の用かな」

早瀬は、ここでも余計な前置きはせずに、

「鄭氏の秘書をしていた若者のところへ、伍癌と上海デスドールを行かせたのは、あなたですね」

そうずばりと聞いた。

老人に動揺はない。笑みさえ浮かべて、

「どうして、そう思う」

と、聞き返してきた。

早瀬は、陸と天蘋がどうやって上海デスドールに依頼をしたのか、二人から聞いたことを話した。

「どうして向こうから彼らのところへやって来たのか、それが謎だったんですけど、競馬場で会った時のあなたの言葉を思い出したんですよ。あなたと秋玲は、今季の競馬の初日にも競馬場へ来ていた。秋玲が、この前来た時は大穴が出たと言ってましたからね。大穴が出たのは初日しかない。そして、その時、あなたはどう反応したか。大穴を当てた人間をうらやむ秋玲に、分不相応な大金を手にしたところでロクなことはないぞと、諭した」

「そうじゃったか。忘れてしもうたがのう」

「確かにそう言いました。それで、その時は俺も聞き流してしまったけど、この言葉、どこかおかしいですよね。あなたは大穴を当てたのが、大金を手にするのが分不相応な人間——つまり貧しい人間だと決め付けている。でも、そうとは限らないでしょう。メンバーの金持ちが当てていることだって、充分にあり得る。なのに、どうしてそう言いきったのか。あなたは、実際に当てた人間を見たんでしょう？　それも陸慶新を見た。あなたは、鄭氏の踊り子に教えていたのですから、秘書である彼のことも知っていた筈です」

「――――」

「大穴を当てたのは彼でした。勿論、彼だけとは限らないわけですが、彼は、換金の手続きをしているところを、他の人間にも見られています。普通、そんなものに当たれば、なるべくまわりにわからないように手続きをするものです。わかってしまえば、何が起こるかわからない。襲われて金を奪われることもある。でも、初めて馬券を買い、大穴を当ててしまった彼は、そんなことにも気がまわらず、見られてしまった。だから、あなたが見たのも彼だったと思います。なにしろ、あなたは見たこと自体を隠した。もし相手が見知らぬ人間だったなら、これこれこういうヤツが当てていたと言ってもよかったのに、言わなかったのは知っている人間だったからではないですか」

「――――」

「では、なぜ隠したのか。それは、あなたが、彼の金を使って、上海デスドールに鄭氏を殺させようとしたからではありませんか。踊りを教えてやったにも拘らず、路頭へ放り出され、秋玲も雇ってくれなかった。だから、あなたは鄭氏のことを怨んでいた。でも、金がない。そんな時に、偶然、大金を手にした彼を見て、この計画を思い付いた。あなたは、彼と天蘋の関係も知っていたのでしょう。そして、天蘋ならマリエナコンテストに応募したがる筈だということも――」

「――」

「鄭氏が競馬場へ店の踊り子を連れて来ていたことまで、あなたが知っていたのかどうかはわからない。しかし、知らなくとも、鄭氏が天蘋を手離すわけがない、天蘋がコンテストに応募することを決して認めないことはわかっていた。だから秘書と天蘋は、この計画に乗ってくると思った。そうではありませんか」

「本人でさえ忘れておるちょっとした言葉から、よくそこまで見抜くものじゃ。あの女がどうしておぬしとくっ付いているのか、なんとなくわかるような気がする」

「はあ？」

早瀬にはわけのわからないことを言ってから、

「その通りじゃよ」

趙は、あっさりと認めた。

「わしが伍癌に頼んだ」

「どうやって頼んだんです。袁のところを逃げ出してから、ずっとつながりがあったんですか」

「そんなものはない。どこで何をしているか、生きておるのかどうかさえも知らなかった。ところが、偶然見掛けたのじゃ。別の華人街で秋玲に踊らせていた時だった。見物人の中にいたのじゃ。しかも、何日かして、わしのねぐらにあいつが訪ねてきおった。後ろに弟子だというヤツを連れていたよ。黒いかぶりものに黒いマントで、顔も身体付きもわからなかったがな。それで、あいつが言いおったのじゃ。わしは、あいつが袁のところから逃げ出す時に、ちょいと助けてやったことがあった。その恩返しに一度だけ願いを聞いて、殺しをやってやると——」

「——」

「たぶん、わしの貧しい有様に哀れを催したのだろう。あいつにできることといえば、殺ししかないからのう。それで、以前使っていた魚腸剣の札を渡し、用ができた時は家の戸に貼っておけと言った。だから金などなくともやってくれたのだが、タダで頼むほど怖いことはない。そんな時に大穴を当てたあの若者を見て、あいつに紹介してやったのさ」

「でも、そのせいで若い二人が命を絶ってしまいました。天蘋は夢を摑みかけていたのに——。彼女もあなたの弟子だったんでしょう」

しかし、老人は、特に感慨を抱いた様子もなく、

「弱かっただけじゃ」

と、冷ややかに言った。

「上海デスドールに殺しを頼むほどの覚悟をしたならば、見破ったおぬしを殺してでも自分たちの夢を貫き通せばよかったのじゃ。なのに自ら命を絶つとは——。そんな弱さでは、この魔都でのし上がっていくことはできん」

「もしかしてロクなことがないと言ったのは、こういう末路を予想していたんですか」

「よく覚えておらんが、かもしれんな」

「——」

「ただわしはもう夢などないから、おぬしをどうこうしようとは思わん。できるわけもないしな。だから殺しを頼んだことは認める。しかし、上海デスドールが誰かは知らん」

「声も聞かなかったんですか」

「聞かなかった」

「伍癌がどこに潜んでいるのかも――」

「聞いてもおらん。ただ、あいつも変わってなかったのう。わしと同じじゃ。変わりようがないのじゃ。わしもあいつも、古くから続く舞と刺客に関わる家に生まれた。わしの趙という家は、趙飛燕《ひえん》姉妹に舞を教えた家じゃ」

趙飛燕姉妹というのは、貧しい家の生まれであったが、趙家に引き取られて舞を教えられ、その舞が漢の成帝《せいてい》の目に止まって、二人とも後宮へ入られ、姉の飛燕は、皇后になるほど立身して、姉妹は権勢を振るった。それで、老人が生まれた趙家は、代々燕舞処で舞人の育成を任されてきたという。燕舞処の『燕』は、趙飛燕から来ているそうだ。

「一方、伍癌の家は、専諸を刺客に仕立てた伍子胥《ごししょ》の末裔で、やはり代々専技処の刺客を育成することを任されてきた。どちらもそういう家に生まれてしもうたから、それから逃れることができんのだ。だから革命で王朝が倒れた後も、わしは舞人を、伍癌は刺客を育てることしかできんかった。もうわしらのような者はいらなくなったというのにな」

「しかし、育てるのが刺客と舞人では、全然違うでしょう。あなたの弟子は、人々を楽しませることができる」

「いや。王朝の遺物にしか過ぎぬわしの居場所は、今の時代にはない。だから、まともに相手にはされず、鄭ごときにも侮られ、このような境遇になり果てておる。王朝時代はたくさんいて権力も振るった宦官《かんがん》が、王朝がなくなると居場所をなくし、消え去るしかなかったように、わしもそういう運命《さだめ》にあるのじゃ。ま、この歳じゃから、遠からず消えていくことになるがな」

「――――」

「しかし、伍癌は、西太后の言葉を信じて、今なお専技処の復活という夢を追い掛けておる。連れて来た弟子を、自分の一番の傑作、太后陛下が望んだ通りの刺客だと豪語しておったわ。次の皇帝に伍癌のことを頼んだというが、西太后が死んだ時、今の満州国皇帝、あの時の宣統帝《せんとうてい》陛下はたったの二歳じゃぞ。覚えているわけがなかろう。それでも、あいつはそれに賭けている。昔の恩を持ち出して、わしの頼みを聞こうとしたことでもわかるように、根はお人好しなのじゃ。しかも、刺客を育てることしかできん男だから、それ以外の世事には疎い。海千山千のヤツらに利用されてなければよいのじゃがのう。それに、あいつはわしより若いのに、随分と弱っているように見えた。あれは阿片に蝕まれておる。なかなか夢が果たせず、焦っているのであろう。哀れなヤツでもある。わしが伍癌と弟子について言えるのは、これだけじゃ。余り役に立たんで悪かったのう」

「いえ。ただやはりあなたは、まだ消えていくべきじゃないと思いますよ。だって秋玲がいるじゃないですか」

「そうじゃのう。さっき夢などないと言うたが、こんなわしでも、秋玲だけはなんとかしてやりたいと思うておるのじゃ。秋玲には、租界の舞台で踊りたいという夢がある。専技処や燕舞処が育てていた者たちは、いってみれば命じられた通りにやる人形のようなものじゃった。だから、わしの育てた舞人も、その頃はただの舞人形。わしは、それを人間にしたいと思い、革命の後は、そういう舞人を育てようとつとめてきた。それで、秋玲は舞うことが好きでのう。天頴も確かに上手かったが、舞以外にも見ているものがあった。それが秋玲にはない。舞うことだけが好きなのじゃ。長年、いろんな舞人を育ててきて、あれだけ楽しそうに舞う者を初めて見た。この世から消える前に、その夢をかなえてやりたいと思うておるのじゃが――」

「マリエナコンテストには応募しなかったのですか。彼女の技量なら誰かの目にとまっても――」

「応募したよ。したのじゃが――」

「最初の書類審査で落とされてしまいました」

その声にビクッとして、声のした方へ顔を向けると、いつの間にか秋玲が戻っていた。まるで落ちたことが自分の責任であるかのように、

「すいません」

と謝り、それから笑みを浮かべて、

「お師匠様、いつまでも元気でいて下さいね。私が一生懸命に舞って稼ぎますから――」

そう言って、点心を一つ老人に渡すと、早瀬にも差し出してくる。

「せっかく稼いだお金じゃないか。それで俺が食べるわけにはいかないよ」

早瀬は、断ったが、

「今日、たくさんくださったではありませんか。そのお礼です」

と、引っ込めない。

仕方なく早瀬は、受け取った。

麻雀でもうけたので、懐が潤っているのだ。いっそ大半を渡してやろうかとも思ったのだが、それだと余りにも傲慢過ぎるし、彼らも受け取らないだろうと思った。早瀬も、分不相応な金を手にしてしまったのである。

「よかったら、あなたたちのことを記事にさせてもらえませんか」

と、早瀬は言った。

「先生が燕舞処にいたことは書かずに、あくまでもこういう師匠と踊り子がいるということで――。できたら写真も撮らせて下さい。今日は持ってこなかったので、明日また来ます」

「まあ、私のことが新聞に載るのですか。夢みたい」

秋玲は、目をキラキラと輝かせている。

但し、芸能記事の空きができた時の控えなので、いつどこに載るかは、早瀬にもわからない。もしかしたら載らないかもしれない。それでも、

「その新聞が出たら持ってきますよ」

と言っていた。

「好きにすればよかろう」

老人は腰を上げ、

「明日は南市《なんし》で舞っています」

と、秋玲は頭を下げる。

南市は旧市街とも呼ばれ、上海に欧米が進出する前から存在している、いわばもともとの古い上海である。租界がある新市街とは比べ物にならない貧しい華人街だ。

二人は、立ち去りかけたが、ふいに老人だけが戻ってきて、早瀬の耳元に口を寄せた。

「おぬし、上海デスドールを追っておるのじゃろう。あの女がどういう事情で伍癌の弟子になったかはわからんが、伍癌に育てられたからには、殺しをやめられぬ殺人人形となっておる。だから、伍癌の命さえあれば誰でも殺す。気を付けることじゃ」

「――――」

夕闇が迫る中、早瀬は、楊樹浦を足早に出ようとしていた。

すると、視線の端に何かが目に入った。立ち止まってそちらへ目をやると、廃墟となっている建物のかげに、何者かが立っていた。

黒いフードに黒いマントという黒ずくめの人物である。だから顔は見えず、体型もわからない。それでも、フードの奥から、じっと早瀬を見ていることだけはわかる。

早瀬の背を戦慄が駆け抜けたが、意を決して、そちらの方へ足を踏み出していった。

すると、相手の姿は、濃くなっていく闇に溶け込むかのように消えてしまい、廃墟のかげまで来た時には、辺りに誰の姿もなかった。

第4話

魚腸剣ドール

1

その日、楽屋を訪れた早瀬秀一は、妖恋華の言葉に驚いた。

「お前、しばらく上海を離れるのか」

「親戚が亡くなったので、故郷へ帰るのです」

と、妖恋華は、答えながら、楽屋のキッチンで淹れた紅茶を早瀬の前に置いた。

中国は、地縁血縁を重んじる。しかし、親戚とは誰か、故郷はどこかなど、聞いたところでいつもの無反応だろうと思い、早瀬は聞かなかった。代わりに、

「お前がいなくて、『ルビイ』は大丈夫なのか」

と、心配してやる。

「大丈夫ですわ。マリエナの契約がまだ残っていますから――。それで、留守にする前に、お借りした本を返しておきます」

妖恋華が渡してきたのは、『The Bishop Murder Case』と『The Tragedy of Y』であった。

「とてもおもしろかったです」

早瀬は、本を受け取りながらも、全くの上の空であった。

それを見て、妖恋華が、クスッと笑った。

「どうした?」

「本当に情けない顔をしていますね」

そう言われ、早瀬は、慌てて顔を叩き、表情を引き締める。

「私がいなくなって触れなくなるのが、そんなに寂しいのですか」

「馬鹿なことを言うな。そんなこと、これっぽっちも思ってないぞ」

「では、私からネタを仕入れられなくなるので、西太后さんの小言が気になるのでしょう」

「な!」

早瀬は、顔を引きつらせた。

そっちは当たっていたからだ。妖恋華と出会ってから、アイルランド人殺しや赤死病のパーティー、マリエナへのインタビューや天蘋のことなど、いい値で売れた記事がいくつもあり、他にも客の話に出てきたおもしろそうなネタをいろいろと提供してもらっていたのだ。だから麟の減給宣言も、近頃は少なくなっていたのである。

「正直な方ですね。それに甘い人です」

この前、麻雀でかなりの金を手にしたから、本当なら、あんな新聞社を辞めてもいいくらいなのだが、マリエナを交えた三人で高級レストランやダンスホールへ行き、『上海蛇報』の連中にも盛大におごった後は、阿片中毒者救済の慈善団体に寄附してしまった。

「そういう性分なんだから仕方がない。自分で稼いだものじゃないし、どうせ阿片の売買でもうけた金だ」

「そんなことでは魔都で生きられませんよと、あれほど言ってあげましたのに――」

いつもの冷ややかな目で睨んでくるのかと思っていたら、妖恋華は、クスクスと笑っていた。人形の顔が崩れて、無邪気なあどけなさが前面に出ている。

すると、ドアがコンコンとノックされ、

「あのう、恋華さん、笑ってますよね。以前はそんなことなかったのに、このところ、その男といると、時々笑い声が聞こえてきます。何かあったのですか」

と、雑用係の女性が聞いてきた。

妖恋華は、笑みを引っ込め、

「何もないわ。余計なことを言わないで――」

と、きつい口調で言い、相手は、すいませんと謝り立ち去っていく。

早瀬がぽかんとしていると、妖恋華は、もとの人形に戻った。

「そういうことですから、しばらくは自分の力でネタをとってきて下さい。できますか」

「大人を馬鹿にするなと言ってるだろう。俺だって、ちゃんとやれる」

「そうですか。楽しみにしています。それに私も帰ってきた時には、秀一さんにとても高く売れるネタを提供したいと思っているのです」

「本当か。そんなネタがあるのか」

たった今、大見得を切ったばかりであったが、それを聞くと、早瀬は、思わず期待している。

「はい。なんとかしてみせます」

妖恋華の目が、きらりと光っていた。

2

上海デスドールと呼ばれている女が、満州の平原を走る車の助手席に乗っていた。男物の中国服を着て、その上にフード付きの黒いマントを羽織り、フードを深々とかぶっているので、運転席の男からは、体型も顔もわからない。

上海という呼称を付けられている殺し屋が、どうして満州へ来ているのか。

上海デスドールは、数日前のことを思い出す。


薄暗い部屋の豪奢な寝台に、伍癌が横たわっていた。薄い衣装だけをまとい、その下の肌がすっかり透けている女の膝を枕にして、寝台の傍らで跪く上海デスドールの方を向いている。

上海デスドールは、この時も黒いマントを羽織り、フードを深々とかぶっていた。

「このところ、やることがうまくいっておらぬな」

伍癌が、気だるげに言う。

「ユダヤ人の映画監督を殺した時は、日本の軍人を罠に掛けそこなってしまい、鄭将国殺しでは、仕掛けが新聞に見抜かれてしまった。しかも、趙の老人から金蔓だと紹介してもらった若者は二人とも死んで、依頼者ではないかと書き立てた新聞があった。どうして、こううまくいかんのかな。お前のまわりで何か変わったことがあったか」

上海デスドールは、少し間を置いてから、

「いえ、何も――」

と答える。

「そうか」

「申し訳ありません」

「謝ることはない。お前はよくやってくれている。やり過ぎるくらいだ。昔の情にほだされて請け負った鄭殺しなど、相手はさして大物でもないのだから、普通に殺しておけばよかったのだ。なのに、お前は凝った仕掛けで、あいつを殺した。お前はその場の状況に応じて、いろんなことを考えられる。わしが教えた以上のことは何もできなかった、かつての弟子どもとは大違いだ。もしその者どもであったなら、赤死病のパーティーで予想していたのとは違う人物が最初に黒の部屋へ入ってきた時、どうしていいかわからず、正体をさらしていたであろう。しかし、お前は、うまく対応して目的の日本人だけを殺し、上海デスドールが消えたという状況だけは保った。依頼者は怒っていたが、見事なものだと、わしは思っている」

「――」

「それに悪いことばかりが続くものではない。満州から皇帝陛下の使者が来たのだ」

「では、いよいよ太后陛下の言葉が実現するのですか」

「いや。それはもう少し待ってくれと言われた」

「――」

「お前を育て上げるのは、満州の建国に間に合わなかった。しかし、わしは、満州の大官となった旧知を通じ、皇帝陛下にわしの刺客が役に立つことをお見せしたいと申し入れた。旧知は、皇帝陛下がお金に困っておられると言ってきた。日本のせいで、皇帝となってもそれに相応しい扱いをしてもらえず、暮らしぶりもとても皇帝とはいえないものだったらしい。それに、日本を排除するためにも金がいると言われた。そこで、わしは、上海で抗日、親日にかかわらず、あらゆるところからの殺しを請け負い、不思議な殺し方で我らの凄さを見せ付けてやると共に、満州へ金を送った。陛下は、とても感謝されて、専技処の復活を考えておられるそうだが、そのためには日本を排除しなければならんし、他にも障害を取り除く必要があるらしい。それで殺しをやってくれと頼まれた」

「殺しを……ですか」

「そうだ。これは陛下のご依頼でもある。狙う相手は、豹徳林だ」

「豹徳林。満州のパンサー。しかし、豹は皇帝陛下の幼馴染みで、満州で日本と戦っているのも、陛下を日本の軛《くびき》からお救いするためなのでしょう」

「今回、その豹が日本へ降り、陛下を裏切ったそうだ。それに、お前、わしが殺せと命じているのに聞けぬというのか」

「いえ。お師匠が命じた相手は誰であろうと殺します。申し訳ありません」

「うむ、それでよい。しかし、豹は手強いぞ。なにしろ戦場で敗走した時も、関東軍は血眼《ちまなこ》になってあいつを捜したというのに、とうとう捕まえることができなかった。日本の特務機関も、これまでに、三度、殺し屋を送ったという。豹は無類の女好きなので、女の殺し屋を送り込んだのだが、いずれも失敗し、二人は殺されてしまった。豹は用心深くて、武器を手にして近付くことができないそうだ。しかも残忍極まりない性格なので、二人はかなりひどい殺され方をしたらしい。それで行く者がいなくなり、わしのところへ頼みに来たのだ。お前の美しさなら、豹に近付くことはたやすいだろう。問題はそこから先だ。武器を持たぬ身で、どうやって殺すか。しかも、失敗すれば、むごたらしい最期が待っている。だが、お前ならできるな」

「はい。必ずやり遂げます」

上海デスドールは、気負うこともなく、淡々と答えた。

「よう言うた。それでこそ、わしの一番の傑作。それと、豹のまわりには女の親衛隊がいるそうだが、そいつらもお前の顔を見ることになるから殺してこい。なあに、武器がないことぐらい、どうということはあるまい。なにしろ、お前は――」

伍癌は、横になったままで女の膝の向こうに手を伸ばし、小さな細長い箱をとってきた。蓋を開けると、中に短剣が入っていた。魚腸剣である。

「これを使った者の子孫なのだから、できぬことはあるまい。お前の魚腸剣を見つけてくるのだ。それで『ルビイ』をしばらく留守にすることになるが、オーナーには親戚が死んだとでも言えばよかろう。お前は小さかったから覚えているかどうかわからんが、あいつは、わしがサーカス一座を立ち上げるのを助けてくれたヤツだ。その後、自分で事業がしたいと言って出ていった。しかし、それに失敗し、上海の難民街で困窮していたのに出くわして、わしが殺しの依頼料から『ルビイ』の開店資金を出してやったのだ。多少はあいつを不憫に思ったせいでもあるが、お前を表の世界に置いておく場所が必要だったので、利用させてもらった。しかも、あいつは、歌って踊れるお前を紹介してもらったことにも感謝している。勿論、わしやお前の正体など知らずにな。今でもお前を通して、あいつが困った時には援助をしてやっているから、わしらの言うことは何でも聞いてくれる。だが、かといって、長く上海を留守にするわけにはいかんぞ。怪しむヤツが出てくるかもしれんし、次の依頼も来ている」

その時、部屋の中に別の女が入ってきた。こっちも肌がすっかり透けている薄い衣装をまとい、手に阿片の吸引道具を捧げ持っている。

「待っておったぞ」

それを見て、伍癌は、顔を綻ばせ、目の前に差し出された阿片入りの煙槍《イエンチアン》を咥えた。

「お師匠。余り阿片を吸われますと、お身体が――」

上海デスドールは、注意をした。

「今はこれぐらいしか楽しみがないのだ。うるさく言うな。もう少しだ。もう少しで夢がかなう」

しかし、伍癌は、煙槍の阿片を吸うと、激しく噎せ出した。それなのに、薄衣の女たちは何もしない。じっと見ているだけだ。

上海デスドールは、前に出て伍癌の背中をさすった。そして、

（また痩せてしまわれた）

と、その感触を傷ましく思ったのである。

何の変化もなかった平原の先に、町らしき光景が見えてきた。

「あそこに次の仲間が待っている」

と、運転席の男が言う。

「でも、そいつは俺と違って、お前が何しに来たのかを知らない。ただお前を梅公《ばいこう》一座に紹介し、一座を郭城子《かくじょうし》へ行かせるだけだ。お前、豹徳林を本当にやるつもりなのか。今までに三人の殺し屋が行って、みんなダメだった話、聞いてないのか。からくも逃げてきた三人目が、こう話したっていうぞ。豹は、女ばかりの親衛隊に守られていて、武器を持って近付くことはできず、そのうえ手錠を掛けられて手の自由もなかった。しかも、親衛隊の指揮をしている豹の第一夫人っていうのが、なかなかの切れ者で、殺し屋だということを見抜いてしまうそうだ。それで前の二人は、生きたまま手足を切られ、壺の中へ入れられたらしい。写真を見せられたんだと。じっくりと手足を切っているところから壺の中で死んでいるところまで撮っていたそうだぜ。軍閥にはひどいことをするヤツが多いが、豹徳林も相当なものじゃないか。それでも行くのか。武器も持てねえで、どうやって殺す？」

「――――」

「上ももったいないことをするよなあ。豹をおびき寄せるんだから、お前も結構な美人なんだろう」

男は、ニヤ付きながらフードの中の顔を覗き込もうとした。

「よそ見をするな。道がへこんでいるぞ」

上海デスドールは、注意してやった。

それと同時に車が大きくバウンドして、男は、席から飛び上がった拍子に頭をぶつけている。

上海デスドールは、なんともなかった。フードの中の顔は、眉一つ動かなかったのである。

それからほどなくして、梅公一座が満州黒龍江《こくりゅうこう》省の田舎町である郭城子へやって来た。郭城子は、山岳地帯の麓に位置し、町の傍らを礫河《れきが》が流れている。

一座は、十数人と小さなもので、雑技と芝居が主な出し物であった。町の空き屋敷を借りて興行を始めると、雑技で西洋風の道化師に扮している者が、その珍しさと芸の上手さで評判になり、しかも、道化師の化粧をとれば、たいへんな美女だという噂が立った。

それが、上海デスドールだったのである。

大きな毬に乗って巧みに動きまわり、小さな棍棒をいくつも宙へ投げ上げるジャグリングを行い、自分の身体よりも遥かに小さな箱の中へ、身体を折り畳んですっぽりと納まる。そうした芸を披露しながら、上海デスドールは、昔のことを思い出していた。

物心が付いた時、すでに師匠に引き取られ、彼がやっているサーカス一座の中にいた。やはり十数人ぐらいしかいない小さな一座であった。両親の記憶はない。師匠からは、お前は不可能な状況下で見事につとめを果たした刺客の子孫——それも、最後の一人だと告げられ、先祖が使ったという魚腸剣を見せられた。そして、お前も先祖に劣らない刺客にならなければいけないと言われ、その修業をさせられたのである。

一座には、さまざまな芸の達人がいて、ナイフ投げからはナイフを、撃剣使いからは剣を教えられ、師匠からは、専技処に伝わっていたという殺しの術を伝授された。しかも、師匠は、これからはこういうものも必要だと、青幇の殺し屋だったという男を連れて来て、拳銃の撃ち方も学ばせ、不可能な状況を打ち破るには頭もよくなければいけないということで、落魄《らくはく》していた王朝時代の偉い学者も招き、読み書きから学問まで勉強させた。殺す相手に近付きやすくするため、歌や踊りも覚え、一座にはいろんな国の人間がいたので、いろんな言葉を話せるようにもなった。これも、中国には外国が進出していたので、外国人にも近付くため、師匠が一座に外国人を入れていたのである。但し、日本人はいなかった。そして、一座の中で覚えるサーカス芸も、殺しの技を磨く一助になった。

上海デスドールは、そういうことをしながら、田舎の町や村々をめぐっていたのだ。全ては先祖に劣らない刺客になるため。そして、師匠に命じられた殺しは絶対にやり遂げる。それ以外は考えず、そのことだけのために生きる。そう教え込まれ、それが身体の隅々にまで沁み渡っていった。

修業は厳しく、つらかったが、久し振りに雑技をやって、その頃のことを振り返ると、そういう時代が懐かしく感じられるのである。師匠は、精魂を傾けて自分を立派な刺客にしようとしていた。その熱意がひしひしと感じられた。そして、自分はいろんなことを身に付けていくのが、子供心に嬉しかった。

だから今も、師匠に命じられた殺しをやり遂げることしか考えない。この前、久し振りに見た魚腸剣が、子供の時の感覚では別になんともなかったのだが、二千五百年も前に使われた剣にしては、それほど古くないような気がした。そういうことをふと思ったりしたのだが、それも、すぐさま頭の片隅へ追いやり、狙う相手との接触を待った。

餌はまいた。必ず食い付いてくる筈である。

そして、ある日――。

一座が寝泊まりもしている空き屋敷で、深夜に大きな音が響き渡った。馬のいななきと馬蹄の響きが聞こえ、それに別の音も混じっていた。

「馬賊の襲来か」

飛び起きた他の者たちは脅えていたが、上海デスドールだけは、いつも通り表情を変えなかった。何も知らない一座にとっては、迷惑極まりない災難なのだが、上海デスドールに、そんな感慨など微塵もない。

(来るべきものが来た)

そう思うだけである。

深夜の音は、集団が屋敷の中へ押し入ってくるものに変わった。一座は、男女に分かれて雑魚《ざこ》寝《ね》をしている。女部屋では、上海デスドールを除く女たちが身を寄せ合って震えていた。

上海デスドールは、ぽつんと一人取り残されている。突然加わった新入りが、その美貌で男たちからちやほやされていることに反発を覚えているのだ。しかも、上海デスドールは、愛想の欠片もなく、いつも冷ややかな表情で取り澄ましている。打ちとけてもらえるわけも、打ちとけようとする意思もない。

　だから、上海デスドールは、一人だけで、一応、脅えた様子を見せている。しかし、殺しのためにさまざまなものを身に付けた上海デスドールであったが、この演技だけは自信がなかった。師匠からは、むしろ感情を出すなと教え込まれたのである。決行を前にしてオドオドしたり、ソワソワしていたら不審に思われるし、好機を見つけてしめたという顔をすれば、その好機を逃しかねない。それで感情を表に出さないように訓練され、その挙げ句、感情をうまく表現できない女になってしまった。刺客として、一面では正しかったのであろうが、この場合はどうなるか。

　そこへ賊がやって来た。人数は、三人。軍帽をかぶり、軍服を着て、顔を西洋風の仮面で覆っている。

「きゃあああ!」

　と、悲鳴が上がり、

「騒ぐな!」

　賊が中国語で言って、拳銃をぶっ放した。

「静かにしていれば、手荒なことはしない」

　それで、女たちの中にホッとする空気が広がった。言葉のせいだけではない。賊の声が、明らかに女のものだったからである。

　上海デスドールは、すでに気付いていた。三人の賊は、みな華奢でなだらかな体型をしていて、軍帽から肩の下まで髪を垂らしている者までいたからだ。豹の親衛隊が女ばかりだとも聞いていた。彼女たちが、そうなのであろう。

しかし、女だからといって、安心していいわけではなかった。男部屋からは銃声が何発も轟き、座員の悲鳴が聞こえた。

「逆らえば、ああなる」

と、賊が冷ややかに告げ、女たちがまた悲鳴を上げる。

そして、向こうが静かになったと思うと、新たな賊が現われた。今度の人数は、四人。やはり軍帽・軍服に仮面を付けているが、その中に一人だけ、違う格好の人物がいた。

滅多に表情を変えない上海デスドールも、さすがに眉をひそめた。

頭に華やかな飾りの付いたものまでかぶり、とにかく派手な格好をしていたのだ。京劇の衣装だということは、すぐにわかった。しかし、どういう役柄の衣装なのかはわからない。ただ、この場の指揮官であることはわかる。実際、先に来ていた三人が、この人物に対し、恭しく頭を下げていたのである。

しかも、

「よし。ここの連中はおとなしいな」

そう言った声は、やはり女のものであった。一緒に現われた三人も女である。

「この中に道化師の女がいるであろう」

京劇の賊は、捜すまでもなく、上海デスドールに目をとめた。こちらへ近付いてきて、上海デスドールの顎に手を掛け、グイと持ち上げる。

「昨日、舞台を見た。勿論、こんな格好はしておらんが、道化師の化粧越しでも、ただならぬ美しさが透けていたぞ。確かにこれだけ美しいと、他の女どもが妬くであろうな。しかし、豹司令閣下はお喜びになるぞ。よって、お前をもらい受ける」

そして、他の女たちにはこう言い渡す。

「この者さえ手に入れれば、他に用はない。だから、とっとと郭城子から立ち去れ。役所へ訴え出ても無駄だ。取り合ってはくれん。それに、そんなことをすれば、我らを女と侮って命を落とした、あっちの男どものようになるぞ。撃ってやろうか」

それを合図のようにして、軍服の賊たちが、自分の拳銃を誇示した。全員、コルトの六連発だと、上海デスドールは見抜く。

勿論、抵抗する者はなく、上海デスドールも、一応、許しを請うてみたが、聞いてもらえるわけはなかった。部下たちによって、後ろ手に縛り上げられ、屋敷の外へ連れ出される。

そこには、馬がいた。全部で六頭。数が合わないと思っていたら、馬の他に自動車がとまっていた。馬以外の音が混じっていたのは、この車のものだったのである。

自動車は、二ドアの右ハンドルで、幌を掛けるタイプだが、今は外されていた。見張り役も兼ねていたのか、屋外にも軍服の賊が——やはり女だ——一人残っていて、助手席側のドアを開け、上海デスドールは、車の中へ押し込まれた。上海デスドールを真ん中にして、助手席に京劇の賊が乗り込み、残っていた賊が運転席に座る。しかも、上海デスドールにまで、賊たちがしているのと同じ仮面が付けられた。

そして、車が走り出し、これに馬も付いてくる。賊は、指揮官を含め、八名いたわけである。

上海とは比べ物にならないくらい冷え冷えとしている満州の夜風を浴びながら、

「この車は日本が満州で使うために開発したもので、九五式小型乗用車。通称をくろがね四起というそうだ。日本で最初の四輪起動車だ。それを豹司令が皇帝陛下から賜った。どうだ、なかなか快適だろう」

と、京劇の賊が言う。

深夜に車と馬の音を響かせても、往来に出てくる者はおらず、官憲が追ってくる様子もなく、一団は、悠々と郭城子の町を出ていく。

町を出ると、山へ向かっていく方に道をとり、緩やかに登り始めた。その道の傍らにも川が寄り添うように流れていて、それは、町を出たところで礫河に注いでいた支流であった。やがて、川が見えなくなり、辺りが木々に覆われてくると、車のヘッドライトが照らす行く手に、楼門が浮かび上がった。門は開けられていたが、道を挟んだ左右には小屋のようなものが建っていて、門の前には、官憲の制服を着た者が五、六人たむろしている。

車は、彼らの側でとまった。

「今、お戻りですか」

官憲の一人が畏まった様子で、京劇の賊に聞いてくる。そして、隣にいる上海デスドールを見て、

「これが今夜の獲物で――」

と、興味を示す。

「そうだ。豹司令が待っておられる。通るぞ」

京劇の賊は、素っ気なく応じ、一団は動き出した。官憲たちは一斉に敬礼している。

楼門を抜けると、上海デスドールは、仮面を取られた。

「我らが顔を隠しているのは、あの者たちに変な気を起こさせないためだ。これでもそこそこ美しいと自負しているのだが、お前にはかなわない。だから、お前の顔も隠した」

上海デスドールは、彼女の異様な格好に戸惑いの目を向けてやった。

「この格好が気になるか。まあ、そうだろうな。これは、京劇で使われている木蘭《もくらん》将軍の衣装だ。女の身で勇ましくあろうとする時には、木蘭になるのがいいと思わんか」

木蘭将軍とは、女でありながら男装をして戦場へ行き、勇猛に戦ったという北魏《ほくぎ》時代の女性である。

「私は、豹司令の第一夫人で、水炎《すいえん》という」

京劇の賊も、仮面を取りニヤリと笑った。

3

豹徳林については、謎が多い。

そもそも、その名前からして後年の自称で、本当の名前かどうかわからないのである。出自についてもいろんな説が飛び交い、その中で最も根強く囁かれているのが、さる皇族の隠し子というものであった。

溥儀より少し年下で、今は三十前後だと見られている。溥儀は、革命によって清が倒れた後も特典を受け、紫禁城《しきんじょう》に十年余り住み続けていたが、豹徳林は、その頃、溥儀の遊び相手になっていたという。しかも、溥儀とただならぬ関係に陥り、そのせいで溥儀は同性愛者になり、皇后や側室がいながら子供ができず、お飾りの皇后は阿片に溺れてしまったという、これも噂が囁かれていた。

いずれにせよ、溥儀が紫禁城を出ていくと、豹徳林の消息もわからなくなり、満州国ができてから、これに抵抗する軍閥の頭目として、黒龍江省に姿を現わした。日本の傀儡である満州国から、溥儀を助け出そうと呼び掛けたのだ。そして、この時、安黒軍《あんこくぐん》総司令豹徳林将軍と名乗ったのである。

ゲリラ戦を得意として、叩いても叩いても立ち上がってくる不屈さを示し、関東軍を大いに悩ませた。戦場でどれほどの窮地に陥っても捕まることがなく、今回はもうダメだ、死んだと思われた時でも、復活を果たしている。だから新聞には、豹徳林はまだ健在、負けていないという記事が踊り、欧米のマスコミは、満州のパンサーと呼んで持て囃しているのだ。

見事に逃げおおせている理由については、どじょう髭に禿頭という極めて特徴的な容貌の写真が、豹徳林のものとして流布しているのだが、これは意図的なものだというのが定説となっていた。どじょう鬚は付け鬚だとすれば取り外しが可能であり、禿頭は、鬘を使って、どんな髪型にも変えることができる。豹徳林は、特徴的な容姿を広めることで、それに意識を向けさせ、巧みに変装して戦場から脱出しているという。

しかし、その豹徳林も、今回、とうとう日本に帰順し、ゆくゆくは満州国の高官として迎えられることになっているそうだが、今はほとぼりを冷ます意味もあって、郭城子の近くに潜んでいるとされている。

「この辺り一帯は、帰順した馬賊に治安が任されている。満州は広大だ。関東軍だけでは手が行き届かぬのだ。だからさっきの官憲も、もとは馬賊。しかも、以前は豹司令に従っていた連中で、今もあそこで侵入者を見張り、豹司令を守ってくれている」

と、水炎が言った。門の左右に建っていた小屋は、詰所のようなものらしい。

「それで、この道の先に豹司令の隠れ家がある。革命の折り、清の皇族がここへ逃げてきて身を潜めていた。その時、建てた洋館があるのだ」

道は、欝蒼と繁る森のようなところを、車のライトを頼りに進み、山肌をまわり込むように曲がりながら、登りもだんだんときつくなってきた。すると、不意に開けた場所へ出た。木々に囲まれて、外からは見え難い場所といえ、そこに黒々とした建物の影が浮かび上がっている。

石造の洋館であった。影の形から判断すると、両翼にそれぞれ塔を備えた二階建てであるようだ。右翼側の塔より、左翼側の塔の方が大きい。建物に明かりは灯っておらず、夜の闇をまといながら、ひっそりと静まり返っている。

　ここまで来ると、軍服の賊も全員が仮面を取り、上海デスドールは、洋館の中へ連行された。そして、一階の部屋へ放り込まれ、全員の前で服をむしり取られて、身体を徹底的に調べられた。もとより何も出てくるわけがない。それで、今度は手錠を後ろ手に掛けられた。鍵は水炎に渡される。それから衣装も着替えさせられ、昔の時代の身分が高い女性が着ていたような、裾の長い全体がゆったりとした衣装を着せられた。しかも、手錠をしたままで脱ぎ着ができるように袖がなく、肩と腕が露出した格好になっている。

　上海デスドールは、羞恥と恐怖に身体を震わせている風を装い続けた。

「そのまましばらく待っておれ」

　と、水炎に言われ、一人だけその部屋に取り残される。

　すると、人形の顔に戻り、武器を持てず、手の自由も奪われた自分の姿を顧みる。

（聞いていた通りだ）

　驚きも、戸惑いも、脅えもない。どうやって殺してやろうかということだけを考える。絶対に武器はある。自分にとっての魚腸剣がどこかにある。

　上海デスドールは、そう信じる。

　夜が明けてくると、上海デスドールは、部屋から出され、今度は二階へ連れて行かれた。水炎に従っていた七人の親衛隊のうちの四人が、上海デスドールを連行した。三人がコルトの六連発を構え、一人が手錠に結ばれた縄の先を握っている。

　連れて行かれた部屋は、奥の床が一段高くなっていて、その境目に御簾が垂らしてあった。御簾を通して、誰も座っていない椅子が透けて見えている。

御簾の前には水炎が立ち、その傍らに親衛隊の残り三人が従っていた。

部下たちは軍服のままであったが、水炎の衣装は変わっていた。上海デスドールが着ているのと同じような衣装で、但し、こちらは袖がきちんとあって、『洛神賦図』に描かれている洛神の格好に近い感じである。飾りのついた被り物もしていないので、水炎の顔がよく見えた。

髪が耳にかかるかどうかといったくらいに短く、それでいて、その顔は女の色香をたたえていた。部下の親衛隊もそれぞれに美しかったが、二十代の前半くらいと若く、熟す前の果実、花咲く前のつぼみといった蒼さをまだとどめていた。しかし、水炎は、充分に熟れ、満開となった色香を発散させていたのだ。車の中で言っていた、そこそこ美しいなどという言葉どころではない。親衛隊よりも明らかに頭抜けた美貌を誇っていた。背も上海デスドールと変わらないぐらいに高く、歳は三十前後か。妖艶な大人の美女といった感じだが、目は鋭さと知性の煌めきを放っている。

「では、司令のお出ましを願おう」

水炎が言うと、御簾の向こう側に人の姿が現われた。御簾のせいではっきりとは見えないのだが、肥満気味の身体に清の貴族が着ていたような衣装をまとい、どじょう鬚と禿頭なのがわかる。

豹徳林は、鈍い動きで椅子の上に座った。

「司令。ここにいるのが評判となっていた芸人一座の女でございます」

水炎の言葉に、

「これが邪魔でよく見えんな」

と、豹は応じ、大儀そうに立ち上がって、御簾を払い除けようとしたが、

「なりません！」

水炎に鋭い口調で止められ、豹は、そのまま固まっている。

「これよりこの者には浴《よく》を賜いましょう。その時にじっくりとご覧なされませ」

上海デスドールは、そのまま引き立てられ、また別の場所へ連れて行かれた。七人の親衛隊と、水炎までもが付いてきている。

連れて行かれたのは、浴室であった。浴場といってもいいような広々とした場所で、その真ん中に、大理石の浴槽が設けられている。

上海デスドールは、手錠のまま服を脱がされた。しかも、水炎までもが服を脱いで、上海デスドールを支え、一緒に浴槽の中へ入ってくる。親衛隊は、浴槽の傍らで侍立していた。

上海デスドールと水炎は、湯の中で向き合った。

「今回の衣装は楊貴妃《ようきひ》だったのですね」

上海デスドールは、できるだけオズオズとした感じを出して聞いた。

浴を賜うとは、皇帝のもとへ召し出された楊貴妃の故事であった。入浴姿を見せるということは、皇帝の寵愛を受けるということだったのである。

「そういうことだ」

水炎は、薄っすらと笑った。

「私は、こういう芝居がかったことが好きでな。だから、お前をさらいに行く時は木蘭の姿にな

り、浴を賜う時は楊貴妃になっている。といっても、実際に二人がどういう格好をしていたかはわからないので、木蘭は京劇の衣装を使い、楊貴妃は絵に描かれているものを参考にしているだけなのだ。写真が残っているような人物であれば、その通りにすることができるのだがな」

上海デスドールは、浴場のあちこちへ目をやった。

それを見て、水炎が、また薄っすらと笑う。

「司令がどこで見ているか気になるのか。心配するな。司令はお前の身体を、楊貴妃にも劣らぬその凝脂《ぎょうし》をしっかりと見ている」

凝脂というのは、楊貴妃を讃えた詩に出てくる表現だ。美女の白くて艶やかな肌を意味する。

水炎は、上海デスドールの顎をまたグイと持ち上げた。

上海デスドールは、羞恥と脅えの演技をし続ける。

「恥ずかしがることも怖がることもない。お前は充分に美しい。だから、司令の気に入るところとなるであろう。但し、司令の意に逆らってはならんぞ。もし逆らったり嫌がったりすれば、司令は容赦をしない。お前は死ぬことになる。それも尋常ではない死に方だ。そのことをよう〜く覚えておけ」

水炎は、そう言って顎から手を離し、凝脂だといった上海デスドールの肌をまさぐり出した。しなやかな繊手が、身体のあらゆるところを撫で、さすり、揉んで、遂には女の敏感な部分にまで達し、上海デスドールは、その指使いの巧みさにこらえきれず、切なげな喘ぎを洩らしてしまう。それに水炎までもが、感じているかのように顔を官能の炎に火照らせ、呼吸を乱していた。

浴槽から上がった上海デスドールは、また服を着せられ、同じ四人に、今度は右翼側の塔へ連れて行かれた。そして、塔の上の部屋に放り込まれる。

粗末な寝台が置かれている以外は、窓が一つ開いているだけの殺風景な部屋で、顔が入るぐらいの大きさをした窓には鉄格子がはまっていて、腕も通りそうになかった。牢獄といっていい部屋である。

親衛隊は、上海デスドールを寝台に腰掛けさせると、憎々しげな目で見下ろしてきた。

「さっきのはよかったか。だが、人よりもきれいだからといって、いい気になるなよ」

「どんなにきれいであっても、司令に逆らうと尋常な死に方はしない。それがどういうものか教えてやろう」

そう言って、すでに上海デスドールが知っている、殺し屋たちの死に様を話した。それも、豹を交えた自分たちでどれほど長く苦しめ、じわりじわりと切り刻んでいったかを、実に楽しそうに話す。

「嘘だと思っているだろう」

「本当のことだ。これを見ろ」

親衛隊の一人が、写真を目の前に突き出してきた。

「ほれ、こういうふうになるのだ」

と言って、一枚ずつ見せていく。

手術台のようなところに縛り付けられ、手足を一本ずつ切られて、絶叫し、苦しんでいる様子や壺に入れられているところが撮られていた。壺の口から出ている顔は、ぐったりとして目を閉じているので、もう死んでいるのかもしれない。

　上海デスドールは、ここでも一応、脅えている表情を作ってみせた。

　向こうはそれを見て、笑みを浮かべている。

「どうだ、恐ろしいだろう。だから司令を怒らせないように気を付けることだな」

「しかし、お前にそれができるかな。司令は厳しいぞ。それに司令はきれいな女であるほど苦しめたくなる」

「だが、たとえ殺されることになっても、痛くて苦しいことばかりではないぞ。殺す前には、司令がこの世の思い出にたっぷりと可愛がって下さる」

「それもさっきの比ではない。後は殺すだけだから、相手の身体がどうなってもいいという可愛がりようで、私たちも司令の手助けをするため、何人かはお側にいるのだが、それだけはこっちがうらやましくなるくらいだ」

「そうと聞いてはやられてみたくなかったか。なら、司令に逆らうといい」

　親衛隊は、ゲラゲラと笑いながら、部屋を出て、鉄の扉を閉めた。

　彼女たちは、上海デスドールに嫉妬しているのだ。自分たちより美しい女がやって来たので、心中、穏やかではないのであろう。だから、いじめ、怖がらせ、それでもし逃げ出そうとするようなことがあれば、それを口実に殺してしまうことができる。そう考えているのである。

　しかし、そんなことなど、上海デスドールには、どうでもいいことであった。むごたらしい写真を見せられても、なんとも思わない。だから親衛隊が出ていくと、顔はいつもの人形に戻っている。

上海デスドールは、立ち上がって、窓から外を覗いてみた。朝は日射しが差していたのだが、いつの間にか厚い雲に覆われ、外の景色が陰鬱に翳っている。

窓は、館の裏側を向いていた。窓の下にはくろがね四起がとめられていて、庭の一隅には馬小屋があり、庭の向こう側は森になっているのだが、木々はすぐに尽きて、その先には川が流れていた。森に入ってから見えなくなっていた礫河の支流が、館の近くまで寄り添ってきていたのである。

（そうか。川があるのか）

上海デスドールは、硬質の目を光らせ、頭をめまぐるしく回転させた。

この状態でどうやって殺すか。時間を掛けることができるのであれば、このまま豹徳林の寵を得て、狙う機会を作るというのが一番確実だといえるが、流暢なことはしていられない。だから、どうにかして武器を手に入れる必要がある。

一番手近な武器は、親衛隊が持っている拳銃ということになるであろう。しかし親衛隊は、いつも複数でいるので、後ろ手に手錠を掛けられたまま奪おうとすれば、相手によほどの隙がない限り、一人を襲っている時に他が撃ってくる。それに力ずくで拳銃を奪ってしまえば、武器を手にすることができない状況でどうやって殺したのかということが、謎でさえなくなってしまう。

それは、上海デスドールらしくないのだ。いや、らしくないというよりも、そのようなやり方ではいけないのである。

なぜなら――。

(あの人を惹き付けることができない)

今や師匠に命じられた殺しをやり遂げることに劣らないほど、それが上海デスドールの中で大きな比重を占めるようになっていた。

(あの人、私がいなくてもうまくやっているだろうか)

ふとそのようなことを考え、自然に笑みが浮かんでしまう。

思わずハッとなり、上海デスドールは、人形の顔に戻った。

あの人を惹き付けるためにも、不可能な状況を見事に打破したトリックを用いる必要があった。魚料理の魚の中に短剣を隠したという刺客に劣らないやり方で、殺しを成し遂げなければならない。

(自分の魚腸剣はどこだ)

上海デスドールは考える。

その時、窓の下から声が聞こえてきた。

「この分だと、かなり降ってくるぞ」

「席を濡らさないようにしよう」

二人の親衛隊が、外したままであった幌を車に掛けている。

「燃料はどうだ」

「この前、入れたばかりだが」

「ついでだ。今入れておこう。そうしておけば、いつ何を言われても大丈夫だ」

二人は、馬小屋の方へ向かっていった。そこは物置にもなっているらしい。二人のうちの一人は、くろがね四起の運転をしていた女で、もう一人は、さっきまで上海デスドールの手錠につないだ縄を持っていた女だ。

二人の姿を追いながら、上海デスドールの中にある考えが浮かんできた。さらわれてからのことを思い起こせば、この考えに間違いはない筈。

だとすれば――。

（魚腸剣は、あそこだ）

と、上海デスドールは思った。

4

空がただの曇り空ではなく、明らかに日暮れの暗さを見せ始めた時、親衛隊が来て、上海デスドールは、監禁部屋から出された。

「豹司令が、お前と夕食を共にしたいと仰せだ」

今回は、これまでの四人ではなく、残りの三人が連行した。

それを見て、上海デスドールは確信する。

ここへ来て以来、洋館の中で出会っているのは、水炎と、彼女が指揮する七人の親衛隊。それに、豹徳林の九人だけであった。水炎は、第一夫人と名乗っているものの、第二、第三の夫人がいる様子はなく、親衛隊も七人だけのようだ。だから、自分の監視も七人の中で交替し、さっき車の点検をしていたのも七人の中にいる者たちであった。

つまり、ここには九人しかいないのだ。それで昨夜来た時、洋館には明かりがなく、出迎える者もなく、静まり返っていた。

ということは——。

(魚腸剣のありかも正しい)

上海デスドールは、自信を深める。

上海デスドールが連れて来られたのは、二階にある広々とした食堂であった。

中央に、ちょっと変わった丸いテーブルがぽつんと一つだけ置かれている。テーブルが二段になっているのだ。丸いテーブルの中央に、少し小さくなった、やはり丸いテーブルが載っているのである。

そのテーブルに豹徳林と水炎が座り、四人の親衛隊が水炎のまわりに立っている。テーブルは、十人ぐらい座れる大きさをしていて、二人の間は結構離れていた。主人と第一夫人という関係にしては、よそよそしい不自然な間隔といえるであろう。

豹徳林は、満州帽をかぶり、満州服とでもいうのであろうか、清朝時代の満州貴族を思わせる豪奢な衣装を着ていたが、着こなしはだらしなく、似合ってもいなかった。

これに対し、水炎は、甲冑姿であった。兜には華やかな飾りが付いていて、どことなく中国のものではないような感じを漂わせている。しかも、その着こなしは颯爽としていて、よく似合っていた。だが、誰の扮装をしているかは全くわからない。

上海デスドールは、僅かに眉をひそめた。

それを見て、

「今度は誰の真似をしているのかと気になるのだな」

と、水炎が笑う。

「豹司令の衣装は龍袍《りゅうほう》といって、皇帝が着ていたものだ。一応、乾隆帝《けんりゅうてい》のつもりなのだ。そして、私の格好は香妃《こうひ》だ。乾隆帝に仕えていたカスティリオーネというイタリア人の画家が、甲冑を着た香妃の肖像画を描いていてな。それの真似なのだよ。香妃はウィグル族の出身とされているから、甲冑の感じが中国のものとは少し違う」

乾隆帝というのは、清朝全盛期の皇帝で、香妃は、その寵愛を受けた女性としてよく知られている。

「それで、どうして乾隆帝と香妃になっているかというと、ここには中華料理が出てくるのだが、乾隆帝は満漢全席を完成させたといわれているのだ。別に満漢全席が出てくるわけではないのだが、そういう気分を味わおうというわけだ。それと、このテーブルは中華料理を食べるのに便利なので、ここへ取り寄せた。これがなんだかわかるか」

「真ん中のテーブルが回転し、遠くにある皿も近くに持ってきて、料理を取ることができる。そういうテーブルですね」

上海デスドールは、淀みなく答えた。もう脅えたような表情は作っていない。

「よく知っているな。このテーブルは数年前に日本の料理店が使い出したもので、中国にはまだほとんどない。だから、田舎まわりの芸人が目にするようには思えないのだが、どこで見た？」

水炎は、探るような視線を向けてくる。

上海の日本人街にある店で見ているのだが、黙っていた。

「知っているなら、言わんか」

親衛隊の一人が詰め寄ってきても、上海デスドールは、何の反応も示さない。下手な演技をする必要はなくなっていたのである。ここへは白黒をはっきりさせるために来ている。

水炎は、鷹揚にかまえていた。

「かまわん。それよりも食事を始めようではないか」

配膳室と思われる隣室から、親衛隊が料理を運んできて、テーブルの上に並べる。

上海デスドールは、手錠を掛けられたままで、ずっと立たされていた。

豹徳林は、その姿に、

「こうして見ると、思っていた以上に美しいのう」

と、しまりなく緩んだ顔を向け、

「あの者の手錠を外してやらんのか。あれでは食べることができまい」

と言ってくれたが、

「それはまだできません」

水炎が、きっぱりと断った。

「では、どうやって食べさせるのだ。見ているだけか」

「私が手ずから食べさせます」

「ならば、それをわしにやらせてくれ。こっちへ、わしの側へ来い」

豹徳林は、興奮を抑えられない様子で手招きをする。

上海デスドールは、そちらへ向かって歩き出した。

「おい、勝手に動くな」

手錠につながった縄を持つ親衛隊が注意をし、他の何人かは拳銃を出して構えているが、上海デスドールは、かまわずに歩き続け、水炎の側まで来て止まった。

そして、

「私もあなたに食べさせていただくのは、ご辞退申し上げます」

と、豹徳林に向かって言う。

「私も、こちらの人に食べさせて欲しい。なぜなら、この人が本物だからです。そうですね。豹徳林将軍」

上海デスドールは、水炎を見下ろしていた。

豹徳林は、いや、どこの何者かわからない偽者は、口をぽかんと開いたままで固まり、水炎、いや、本物の豹徳林は、やはり笑みを浮かべている。

「もうわかったのか」

さして驚いた風もなく、本物は言った。

上海デスドールは、何でもないことのように応じた。

「ここにいるのは、これが全員。なのに、主《あるじ》を一人残して私をさらいにやって来たのが、そもそもおかしかった。そして、親衛隊は豹将軍に心酔しているわりには、あの男の側へほとんど寄り付かず、あなたの近くにいて、あなたの命令で動いている。それに、今、あの男は私のことを初めてしっかりと見たかのように言った。浴室を覗いていたわけではなかった。私の身体をじっくりと見たのは、あなただった」

そう淡々とした口調で答える。

「豹徳林は、巧みに変装をして、関東軍の追及を逃れてきた。しかし、あの男は、とてもそんな芸当ができるようには見えない。いろんな格好をして、芝居がかったことが好きだというあなたの方が相応しい。浴を賜うという趣向も、あなたにぴったりだ。町へ行く時、仮面で顔を隠しているのは、豹徳林の本当の顔を覚えられないようにするためでもあるのでしょう。つまり、どじょう鬚に禿頭という豹徳林の姿は、敵を欺くための仕掛けだった。それを表に出して、あなた自身は、その裏側に隠れ、戦場から逃れていた。なにしろ女性になることもできるのだから、豹徳林は男だと思われている限り、相手に怪しまれることはなかったでしょう。そして、実際の替え玉は、ばれそうになると殺していたのではないかしら——。首を切り、その首は隠して、胴体は放置した。首なし死体が戦場で一つ余計に転がっていたとしても、怪しまれることはない。だから、あの男もただの使い捨て」

「ふふふふ」

本物は、妖艶に笑った。

「やはりただ者ではなかったな」

「私のことにも気付いていたの」

「あんなしけた一座にいるにしては、美し過ぎる。それに、脅えたり怖がったりする様子を見せていたが、感情が籠っていなかったし、お前の目はいつも醒めていた。私からすれば、変装の腕は二流だ」

どうやら、こっちもあっさりと見破られていたようだ。しかし、そんなことはもうどうでもよかった。だから、上海デスドールに動揺はない。

「最初から豹徳林へ近付くためにやって来たのであろう。つまり私の命を狙う殺し屋。それならば、前の三人のように普通に美しいといった程度の方がよかったな。それだと、こっちも多少は迷い、それで一人に逃げられてしまったのだ。ただここまで美しいものを見せられれば、たとえ殺し屋だとしても、私の興味は抑えられない。だから、さらってきた」

本物は、立ち上がって、上海デスドールの顔をなでまわした。

（白黒がはっきりした。やはり狙うのはこっちだった。それなら絶対にあれが使える）

自分が正しかったことを知って、上海デスドールは、さらに自信を深める。

しかし、そんな表情は一切出さず、

「そこまで女好きなのに、あなた、本当に薄儀と関係を持ったの」

と聞いていた。

「私は、余り興味がなかったのだ。その頃から違う格好をするのが好きでな。それも男の格好をよくしていたものだ。しかし、陛下は、そんな私に執心なされて、何度か閨《ねや》に呼ばれたのだが、やはり男とするのは好きになれなかった。だから他の女性を勧めたのだよ。しかし、陛下は、私以外の女性に余り興味を持てなかったようだ。しかも、私が男の格好をしていたものだから、男色家という噂まで出てしまった」

本物は、上海デスドールから手を離し、

「さて」

と、偽者の方を向いた。

そして、そちらの方へゆっくりと歩き出し、

「本当に化けるのが下手だな。今までの偽者の中で、一番の下手くそ野郎だ」

と、露骨に嘲る。

「そんなヤツにもう用はない」

「ど、ど、どういうことだ」

偽者は、脅えた声を上げたが、本物は、テーブルの上にある箸を摑むと、ためらうことなく箸先を相手の目に突き刺した。

「ぎゃあああ！」

偽者は絶叫し、椅子の上で箸が刺さった片方の目を押さえながら、

「痛い、痛い」

と、のたうちまわっている。

本物は、少しの間、その様子を冷ややかに見つめ、

「黙らせろ」

と命じて、自分の席へ戻り始めた。

それと入れ替わるようにして、親衛隊が二人駆け寄り、拳銃を放つ。

二発、四発、六発、八発、十発、十二発！　コルト六連発を二人で全弾撃ち尽くし、偽者は、その度に身体をのけ反らせ、蜂の巣になって血飛沫が飛んだが、銃声が止むと、のけ反ったまま動かなくなった。

豹徳林は、それをふんと鼻で笑ってから、上海デスドールの方へ向き直った。

「いらなくなった者の運命はこの通りだ。しかし、これでも情けをかけてやったのだぞ。私は、男をいたぶる趣味がないのでな。だが、お前は違う。懲りずにまた私を狙ってきた殺し屋とあっては尚更だ。三人のうちの二人がどういう最期を遂げたか、この者たちから聞いたであろう」

豹徳林は、親衛隊の方へ顎をしゃくってみせた。

上海デスドールは、やはり何の反応も示さない。

「どうやらお前は、前の三人とは違うようだな。自ら正体をさらすとは大した度胸だし、武器はなく、自由に動くこともできない不利な状況にありながら、目付きといい態度といい、お前は、

まだ諦めていないようだ。あの男の最期を見ても、脅えた様子すらない。なかなかのものだと見た。お前、いったいどこの殺し屋だ」

「――――」

「そういえば、紫禁城で陛下のお側にいた時、聞いたことがあるぞ。古参の宦官が話してくれたのだ。王朝には、皇帝のための刺客を育てるところがあって、清の末期には西太后のために働いていたと――。それで、そこの最後の処長が革命からも袁からもうまく逃げおおせたという。だから、その男が生きている限り、新しい刺客を育てている筈で、それを使って清の復活に反対するヤツらを殺させてはどうかと、古参の宦官は言ってきたのだ。陛下の命であれば、その男は喜んでやってくれるだろうと――。なにしろ陛下は、西太后からその男のことを言われていたらしい。しかし、幼かった陛下が覚えているわけはなく、興味も示されなかった。血生臭いことは嫌いな、よくいえば優しく、悪くいえば優柔不断なお方なのだ」

「――――」

「だから、お前がもしそいつの育てた殺し屋で、私を殺せという依頼が皇帝陛下のものだと聞いているのなら、それは嘘だ。陛下は、そんな手は使わないし、私を殺そうともしない。陛下は、未だ私に執心なさっている。私が日本へ帰順したのは、陛下を裏切ったわけではない。しばらくおとなしくして、時を待つためだ。日本は、そのうち独伊と同盟を結び、英米と戦争を始める。その時が陛下を日本の軛から解き放ち、清を本当に再興させる時だ。帰順した馬賊たちもそれを待っていて、だから私を守っている。私の殺害を命じたのは、陛下の側にいながら日本と組み、甘い汁を吸っている連中だ」

「――」

「どうだ？　私の話に思い当たることがあるなら、つまらない使命などやめ、私の部下になれ。お前は、ただの殺し屋にしておくにはもったいない。美しいだけではなく、肝も据わっているし、頭も相当切れる。私に従うなら親衛隊長にしてやる」

豹徳林の目にとまったかどうかわからないが、上海デスドールの表情は、ほんの僅かだけ揺らいだ。

（そうか、そういうことだったのか）

と思う。

あの車が溥儀からの贈り物だと聞いた時、おかしいと感じたのだ。殺しを命じるほどであるなら、そんなことをするわけはない。それに溥儀は、豹徳林が女だと知っているのに、そのことをまわりに言っていない。

師匠は、またうまく利用されたようである。殺し屋を育てることには長けていても、世事には疎い。だから、上海デスドールがいくら殺しを成功させても、専技処を復活させてやろうという声が掛からないのだ。

しかし、今の話が本当だとしても、上海デスドールに、殺しをやめる気などなかった。誰がどんな思惑で依頼したかなど、関係がない。命じられたことは、きっちりとやり遂げる。それが、上海デスドールの身体に沁みついていることなのである。

だから、豹徳林に何を言われても全く反応を示さない。

そんな上海デスドールに、豹徳林は、妖艶に笑った。

「そうか、わかった。そこまでの覚悟をしているなら、お前にも死んでもらおう。お前なら、私の願い通りの死に方をしてくれるであろう。しかし、そのためにも身体を弱らせてしまっては何にもならない。食べるものは食べて、体力を付けてもらわないと楽しむことができない」

豹徳林は、上海デスドールを自分の隣に座らせると、

「やはり私が食べさせてやろう」

そう言って、箸でつまんだ点心を口の前へ持っていった。中央のテーブルをまわし、わざわざ偽者の前にあったものをつまんでいる。だから、その点心には血が降り掛かっていた。

上海デスドールも、これからの勝負に体力は必要であった。

「さあ」

と、促す相手に、上海デスドールは、ためらうことなく口を開け、その中へ入れてもらう。

この時、館の外で雷鳴が鳴り響いた。

5

夜がすっかり更けると、上海デスドールは、再び閉じ込められていた監禁部屋から出された。

外は激しい雨が降っていた。雷鳴も轟き、窓の向こうがピカッと光る。

上海デスドールには三人の親衛隊が同行し、そのうちの一人に手錠につながった縄先を握られていた。これまで通りである。そして、左翼側にある塔へ連れて行かれた。

(塔か)

上海デスドールは、階段を上がりながら、この状況にまた頭をめまぐるしく回転させていた。

それで新たな考えが浮かぶ。

(塔の上なら、あれができるのではないか。なんとしてでもやりたい)

そう思うのである。

塔の部屋の前には、残り四人の親衛隊も控えていたのだが、上海デスドールを連行している三人だけが中へ入った。そして、部屋には中から鍵が掛けられる。つまみをまわして、引っ掛ける形式のものだ。

「逃げられはしないぞ」

鍵を掛けた親衛隊が、威嚇するような声で言う。

しかし、上海デスドールは、却って好都合だと思った。

左翼側の部屋は、塔が大きい分だけ右翼側よりも広く、中央に天蓋付きの豪奢な寝台が置かれ、壁際に棚があって、ここでも裏庭側に窓があった。身体がすっぽりと入るくらいの大きな窓で、鉄格子もはまっていない。窓は閉じられていて、窓ガラスに雨が激しく当たり、そこが時折光って、雷鳴が轟く。

部屋の中では、豹徳林が寝台に腰掛け、こちらを向いていた。

また誰かの扮装をしていた。頭に飾りの付いた被り物をしていて、衣装も金銀を散りばめた豪華なものを着ているのだ。といっても、京劇の扮装ではない。そして――。

豹の身体のある箇所を見て、上海デスドールは、表情こそ変えなかったが、心の中では、

(思った通りだ。あそこに魚腸剣がある!)

と、会心の声を上げていた。

そうとも知らず、

「これが誰の格好だかわかるか」

豹徳林が、自慢げに言った。

「西太后ね」

上海デスドールは、間髪をおかずに答える。

感情の昂ぶりなど微塵も見せない、相変わらず淡々とした口調であった。

「さすがに鋭い。どうしてわかった?」

「失敗した殺し屋の末路だ。手足を切られて壺の中へ入れられたのだろう。それは、西太后の故事だ」

西太后には、ライバルであった別の妃の手足を切断し、壺の中へ入れて、しばらく生かし、散々苦しめてから殺したという話があるのだ。

「それに西太后は写真が残っていて、私も見ている。今の格好はその写真と同じだ」

「わかってくれて嬉しいよ。私は、以前から西太后がやったというこの殺し方を、自分もやって

みたいと思っていた。ただ殺すだけではおもしろくない。美しい女が手足のない姿で苦しむさまをできるだけ長く楽しみたいのだ。それで殺し屋どもにやろうとしたのだが、連中は手足を切る前から泣き叫び、助けてくれと哀願した挙げ句、切った後は止血ぐらいはしてやったのに、ほんの少ししかもたず、呆気なく死んでしまった。だから、おもしろくなかった。あんなに怖がるなら、私を殺すことなど引き受けなければよかったのだ。しかし、お前は違う。その目、その覚悟、お前の精神力は大したものだ。お前なら、あんな醜態を晒すことはなく、そのきりっとした目で私を睨み付けながら耐えてくれるだろう。お前の人形のように動かない美し過ぎる顔が想像を絶する苦痛に歪む姿は、考えただけでも私を昂ぶらせる。一分一秒でも長く生きて、私を楽しませてくれ」

豹徳林は、実に嬉しそうであった。

「だが、お前の手足を切るのは地下の部屋だ。そこに壺もある。後で連れて行ってやろう。その前にたっぷりと可愛がってやる。お前の肌や喘ぐ姿も、実に素晴らしい」

豹徳林自身も、興奮に顔を火照らせ、立ち上がって両手を広げる。

「さあ、こっちへ来い」

上海デスドールは、豹徳林の前へ連れて行かれた。

豹徳林は、

「この女の手足に縄を掛け、寝台に括り付けろ。まずは四つん這いだ」

と、親衛隊に命じ、手錠の鍵を渡した。

手錠の縄先を持っている者以外の二人が、縄の用意を始める。それをまず手足に掛けて、それから手錠を外し、寝台に括り付ける算段のようである。

「それと写真の用意もしろ。こいつは可愛がっているところから撮る」

「はっ！」

一人が棚のところへ行って、カメラを取り出している。

上海デスドールは、そうした様子を見てから、豹徳林に視線を戻し、

「私の顔を苦痛に歪ませると言ったが、そうなるのはどっちかな」

と、冷ややかに言った。

そして、

「なに」

と、豹徳林が訝しげに顔をしかめた瞬間、一気に動いて豹の手に食い付き、次の瞬間には豹の喉へ飛び付く。

二人は、もつれ合うようにして寝台へ倒れ込み、縄先を持っていた親衛隊も、それに引っ張られて寝台の横に倒れた。しかし、上海デスドールだけは、すぐさま豹から離れ、倒れた親衛隊を踏み付けるような形で、その上で片膝立ちの体勢になる。

その間、僅か二、三秒。

豹徳林からは、鮮血が迸っていた。喉のところから、真っ赤な血が噴水のようにという形容詞が大袈裟ではないと思わせるほどに噴き出し、喉がやられたために悲鳴を上げることもできずに

苦しんでいる。

「司令！」

縄とカメラの用意をしていた二人の親衛隊が、寝台の上にいる豹徳林の方へ駆け寄っていった。拳銃で上海デスドールを仕留めるという意識を全く持ち合わせていない。大切な司令の信じ難い姿に、すっかり動転しているのである。

これも予想通り。おまけに外からは入ってこられなくなったので、人数が少なくて助かる。

上海デスドールは、下敷きにした親衛隊からパッと飛び退くと、そいつの喉にも豹徳林を傷付けたのと同じものを突き刺し、身体を転がせながら後ろ手で、そいつの拳銃を奪い取った。それで、さらに床の上を転がり、残り二人の位置を目で確かめると、彼女たちに背中を向けて座り込むような格好で身体を止め、後ろ手で拳銃を構えて、振り返ることなく、そのまま撃った。一人に二発ずつ計四発を、間断なく連射する。豹徳林の身体に覆いかぶさるようにしていた位置はさっき確かめたから、見ていなくても外していない自信がある。

そして、上海デスドールは、サッと立ち上がり、寝台の方を向いた。

縄先を持っていた親衛隊の喉にも突き刺してから、ここまでも二秒か三秒。豹徳林に飛び掛かってからでも十秒とかかっていない。豹徳林の喉からは、勢いこそ失ったものの、まだ血が噴き出していて、親衛隊の喉からも血が噴出している。拳銃で撃たれた二人は、豹徳林に寄り添うようにして寝台の上に倒れていた。その軍服からは、ちょうど胸の後ろ側のところに二ヵ所ずつ血が流れている。

上海デスドールも、返り血を浴びて、顔の半分と衣装の一部が赤く染まっていた。そして、口には何かを咥え、そこからも血が滴っている。

上海デスドールが咥えているのは、指甲套《しこうとう》、もしくは護指《ごし》と呼ばれるものであった。

身分の高い女性は労働をしないので、爪を長く伸ばす風習があった。その爪を保護するために、指甲套を指にはめるのである。薬指と小指にはめることが多く、先端が鋭く尖っていて、長さも通常の指の二倍、三倍に達する。

身分の高い女性なら結構していた筈なのだが、西太后の指甲套は、特に有名であった。彼女の写真には、薬指と小指にしている様子が必ず写っていたからである。なにしろ西太后は、当時の最高権力者であったから、彼女の指甲套には贅が凝らされていた。指甲套は、金銀、七宝、翡翠などで作られるが、そこに工芸品といっていい装飾が施され、西太后のものには、宝石が埋め込まれていたともいわれている。

上海デスドールは、失敗した殺し屋の末路を聞いた時から、これが西太后の故事だと察していた。そして、本物の豹徳林が変装好きのこの女だと気付き、彼女がそうした処刑をやらせたのなら、その時の豹徳林は、西太后の格好をしてくるに違いないと思った。だとすると、必ず指甲套もしている筈で、これが使えると確信したのだ。

そして、実際その通りになり、口で小指の指甲套を奪い取り、鋭く尖った先端を豹徳林の喉に突き立てた。指甲套が、ここでの魚腸剣となったのである。

（これなら、あの人を惹き付ける謎になる）

上海デスドールは、指甲套を床に吐き捨てた。

口からは、なお血が滴っている。この指甲套は、西太后が使っていたものとして売られていたのを手に入れたのであろう。上海の高級店で見たことがある。それで、これには宝石が埋め込まれていて、ぐっと嚙み締めると口の中を切ってしまったのだ。

ドンドンと扉を叩く音がして、

「何があったのですか」

「どうしました」

「司令！」

「司令！」

と、呼び掛ける声がする。

銃声を聞いて、不審を覚えたようだ。

上海デスドールは、慌てることなく、親衛隊の一人から手錠の鍵を奪った。鍵は豹徳林が持っているので、探せば見つかるだろうと思ったが、その手間が省けて助かった。

手錠を外し、身体が自由になると、上海デスドールは、用意されていた縄を手に取り、あるだけの縄をつないで一本の長いものにした。窓を開け、縄を垂らしてみると、地面にまで余裕で届く。

（しめた）

と、上海デスドールは思い、縄の一端を寝台の柱に括り付け、もう一端には豹徳林の身体を縛った。

豹徳林は、あれだけの出血をしながら、まだ息があった。もう苦しむ元気もなくし、目を虚ろに開け、かすれた息を吐き続けている。自分の身体が縛られる様子に、何をするのかという感じで上海デスドールの方へ目を向け、何かを言おうとしたが、空気が洩れるばかりで、やはり言葉にはならないようだ。

しかも、息があったのは、豹徳林だけではなかった。親衛隊の三人も、まだ死んでいなかった。その頃になると、扉のところでは体当たりをするような音が聞こえ、それでも開かないので、拳銃も撃ち出していた。

上海デスドールは、扉の方へチラと目をやってから、すでに四発撃ったコルト六連発を床に捨て、その代わり、さっき後ろ向きで撃った二人の親衛隊から拳銃を奪い、そのうちの一丁で三人に一発ずつ発射、トドメを刺してやった。この音に驚いたのか、扉の外の銃声がやむ。

上海デスドールは、二丁の拳銃を自分の衣装に挟むと、縄で縛った豹徳林を窓のところまで引きずっていき、その身体を持ち上げて窓枠に載せた。そして、自分もそこに上がり、豹徳林を窓の外へ放り出した。それと同時に、上海デスドールは、縄に取り付き、豹徳林に続く形で飛び降りた。豹徳林が重しとなった縄は一気に地面まで達し、豹徳林は、そこに激突して、上海デスドールは、その身体の上にスッと降り立つ。

雨が激しく当たり、二人の身体はたちまちにしてずぶ濡れになった。雷鳴もやまない。

豹徳林から離れた上海デスドールは、一階に手頃な窓を見つけると、そこに飛び込み、窓ガラスを砕きながら室内へ入った。そして、まずは玄関へ行って、そこの鍵を外し、それから左翼側の塔へと駆け上がっていく。

　塔の上に達すると、扉の外にいた親衛隊は、なんとか扉を破って中へ入っていた。覗くと、二人が死体のところにいて、二人が窓に取り付き下を見ている。司令という叫びや仲間の名を呼ぶ声がして、彼女たちもすっかり動転していた。

　上海デスドールは、さっき使った銃を構え、二発撃った。それは、死体のところにいた二人に当たり、的確に頭を撃ち抜いて、二人は寝台の傍らに倒れる。

　これに気付いて、窓の二人がこちらを見た。

「貴様、司令になんてことを――」

「許さん！」

　二人は、こちらへ向かいながら拳銃を撃ってきた。しかし、扉を破るのに使ったせいで、最後の方はカチッ、カチッという音しかしない。

　上海デスドールは、余裕で逃げた。途中、残り一発になった拳銃は捨て、階段を駆け下り、玄関までやって来て、雨中の外へ飛び出す。しかし、二人はなかなか姿を見せない。弾を新たに込めているのであろう。

　上海デスドールは待った。結構、時間が掛かっているように思われ、

（何をしている）

　と、珍しく心が乱れるのを覚えた。

それでようやく姿を現わすと、相手は、

「まだあそこにいたぞ！」

と、こちらを見つけ、拳銃を撃ってくる。

(遅いぞ)

上海デスドールは、再び動き出そうして、転んだ。

泥濘《ぬかるみ》の中に倒れ込み、

「痛い！」

という呻き声までが、思わず口をついて出てしまう。

らしくない醜態である。

(不覚)

と、自分を叱り付けながらも、すぐさま立ち上がり、裏庭へまわって森の手前まで来る。その時、追っ手の方から悲鳴のようなものが聞こえてきたので、立ち止まって振り返ると、一人が泥濘に足を滑らせて転んでいだ。もう一人に助け起こされ、また追い掛けてくるのを待ってから、上海デスドールも駆け出し、森の中へ入った。走っている勢いのまま、背丈よりもやや高いところに伸びている枝に飛び付き、スルスルと上に上がる。その向こうは川だ。

親衛隊も森にやって来た。木の上に隠れたことには気付かず、

「どこだ！」

「どこへ行った！」

と言い合いながら、川岸まで行き、

「飛び込んだのか」

と、流れを覗き込んでいる。

上海デスドールは、木から飛び降りて、二人の背後から最後のコルト六連発で銃弾を浴びせた。弾は一発ずつ、これも正確に頭を撃ち抜き、二人は大きくのけ反る。

しかも、上海デスドールは、拳銃を発射した直後に駆け出し、飛び上がって、そんな二人に両脚を繰り出した。脚は片方ずつ二人をとらえ、蹴りをくらった二人の身体は、川の方へ飛ばされて、流れの中へと落ちていく。

上海デスドールの身体は、川岸の地面に落ちた。すぐに立ち上がり、汚れを雨に洗わせながら、川を流れていく二人の死体を、少しの間、見つめた。そして、その場に拳銃を落とし、森から出ていく。

それから、幌を掛けられたくろがね四起のところへ行った。ドアに鍵を掛けていないことは、監禁されていた塔の上から見ていた。座席を探り、自分が座っていたところの隙間から、一枚のカードを取り出す。悪魔の顔をした少女の西洋人形が描かれている上海デスドールのカードだ。連れ去られることを予想して、手品の要領で手の中へ隠し、車へ押し込まれた時に座席の隙間へと移しておいたのである。師匠のサーカス一座には、こういう手品をする者もいたのだ。

上海デスドールは、カードを持って、豹徳林のところへ戻った。豹徳林は、まだ息をしていた。上海デスドールが上から覗き込むと、虚ろな目をこちらの方へ向けてくる。

しかし、上海デスドールには、何の感慨もない。

豹徳林の薬指から、残っていた指甲套を取り去った。これが残っていると、何が凶器だったかはあっさりとわかってしまう。それでは謎にならないからだ。最初に使った指甲套は塔の部屋に吐き捨てたままだったな、あとで取りにいこうと思いながら、上海デスドールは、カードを口に咥えさせた。そして、取り去った指甲套を、豹徳林の喉に突き立てる。豹徳林は、目を剝いたまま動かなくなった。

その後、上海デスドールは、塔の部屋から指甲套を持ってきて、親衛隊の部屋へ行くと、そこに残っていた軍服に着替え、仮面も付けた。それから玄関のところで、扉横のフックに掛けられていた車のキーを取る。洋館へ着いた時、運転手の女がここへ掛けるのを見ていたのである。

そして、再びくろがね四起のところへ行った。

車体に手を突き、それで身体を支えながら、しばらく休んだ。肩を上下させるほどの荒い息が出て、雨に濡れて見た目はわからないが、汗も流れているような気がする。

それでも、

（なんとか思い通りにできた）

という達成感に包まれていた。

（早くお師匠のもとへ戻らなければ――）

次の依頼が待っていると言われていたのである。

（そして、あの人にも会いたい）

上海デスドールは、そう強く思う。

だから、必死に身体を動かした。車のドアを開け、運転席に乗り込む。運転もできるのである。逃げる時に役立つだろうと、覚えさせられたのだ。燃料は、昼間補給していたから結構走れる。

「さあ、帰ろう」

上海デスドールは、エンジンを掛けた。楼門のところでは、司令の用事だと言えば通してくれるであろう。仮面をしているから、中身が誰だかわからない。そして、指定の場所まで行けば、満州から出る手筈が整えられている。勿論、そこにいる人間も彼女の正体や目的は知らない。命じられたことをしているだけだ。

くろがね四起は、走り出していく。

雨は小降りになり、雷鳴はもう聞こえなくなっていた。

6

早瀬秀一は、『上海蛇報』の汚い事務所の中で、バネの飛び出たソファに横たわっていた。ロバートと竹は取材へ出ていったというのに、早瀬は、ウトウトと眠りこけている。

すると、顔に何かがバサッと落ちてきて、

「うわぁ！」

と驚き、早瀬は、跳ね起きた。

顔を上げると、いつも最後に悠々と出社してくる麟が、瓶底眼鏡の奥から険しい目で、こちらを見下ろしている。

「あんた、なんてザマなの。上海ピュアドールがいないと、ほんと役立たずねえ。一応、記者なら新聞ぐらい読みなさいよ。のんびりなまけているどころじゃないのよ。上海デスドールがまた出たわ。豹徳林が殺されたって――」

麟が、顔の上に落ちてきたものを指差していた。それは、新聞の束であった。今朝出た華字新聞である。見ていくと、確かに豹徳林が上海デスドールに殺されたという記事が、どの新聞にも出ている。

「現場は満州だから、これじゃあ満州デスドールだけど、なんかいいネタとってきなさい。あんたにはこの前おごってもらった恩があるから、今月は大目に見るけど、来月もこれだと給料減らすわよ」

「はいはい。わかりました」

早瀬は、出ていこうとして、扉に手を掛けた。

すると、電話が鳴り、麟が取って少し話してから、早瀬に呼び掛けてくる。

『ルビイ』で雑用をしてるっていう女からよ。上海ピュアドールが戻ってきて、そのことをあんたに伝えて欲しいと言ってるんだって――。ついでにそっちへも顔出してきなさいよ。でも、ほんと不思議ねえ。あんな美人が、あんたみたいなヤツのどこがいいのかしら――」

早瀬は、取り合わずに階段を駆け下り、オンボロビルを出た。すると、

「早瀬」

と、日本語で声を掛けられた。

そこに背広姿の男が立っていた。引き締まった身体をしていて、早瀬よりも長身、帽子の下から覗いた顔は精悍そのものである。子供の頃から、男前だと近所の女たちが騒いでいた顔だ。

「真鍋《まなべ》」

早瀬は、その顔に目を見張っていた。

幼馴染みの真鍋昭彦《あきひこ》であった。

格好は会社員風だが、真鍋は、軍人である。実際、

「久し振り」

と言って、僅かに持ち上げた帽子の中身は、軍人らしい坊主頭であった。

「こんなところにいたのか」

と聞く真鍋に、

「お前こそ、どうしてここへ――」

と聞き返す。

すると、真鍋は、こう言ってきたのである。

「お前、上海デスドールのトリックを暴いたことがあるんだろう」

第5話

ペルシャンドール

1

上海一の繁華街である南京路と四川路が交わるところに、五階建てのマヤコフビルが建っている。このビルには、これも上海一と謳われる高級毛皮店『アラスカ』が入っているのだが、オーナーが白系ロシア人のルービン・マヤコフなので、そう呼ばれているのである。

『アラスカ』は、南京路側に出入り口があり、一階が一般向け店舗で、二階は高級品を扱い、三階が倉庫、四階が事務所で、五階には社長室と賓客用の応接室があった。マヤコフは、単なる実業家ではなく、上海のショービジネス界に大きな影響力を持つ敏腕マネージャーとしても知られ、租界を牛耳るユダヤ財閥や英米と通じた上海における反ナチ運動の中心人物という裏の顔も持っていた。そのため、マヤコフビルは、南京路側から見て奥のスペースを区切り、独立した別区画にして、ユダヤ人や英米系の会社に貸し出していた。こちらは、四川路側に出入り口があり、一、二、五階がそうした会社のオフィス、三、四階が倉庫になっていた。

そして、『アラスカ』の五階にある応接室は、実際は彼の運動に関わる密談場所として提供されていたのである。

そうしたマヤコフビルの二階――『アラスカ』の高級品店舗に、妖恋華がいた。

帽子をかぶり、薄手のコートを羽織って、その下にスーツを着ている。応接スペースのソファに座り、マヤコフと向き合っていた。妖恋華の隣にいるのは、真鍋昭彦である。

「じゃあ、そろそろ行ってくる。すまないが、待っていてくれ」

そう言って、真鍋が席を立ち、

「上々の首尾をお待ちしておりますよ」

マヤコフの言葉に送られて、店舗からは見え難い場所にある奥のエレベーターに乗った。二階と五階にしかとまらないエレベーターで、扉の前には白人の警備員が常駐している。店内には他に一階から四階にとまって、倉庫の荷物運搬にも使われているエレベーターが、もう少しわかりやすい場所に設置されていた。

真鍋が五階へ上がっていくと、妖恋華も席を立ち、窓辺に寄っていった。窓の下は南京路である。

「木曜日の昼間だというのに人が多いですね」

と、妖恋華が言う。

三人は、英語で会話していた。

「今日は十一月の第四木曜日ですから、あれですよ、あれ。アメリカの、なんと言いましたかな」

「サンクスギビング・デーですね」

「そうそう、それ――。ですから、隣のオフィスもアメリカ系の会社は休んでいます」

そのうち勇ましい行進曲が、南京路の向こうから聞こえてきた。『星条旗よ永遠なれ』であった。

「そうでしたね。アメリカの祝日に当たる日は、海兵隊の軍楽隊が租界を行進する。この人込みは、それを見学に来た人たちなのですね。そして、このビルの前まで来ると――」

「ええ。彼らが立ち止まって、またあれを演奏するでしょう」

「私、下へ行って見てきます」

「どうぞどうぞ。そうだ、上海ピュアドール。できれば、あなたのマネジメントも私にさせていただけませんか。あなたを『ルビイ』だけに出演させておくのは、とても惜しい」

「考えておきますわ」

妖恋華は、感情を窺わせない人形の顔でマヤコフビルを出た。


早瀬秀一が、『アラスカ』にやって来たのは、軍楽隊がアメリカ国歌を演奏しながら立ち去っていく時であった。

店に入り二階へ行くと、上海憲兵隊分隊長の椙山《すぎやま》大尉がすでに来ていた。平服の椙山は、真鍋の身に危険が迫っているとの情報を得たと言って、マヤコフと押し問答をした挙げ句、二人で奥のエレベーターに乗った。早瀬も、それに同乗させてもらう。

五階で降りると、そこにも白人の警備員がいて、左右にドアが一つずつあった。左のドアは社長室に通じ、右のドアの向こうに応接室がある。二階でもそうであったが、五階の警備員も、この日、このエレベーターを使ったのは、マヤコフと秘書、真鍋と密談相手だけだと証言した。エレベーターがあるフロアの端には階段もあるのだが、そこにも扉があって、こちら側から鍵を掛けていて、やはり、開けられたことはないらしい。

マヤコフが警備員に右側のドアを開けさせ、早瀬たちは、その中へ入った。

カーペットを敷き詰めた廊下があり、それは、すぐ右に曲がって真っ直ぐ延びている。窓はなく、その代わり天井に一ヵ所、換気孔があった。換気孔には格子状の蓋がはめられ、細身の身体なら通れるくらいの大きさがある。

そして、廊下の右側にはドアが一つ。

早瀬は、そのドアに手を掛けたが、中から鍵が掛けられているようで、開かなかった。警備員が頑丈な身体を何度か体当たりさせて、ドアが破られる。中へ踏み込んだ早瀬は、呻き声を洩らした。

二人の男が倒れていた。一人はアメリカ人で、もう一人は真鍋であった。真鍋は、ドアの近くで喉を切り裂かれ、アメリカ人は、奥の方で胸にナイフが刺さっている。二人とも息はなかった。密談場所であるため、向かいのビルから覗かれることを嫌い、部屋の中にも窓はなかった。だから、ここでも廊下と同じ換気孔が天井に一ヵ所だけある。

「やはりアメリカ人が日本の軍人を殺したのだな」

椙山が詰め寄り、

「どういうことだね」

と、マヤコフが聞き返している。

「こいつはアメリカの情報員だ。我々は知っているんだぞ。そいつが日本の軍人を殺し、自分の胸を刺して自殺した」

「まさか、そんなことが――」

「しかし、ここは中から鍵が掛かっていた。外から入ることは不可能。他に誰がやったというのかね」

早瀬は、真鍋の死体に目をとめ、背広のポケットから覗いているものに気付いた。取り出してみると、一枚のカードであった。悪魔の顔をした少女の西洋人形が描かれている。

「これは上海デスドールの仕業だ。あいつは密室の中で人を殺す」

と、早瀬は、カードを見せ付けてやった。

しかし、椙山は、不敵に笑った。

「それは、上海デスドールに罪をなすり付けようとして偽造したものに決まっている。では、いったいどうやって出入りしたというのかね」

「換気孔の蓋を外せば出入りできる筈だ。あの中へはどこから入れます？　確かこのビルは、奥の別区画にオフィスがありますよね」

と、早瀬は聞いた。

「向こうには窓があるから換気孔はない。天井裏がつながっているわけではないのだ。だから屋上に上がって、そこから入るしかないのだが、屋上へ上がるには四階の事務所に付いているベランダへ出て、梯子を立てなければならない。しかし、事務所には社員がいるから、気付かれずにそんなことをするのは無理だ」

と、マヤコフが答える。

「どうだ、わかったか。日本の軍人を殺した連中には、たっぷりとお返しをさせてもらうぞ」

椙山が勝ち誇ったかのように笑い、早瀬は、何も言い返せないでいると、

「秀一さん」

という声が聞こえた。

振り返ると、妖恋華が、ドアのところに姿を現わしていた。

妖恋華は、こちらが凍り付くような冷ややかな目で、早瀬を見つめながら部屋の中へ入ってきて、

「止めることができませんでしたね。あなたが甘かったから、お友達を死なせてしまった」

と責め――。

2

その夜、早瀬秀一は、タクシーで『ルビイ』へやって来た。

車で『ルビイ』へ来るのは、二度目である。麻雀でもうけたから、『上海蛇報』の全員をここへ連れて来て、盛大におごったことがあった。その時以来だ。しかも、その金で自分も含め、全員にいい服を買ってやったから、早瀬の格好も最初の頃に比べたら随分とマシになっていた。髪の毛も鬚も整え、ボルサリーノを粋にかぶっている。明らかに馬子にも衣装という感じであったが、『ルビイ』にいても、なんとか恥かしくはない格好だと思う。

しかし、残りを寄附してしまったので、今は贅沢ができる境遇ではなかった。だからタクシー

代を出したのは、早瀬と一緒に降りてきた真鍋昭彦である。真鍋は軍人だが、早瀬より高そうな背広がよく似合っている。

早瀬は、そんな真鍋を伴ってボックス席に陣取り、妖恋華のステージを観た。

妖恋華は、最初、シルクハットにタキシードの男装で、ブロードウェイで見るようなダンスを披露した後、僅かな暗転の間にあでやかなチャイナドレスに変わり、歌を歌った。映画の挿入歌としてヒットした『何日君再来《ホーリージンツァイライ》』『天涯歌女』『四季歌』をしっとりと歌い、ステージが終わると、その衣装のまま早瀬たちの席へとやって来た。前日に電話を掛け、雑用係の女性に伝言を頼んでおいたのである。

妖恋華は、二人の間に座り、ウィスキーのオンザロックを作ってくれた。

「戻ってきたことをお伝えしましたのに、なかなか来ていただけなかったのですね」

早瀬は、ウィスキーを口にしながら、

「ちょっと用事があってね」

と答える。

「秀一さんから席へ呼ばれるのは、会社の方を連れて来て、盛大におごってあげた時以来ですね。今日は日本のお友達ですか」

妖恋華は、料理も二人に取り分けてくれる。

早瀬は、真鍋のことを紹介した。

陸軍幼年学校、陸軍士官学校、陸軍大学と、いずれも優秀な成績で卒業し、今は中尉となって参謀本部に配属されていると――。

「陸軍の真鍋様」

妖恋華は、いつもの冷ややかな目で、しばらく真鍋を見ていた。

真鍋は、

「日本軍の参謀と聞いて、穏やかではないのだろうけど、そう怖い顔で見ないでくれ」

と、苦笑を浮かべた。

早瀬は、

「気にするな。こいつはいつもこういう感じだ」

と言ってやる。

「軍人嫌いの秀一さんが、どうして軍のエリート参謀様とお知り合いなのですか」

「幼馴染みなんだよ。彼は頭もよかったが、俺と違って運動も得意で、喧嘩も強かった。それで随分と助けられたんだ」

「早瀬は、探偵小説とか科学小説ばかりを読んでいた変わり者だったんだが、そのせいか、謎解きが得意でね。教室の中で盗みがあったり、近所で柿泥棒や盆栽を壊すヤツが出た時、貧しいいじめられっ子に疑いが掛かったりしたんだけど、早瀬は、これはこうだからと筋道を立てて説明し、裕福な家の悪ガキだと見破った。それで仕返しをされそうになってね。僕が守ってやっていたんだ」

「彼は間違ったことだと思えば、教師にも敢然と意見をしていたからな」

「そういえば、軍人さんなのに軍服も着ないで、偉ぶったところがありませんね。あちらの方とは大違いです」

妖恋華が視線を向けた先には、日本の軍人とナチス親衛隊の制服を着た人間がいて、辺りを憚ることなく、放歌、鯨飲し、ホステスを触りまくっていた。

「ドイツがポーランドに電撃侵攻して、大勝利をおさめましたから、ドイツと結ぼうとしている日本の軍人さんも威勢が上がっていますわ」

「くだらんことだ」

真鍋は、吐き捨てるように言った。

「あら、軍人さんなのに、ドイツとの同盟に反対していらっしゃるのですか。そういえば、今の参謀本部は、軍の大勢に反して英米と協調すべきという意見を持っている方が何人もいるとか」

「よく知っているね」

と、真鍋が感心し、早瀬は、魔都の夜の世界がどういうところかを教えてやった。

「そうか。それにしても君は日本語がとても上手だね。まさか日本人ということは——」

これについては、妖恋華自身が早瀬の時と同じ返答をしている。

「実は、今日ここへ来て君を席へ呼んでほしいと頼んだのは、僕なんだ。君はここのスターで、この前殺されたシュタインバッハ氏が贔屓にしていたそうだね。そして、この店にはシュタインバッハ氏を援助していたユダヤ財閥の幹部も来ると聞いた。それで、その人を紹介してほしい」

だから、タクシー代も出してくれたのである。軍の経費が使えるらしい。

妖恋華は、早瀬の方へ顔を向けてきた。

「真鍋は、参謀本部内にいる反独派の意向を受け、シュタインバッハと菰田の死で頓挫した満州にユダヤ国家を創るという計画を再び進めようとしている。もしそれが実現したら――」

「ユダヤ人を弾圧するナチスとの同盟はご破算。そういうことですね」

「ヒトラーやムッソリーニと同盟するなんて、間違っている。彼らと作り上げる世界は、きっと途方もない暗黒の世界だ。その仲間になるわけにはいかない。それと、満州にユダヤ国家ができれば、英米に満州国を認めさせることができるかもしれない。そうなれば、英米と交渉する余地が大いにできて、日中の和平も実現できる」

と、真鍋も付け加える。

「満州は返さないのですね。清の皇帝など担ぎ出して、中国の人心を掌握できる筈もありませんのに――」

「あそこは生命線だからね。謀略で国を創るなんて、僕もいいことだとは思わないけど、今は難しい」

「でも、あちらの人のように上海にいる日本の軍人も、ほとんどが親独の人たちだと聞いています。その中でやるのは危ないのではありませんか」

「そんなことより、今は日本を間違った方向へ進ませないことが大事だ」

真鍋は、決然とした口調で言う。

「そうですか。ご立派なお心掛けですわ。それに、秀一さんの口添えとあっては無碍にはできません。紹介させていただきます」

「それはありがたい」

と、真鍋は、相好を崩した。

「早瀬が君と知り合いでよかったよ。それにしても、こんな店に来て租界のスターと仲良くしているなんて、どういうことなんだ。お前の新聞社、見掛けはボロボロなのに、稼ぎは物凄くいいのか」

「いや、それは——」

まさか、小娘の情けでただ食いただ飲みをさせてもらっているのだと言えるわけはなかった。妖恋華の楽屋に出入り自由なことなど、尚更である。どういう理由でこんな好待遇を受けているのか、早瀬自身にもわからないのだ。

だから言葉に詰まっていると、妖恋華が、探るような目で覗き込んできた。早瀬は、黙っていてくれというつもりで、首を微かに振ってみせる。妖恋華は、察してくれたようで、妖しく微笑んだ。それで、

「秀一さんはとても優秀な記者で、上海でも事件をいくつも解決なさっているのです。それで見掛けはあのような会社にいても、懐が潤っているのですわ。私も、秀一さんの謎解きに助けられたことがあるものですから、懇意にさせてもらっています」

と、持ち上げてくれたと思ったら、

「でも、結構強引なところがあって、私の楽屋へノックもしないで入ってきて、私が着替え中で

もおかまいなしに居座り、触ってきます」

と、余計なことまで言った。

「なんだって！」

真鍋は、目を剝いて驚き、

「おい、それはそもそも――」

早瀬も抗議しようとしたが、

「嘘だとおっしゃるのですか」

妖恋華が、きりっとした目を向けてきて、事情はどうあれ本当のことだったので、ここでも言葉に詰まってしまう。

それを見て、妖恋華は、表情を崩しクスクスと笑っていた。

「お前は変わったな」

真鍋は、信じられないという顔をしていた。

「昔はどうだったのですか」

妖恋華が、興味深げに聞いてくる。

「運動と同じように、女の子も苦手にしていてね。なにしろ近所に勝気な女の子がいて、その子に無理やり引っ張り出され、忍者ごっことか兵隊ごっこなんかをさせられて怪我をするもんだから、よく泣かされていたんだ。それで、男のくせにとその子に叱られて、また泣く。彼はそのせいで他の女の子にも近付けなくなって、将来はどうなるのかと心配したくらいだ」

「まあ、そうだったのですか。今の様子からはとても信じられません。弱いところは変わっていませんけど——」

妖恋華は、ますます笑っている。

そこまで言うなよと、早瀬は、うらめしげな目を真鍋に向けるしかなかった。

「でも、相変わらず謎解きで活躍していて、よかった。日本でアカの疑いを掛けられて満州へ行き、満州でも関東軍に睨まれるようなことをして、姿を消したと聞いていたから心配していたんだ。実は、僕が彼と再会したのも事件絡みのことでね。満州で豹徳林が殺されたことは知っているだろう。上海デスドールという殺し屋にやられたと、こっちの新聞にも出ていた」

「はい、知っています。豹徳林には武器を持って近付くことができず、手錠も掛けられていたというのに、豹は喉を突かれて死んでいた。それが謎になっていたのですね。上海デスドールが、また不可能な状況で殺人を行ったと——」

「そうなんだ。実は、豹が殺された現場へ最初にやって来た日本人が僕でね」

その辺りの事情について、早瀬は、すでに聞いていた。

真鍋は、ユダヤ国家創設のことで満州へ行ったのだが、それ以外に豹徳林の件もあったという。関東軍の中に帰順した豹を許さず暗殺する計画があると伝わってきたため、豹と溥儀の関係を利用して満州の安定を図ろうとする参謀本部は、その実否をも真鍋に調べさせようとしたらしい。しかし、その最中に豹の事件が起こり、真鍋が調査にやって来たのだ。最初は、豹が女性であったことに驚いたそうだ。早瀬も、これには仰天させられてしまった。

実は、真鍋も関東軍も、豹の死は公表するにしても、殺されたことは隠すつもりでいたのだが、事件を最初に発見した郭城子の者たちから中国人の情報網を通して、上海の華字新聞に載るほど広まってしまった。

上海デスドールのことを知らなかった真鍋は、上海の特務機関にいる旧知を通して調べてもらい、鄭将国殺しでトリックがいくつかの新聞に載ったことを掴み、そこから『上海蛇報』にいる早瀬の存在が浮かび上がった。当初からシュタインバッハと菰田の件で上海へも寄るつもりであった真鍋は、渡りに船と上海へ来て、早瀬を訪ねてきたのである。

「それで、新聞にも載っていない情報を早瀬に話したところ、トリックを見破ってくれた。彼が今日までここへ来られなかったのは、その調査をしていたためだったんだよ」

「そうだったのですか。秀一さんは、どういうふうにトリックを見破ったのですか」

豹徳林は、先端が鋭く尖ったもので殺されていた。早瀬は、死体の写真を見せられ、着ていた衣装に見覚えがあるような気がした。しかも、豹の部屋にはいろいろと凝った衣装——甲冑までもがあり、その写真も見せてもらい、豹が変装を得意にして逃げていたことも聞いて、豹は自分の隠れ家でもいろんな扮装をしていたのではないかと睨んだ。そこで、真鍋が溥儀の側近になっている日本人と連絡をとり、溥儀から昔の豹も男装をしていたとの証言を得た。

さらに、現場となった館からは失敗した殺し屋を処刑した時の写真が見つかり、その処刑方法も教えてもらうと、早瀬は、豹の死体が着ていたのは西太后の扮装であろうと指摘した。手足を切断して壺に入れるという処刑方法も、西太后と同じだったからである。

西太后の写真を取り寄せてみると、確かに同じ衣装のものがあった。それで指甲套が凶器ではないかと、早瀬は思ったのである。西太后の扮装をしながら、死体の指に何もなかったことも、それを裏付けていた。指甲套がなくなっているのは、凶器を隠すために上海デスドールが持ち去ったと思ったのだ。

真鍋は、そうした経緯を妖恋華に説明し、

「実際に西太后がしていたという指甲套を、上海の店で買ってきた」

と、箱を取り出し、蓋を開けた。その中に指甲套が入っていた。先端が鋭く尖り、表面に鮮やかな装飾がほどこされていて、宝石も埋め込まれている。

「これなら喉を突き刺すこともできる」

「さすが秀一さんですね。見事な推理ですわ」

妖恋華も、称賛してくれた。

「それで、上海デスドールの正体はおわかりになったのですか」

「それなんだが――」

真鍋の歯切れは悪くなった。

「豹徳林が殺される前に、梅公一座というのが町に来ていて、そこで雑技の道化師をやっていた者がたいへんな美女だという評判が立ち、一座は豹と親衛隊に襲われている。どうやらその時に道化師がさらわれ、そいつが上海デスドールだっただろうと思われている。しかし、道化師だから派手な化粧をしていて、観客に顔はわからないし、一座の者も男は豹一味に殺され、女は町から出ていったのだが、その後、行方不明になってしまった。豹と一緒に隠れ家にいて、生き残った者もいない。それで結局、上海デスドールの顔はわからずじまいだ。だからわかっているのは、豹が殺されていた時期に上海を離れていたきれいな女で、雑技の経験があるんじゃないかということだけだ」

「私も上海を離れていましたわ」

「そうだったね。でも、それだけで君を捕まえるようなことはしないよ。早瀬も言っていたが、他にもそういう女性がいるかもしれないからね。それに僕は、闇の殺し屋が君のように表に出ているとは思っていないんだ。おそらく上海デスドールは、闇の世界に深く潜っている筈だ。青幇に庇護されていれば見つけ出すのはかなり難しいと、特務機関の旧知も言っていた。でも、なんとかして見つけたい。見つけて、豹徳林殺しを依頼したのが誰か、それとシュタインバッハ氏と菰田大尉殺しを依頼したのも誰かを聞き出さなければならない。僕は、どちらも軍が関与しているると睨んでいる。それも親独派だ。だから彼らの関与を暴くことができれば、その勢力を弱めることができる」

「そうですか、まだわかっていないのですか。でも、秀一さん、指甲套のトリックだけでも、他の新聞に高く売れるのではありませんか」

「もう売れたよ。明日の新聞に載る。それで、うちの西太后の機嫌がなおってよかった」

「では、懐が潤いますね。またいらして下さい」

妖恋華が、またもやニッコリ笑って、空になった早瀬のグラスにウィスキーを注いだ。

「こっちも空いているんだけど」

真鍋がグラスを振ったので、

「あら、申し訳ありません」

妖恋華は、そちらへも注いでいる。

真鍋は、そんな妖恋華をじっと見ていた。

「君は上海ピュアドールと呼ばれて、人形みたいにきれいだといわれているそうだね。実際、踊っている時や歌っている時の君は、表情が全く変わらなくて本当に人形みたいだった。なのに、ここへ来るとよく笑うじゃないか。もしかして君と早瀬はいい間柄なのかい」

これを聞いて、早瀬は、飲みかけたウィスキーに思わず噎せていた。

「な、何を言うんだ。俺はいつもこいつにからかわれているんだぞ。そんなわけはないだろう」

「へえ、そうなのか。それなら、こっちにも脈があるかな。魔都の夜に咲く妖しい恋の華。とても美しい」

真鍋の目は、明らかに熱を帯びている。早瀬には、そう見えた。

すると、その時――。

「ほう、すっかりご機嫌だな」

と、剣呑な声が聞こえた。

見ると、さっき騒いでいた日本の軍人がやって来て、こちらを険悪な目で見下ろしていた。その後ろにはナチスの親衛隊もいて、どちらも顔が赤く、目が据わっている。明らかに酔っているようだ。

　ステージでは、マリエナのダンスが始まっていた。

「これはこれは、上海憲兵隊分隊長の棍山大尉でありますね」

　真鍋が、サッと立ち上がって敬礼している。

「貴様は満州から来た参謀本部の真鍋中尉だったな。こんなところで軍服も着ずに女を侍らせているとは、さすが中央の参謀。いい身分だ」

「女を侍らせているのは、そちらも同じでありましょう。それに自分は、このような場所でこれ見よがしに軍服を着るのは無粋だと思っておりますので――」

「なんだと。貴様、上官に意見するか。シュナイダー少佐が上海ピュアドールと話をしたがっているのだ。こっちへ寄越せ」

　棍山は、妖恋華に手を伸ばそうとした。

　ちょうど妖恋華の手前側にいた早瀬は、その手を跳ね除け、二人の間に立ちはだかった。

「申し訳ありません。今日の彼女は俺たちの貸切なので、日を改めて下さい」

　いけませんという感じで、妖恋華が、早瀬の手を引っ張るが、それも振り払う。

「貴様、地方人だな」

　棍山があからさまに侮蔑の目を向けてきて、それがどうしたと、早瀬が睨み返してやると、いきなり拳骨が飛んできて、思いっきりぶん殴られた。それで席から吹っ飛び、頭から床へ落ちてしまう。しかも、吹っ飛んだ時に左の足首がテーブルの裏側に激しく当たって、変な曲がり方をした感触もあった。

妖恋華が、チャイナドレスを翻して席をサッと飛び越え、早瀬の身体を抱き起こそうとしてくれた。

「大丈夫ですか」

「ああ、なんとか」

そう答えたものの、頭と足首に激痛が走り、早瀬は、身体を起こすのが精一杯であった。

椙山がこちらへ迫ってきて、そこへ真鍋が立ちはだかり、椙山のところへはシュナイダーも加わって、何かを喚くようにまくし立てている。ドイツ語なので、早瀬には、何を言っているのか全くわからない。

それで真鍋が二人と揉み合っていると、その間に妖恋華が割り込み、真鍋をかばうように両手を大きく広げ、

「そのようなやり方で私を連れて行くことなどできませんよ。私は、力で思い通りになるような女ではありません」

そう英語で毅然と言い放った。憲兵隊員と親衛隊員は、どちらも英語がわかるようであった。

二人とも、一瞬、動きが止まったが、

「偉そうなことを言いやがって、クラブの女風情が生意気な！」

椙山が、妖恋華に向かって腕を振り上げた――その時、
パシン！

という鮮やかな音が鳴り響き、シュナイダーの悲鳴が聞こえた。

何事かと、そちらを向いた榀山にも同じ音が響いて、榀山が呻いている。

マリエナであった。ステージで踊っていたマリエナが、ここまでやって来て二人の頰を張り飛ばしたのである。

「客なら何をしてもいいってもんじゃないんだよ。あんたらみたいな客はいらない。とっとと帰ってくれ」

マリエナも、英語で威勢よく啖呵を切った。

「貴様ら、こんなことをして無事ですむと思っているのか」

榀山は、威嚇をやめなかったが、マリエナは、全く怯まなかった。

「憲兵隊だろうが、ゲシュタポだろうが、どこへでも連行して拷問したいのならすればいいだろう。それが大日本帝国とドイツ第三帝国のすることだと世界中に胸を張って言えるのなら、さあ、連れて行くがいい！」

いつの間にか、まわりでは盛大なブーイングが湧き起こっていた。そこへ、ビア樽主任に率いられた黒服の警備もやって来て、榀山とシュナイダーは孤立無援を悟り、そそくさと店を出ていく。

ブーイングが歓声に変わり、

「マリエナ、ありがとう」

妖恋華は、礼を言っていた。

「別に誰かのためにしたわけじゃないのよ。私は、我がままな客が嫌いなだけ」

マリエナは、平然としている。

「でも、あなたのステージをだいなしにしてしまったわね」

「大丈夫よ。ステージはやり直すことができるから——。それよりも、あなたのいい人の心配をした方がいいわよ」

そう言って、マリエナは、ステージへ戻っていく。

早瀬は、真鍋の手を借りて立ち上がろうとしていた。しかし、頭がクラクラするし、足首も結構痛く、しっかり立つことができなかった。歩くことなど到底無理そうである。

そこへ、中年の白人男性が二人やって来て、

「大丈夫だったか」

と、妖恋華のことを心配した。

「私はなんともありませんわ」

と、妖恋華が答え、恰幅のいい方が、

「それはよかった。でも、最近の君はダンスの時に前みたいなアラビアン・ナイト風というかマタ・ハリのようなというか、そういう衣装を着てくれないので残念だよ。今度は頼むよ」

と、いやらしい目を向け、もう一人の品のよさそうな方は、

「ダンスはまだ本調子といえないようだったけど、今日の君の歌は、先日よりも声が随分とよくなっていたんで安心したよ。なおってきたんだね。これでダンスも戻ればいうことなし。だから、

またいいステージを見せてくれ」

と、労わるように言って、二人は連れ立って自分の席へ戻っていく。

早瀬が二人から視線を戻すと、妖恋華が、こちらをじっと見ていた。

3

早瀬は、病院へ連れて行かれ、入院することになった。

といっても、頭はコブができただけで、足首も骨が折れていなかったので、しばらく歩くのが不自由なことさえ我慢すれば、三、四日の安静ですむだろうということであった。入院費用は『ルビイ』がもってくれるというので、早瀬は、安心して療養することができた。

しかも、妖恋華が、毎日、昼間に顔を出し、花を持ってきたり、病院の食事はおいしくないだろうと、差し入れも持ってきてくれたりする。

そして、この日も妖恋華がやって来たのだが、洋服姿の真鍋と一緒であった。軍服で女と出歩くわけにはいかないのであろう。

「もう退院できるそうだね」

と、真鍋が言った。

「いろいろと忙しくなったので、顔を出すことができなかった。すまない」

「かまわないさ。お前がたいへんなのはわかっている」

「実は、昨夜、彼女からユダヤ財閥の幹部を紹介されたんだ。覚えているか。お前を助け起こした時に、彼女のダンスの衣装がどうとか言ってきた恰幅のいい人物を――」

「ああ。あのいやらしそうなヤツだな」

「彼がそうだったんだよ。しかも、彼がシュタインバッハと一番懇意にしていて、彼とのつながりができれば後はどんどん広がっていくようだ」

「そうか、それはよかったな。それで、今日は礼のつもりで彼女をどこかへ連れて行ったのか」

「昼を一緒に食べたんだ。でも、この後は用事が立て込んでいてね。ここでお別れだ。退院したら『ルビイ』で快気祝いをやろう」

そう言って、真鍋だけが出ていく。

それを見送って、

「真鍋は、かなりお前を気に入っているみたいだ。お前がきれいなことは事実だからな。それに、あいつは俺よりいい男だし、将来の出世は間違いなし。あっちにくっ付いている方がいいぞ」

と、早瀬は言ってやった。

妖恋華は、ベッドの傍らの椅子に座り、持ってきたリンゴの皮を剝き始めた。

「そのようなこと、本気でおっしゃっているのですか。秀一さんよりいい男なのは確かですが、軍のエリートが夜の女風情といい仲になれるわけがないではありませんか」

「あいつは真面目なヤツだ。結構、本気だと思うぞ」

「――」

「それにしても、『ルビイ』で足を痛めるわ、入院するはめになるわ、なんて、なんだかお前と出会った頃のことを思い出すよ」

「そうですか」

「でも、扱いがかなり違うな。あの時は警備の連中に散々やられて、足もひどい有様だったのに、松葉杖だけを貸してもらって帰された。それに比べて、今回は一発殴られただけなのに病院へ運んでくれて、お前が差し入れまでするとはいったいどういうことだ」

「お気に召さないのなら、やめましょうか。入院費も払って下さいね」

「わかった、わかった。ありがたいと思っているよ。だから入院費は頼む」

早瀬が拝むと、妖恋華は、人形の表情のまま、

「はい。アーンして下さい」

と、剝いたリンゴをフォークに突き刺し、口元へ持ってくる。

「だから、大人をからかうな」

と抵抗したが、グイグイと突き付けてくるので、仕方なく口を開ける。それを頰張りながら、

「そういえば、さっき話に出たユダヤ財閥の幹部と一緒にいたもう一人のヤツが、お前の声がどうとか言ってたな。あれはどういうことだ」

と聞いた。

「上海へ戻ってきた頃、声の調子が悪かったのです。自分ではごまかせたつもりだったのですけど、あの人の他にも何人かに見抜かれてしまいました」

「声の調子が？　どうかしたのか」

「口の中を怪我してしまいまして——。歌手失格ですわ。もう随分とよくなりましたけど——」

「口の中を怪我？　ダンスが本調子でないというのも、その影響か。俺もお前のダンスを見ていて、おやっと思ったんだ。俺にダンスの良し悪しは相変わらずわからないけど、踊っていたお前の顔に汗が光ったように見えた。実際、ステージを降りて、俺たちのところへ来たお前は薄っすらと汗を搔いていたし、息もちょっと弾んでいたようだった。いつもなら汗も搔かず、息も乱れず、本当に人形みたいだと思わせるほどなのに、どことなくつらそうな感じに見えたんだよ」

「そうでしたか。節穴の秀一さんにも見破られていたのですね。でも、そこまで私のことを熱心に見ていただいて嬉しいですわ」

早瀬は、リンゴを食べる動きを止めていた。

「お前、怪我のことを真鍋に言ったか」

「いえ、言っていません。あの時の言葉も気に留めておられない感じでした」

「そうか。だったら自分から怪我のことは言うな」

「どうしてです？」

「豹殺しの凶器が指甲套だと指摘して、犯行に使われたものと同じようなヤツを買ってきただろう。あれを見た時、俺が言ってやったんだ。手錠をされていた上海デスドールは、口で豹の指甲套を奪い、そのまま突き刺したに違いない、それがこんな指甲套なら、上海デスドールは口の中を怪我しているかもしれないとな。だからお前の怪我がわかると、お前を疑うかもしれない。あいつなら、それだけでお前をどうこうするわけはないけど、まわりにいる連中はわからん。絶対怪我をしていると言いきれるわけでもないのに、うっかり口にするとは失敗した」

早瀬は、後悔する。

「まだ一人に絞れないのですね」

「ああ、絞れない」

「そのような悠長なことでは、また人が殺されますよ」

「わかっているさ。でも、一人に絞れないのに誰かを指摘して、それが間違っていたらと思うと、俺にはできない」

早瀬は、そっぽを向く。

妖恋華は、そんな早瀬をいつもの目でじっと見つめ、

「明日、退院なさるのでしょう」

と聞いてきた。

「ああ」

「でしたら、私に付き合って下さい。一緒に行ってほしいところがあるのです。その代わりお金は私が出しますので、ご心配なく」

「また女に出させるのか」

「小娘に出されるのが嫌なら、高く売れる記事を書いて稼いで下さい。上海デスドールが誰かという記事なら、とても高く売れるでしょう。その時、秀一さんにおごってもらいます」

4

翌日——。

退院した早瀬は、妖恋華が呼んでくれたタクシーに乗って、南京路へ出かけた。まだ不自由な足には、妖恋華がステッキを用意してくれていた。

「これなら松葉杖より格好がつくでしょう」

ということであるらしい。

十一月も半ばを過ぎ、上海も冬の色を濃くしていた。退院したての早瀬は、厚手のコートを着ているが、妖恋華は、スーツの上に薄手のコートだ。それでも、早瀬は寒そうにしているのに、妖恋華は、いつものように何の表情も出さない。

タクシーを降りたのは、四川路と交わるところであった。

「このビルは——」

早瀬は、目の前の五階建てビルを見上げる。マヤコフビルである。

「最初はここです。実は、真鍋様から毛皮のコートを買ってやろうと言われまして、それで、どんなコートがあるか前もって見ておこうと思ったのです。二階へ行きましょう」

「二階って——。普通でもここは値が張るのに、二階は高級品売り場じゃないか。それも軍の経費から出させるつもりか」

「真鍋様は、そこまで恥知らずな人ではありません。ご自分で出されるようです。一ヵ月早いクリスマスプレゼントだとおっしゃっていました」

「そうか、さすがエリート軍人だ。どうせ、俺とは月とスッポンぐらいもらっているんだろう。高いコートをプレゼントするなんて、やっぱりあいつは本気だぞ」

「真面目な方であるのは間違いないでしょう。でも、やはりどうこうなるわけがありません。それに、これは私が紹介した礼と、私を利用する詫びを兼ねてのことでもあるのです」

「お前を利用するって、どういうことだ」

「それは二階でお話ししましょう。さ、私と外を歩く時はどうするか申し上げた筈です」

妖恋華が、くっ付いてこようとするが、

「こんな高級店で、はしたない真似はできないだろう」

早瀬は、腕をからめるのにとどめ、二階へ上がっていった。そこでは、中年の白人男性がにこやかな顔で近付いてきて、

「上海ピュアドールではありませんか」

と、英語で呼び掛けた。

妖恋華が、オーナーのルービン・マヤコフだと紹介する。早瀬にも見覚えがあった。ユダヤ財閥の幹部と一緒にいて、妖恋華の声とダンスのことを指摘した、品のよさそうな男である。向こうも、早瀬のことを覚えていた。

「マヤコフ氏は、上海で指折りの芸能マネージャーとしても知られています」

「なるほど。それでお前の声とダンスを見破ったわけか」

二人が日本語で話していると、マヤコフは、英語で妖恋華にまた話し掛けた。

「上海ピュアドールも隅におけませんな。二人の日本人を天秤に掛けているのですか。しかし、こちらの御仁はミスター・マナベより格段に落ちます。私は、断然、向こうをお勧めしますぞ。なにしろミスター・マナベは、我々にとっても大事なお方ですからな」

どうやら早瀬が英語をわからないと思っているらしい。早瀬と真鍋の落差をいろいろとまくし立ててくる。

妖恋華は、英語がわかることを教えましょうかというような顔で、早瀬を見つめてくるが、早瀬は、憮然とした顔で首を振った。男として真鍋に劣ることはわかっていても、さすがにいい気持ちはしない。だから妖恋華の身体をグイと引き寄せ、これ見よがしにお尻へ手をやり、商品が並んでいるところへ引っ張っていった。

妖恋華は、抗いもしないで、クスクスと笑っている。

「紳士かと思ったら、なんて品のないヤツだ。面と向かって言うなよな。お前とどこかへ行くと、ほんとロクなことがないな。真鍋に買ってもらうのなら、あいつと来ればよかったんだ。俺をダシに使うな」

「そうお怒りにならないで下さい。私もダシに使われているのですから――」

「お前もダシ？　どういうことだ」

妖恋華は、まわりに目をやっていた。店内に東洋人は早瀬たちだけで、近くに他の客はいない。

それでも、妖恋華は、声を落とし、日本語で続ける。

「マヤコフ氏は白系ロシア人ですが、ユダヤ人の血も入っていて、上海における反ナチ運動の中心人物という一面も持っています。ユダヤ財閥の幹部と親しいのもそのためで、マヤコフビルは彼の運動の密談場所になっているのです」

妖恋華は、ビルの内部を説明した。

「真鍋様は、その密談場所でアメリカの情報員と接触することになっています。それでカモフラージュのために、私を連れて行くのです。あそこで密談する人はみなそうしますわ。男が一人で毛皮店に入るのは、不自然さが目立ちますから——」

「租界のスターを目くらましに使うとは贅沢なこった」

「ただ悪いとは思っておられるようで、協力しますから日にちは私の都合のいい時にして下さいと言いましたら、聞き届けてもらいました」

「いつなんだ？」

「それは聞かないで下さい。どこから洩れるかわかりませんので——。真鍋様からも内緒にと言われています」

「そうか。なら仕方ないな」

ほしいものがあったかどうか、早瀬にはわからなかったのだが、商品をひと通り見ると、二人は『アラスカ』を出た。早瀬は、サッと妖恋華の身体を離す。

「あら、もう終わりですか」

と、妖恋華が言ってくる。

「いつまでもくっ付いていてられるか」

「でも、すぐ同じことになりますよ」

妖恋華が黄包車を呼び止め、二人で乗り込んだ。それで、また身体をくっ付け合うことになってしまう。

黄包車は共同租界を出て、フランス租界へ入り、ジョッフル路にある高級レストランの前でとまった。

「ここが次の場所です」

「また豪勢なところじゃないか」

早瀬は、宮殿のような建物に息を呑まれる。しかし、妖恋華はすましていた。

「大丈夫です。ここはちゃんとおごって下さる方がいますので――」

予約をしていたようで、名前を告げると白人のボーイが案内をして、しかも、その席には東洋人の先客が座っていた。

「早いお越しだったのですね。お待たせしたのでしょうか」

妖恋華の日本語に、相手も、

「いえいえ。私も今来たところです」

と、日本語で応じる。

瘦身の小柄な男であった。やや面長の顔は、頭髪を短く刈り込み、穏やかな表情をしていながら目にただならぬ力を感じさせる。

「勝見渉《かつみわたる》氏です」

と、妖恋華が紹介した。

それ以上の説明は、早瀬にも不要である。勝見渉は、軍の代わりに阿片の売買を行い、軍に多額の活動資金を提供している人物で、阿片王といわれている。

早瀬は、顔が少し引きつるのを感じた。

早瀬の前には豪勢な料理とワインが出されたが、勝見の前にはハムエッグしか置かれなかった。

「どうしました？　食べないのですか。私のことなら気になさらず。私は酒も煙草もやらず、食べるのもこれさえあれば大満足なのです。特に、ここのハムエッグは絶品なのでね」

「勝見様は、『ルビイ』でもこれだけですわ」

妖恋華も口を添えてくれるが、なかなか手を出せない。

「それともなんですか。阿片でもうけた金でおごられるのが嫌なのですか。そんなことを言っていては、上海では金を使えなくなりますよ。あなたがもらっている給料だって、まわりまわっているうちにどこで阿片と関わっているのかわからないのですから――」

「いえ、そういうわけじゃないんです。どうして、あなたからこんなことをされるのか、それがわからなくて――」

「ははは、そうでしたな。それを先にお話しするべきだった」

勝見は、そう言って、テーブルの下から新聞を出してきた。『上弦戯報《じょうげんぎほう》』という華字の芸能紙である。しかも、開かれている紙面を見て、早瀬は思い当たる。そこに趙老人と秋玲のことが載っているのだ。二人の写真付きで――。紙面に空きが出たので、入れてもらうことができたのである。この紙面も二人に届けていた。

「少し前のことですが、私の八つになる娘が公園で池に落ちまして、一緒にいた阿媽は動転するばかりで何もできなかったのですが、近くにいた女性が水の中へ入り助けてくれたのです。しかも、名前を告げずに立ち去りましてな。老人と一緒だったことぐらいしかわかっていませんでした。それが、この紙面を娘が偶然目にしまして、彼女がそうだとわかったわけです」

「それで、俺を――」

「この女性にはささやかですが、お礼をさせてもらいました。この記事には、租界のステージで踊るのが夢だと書いてあったでしょう。こちらが名乗り出るのは無粋だと思いましたのでな、こっそりと私の伝手《つて》でクラブのオーナーに話をさせてもらったのです。日本人街の店だと、中国人の踊り子は露骨に差別されますから、欧米人のやっている店に話をしました。来月には舞台へ出られると思います。あの容姿ですから、独り立ちできるかどうかは保証できませんし、その他大勢の踊り子で終わってしまうかもしれませんが、とにかく用意はさせてもらいました。そして、老人の方も身体の具合がよくなかったようで、しかるべき施設を紹介しました。向こうはどうしてこうなるのか、さぞかし戸惑っていることでしょうがな。ですから、今度はあなたの番ということです。この記事のおかげで恩人を見つけることができたわけですので――。実は、記事の書き手があなただと教えてくれたのは、上海ピュアドールなのですよ」

「お前が――」

「勝手なことを申し訳ありません」

「いや。それは別にかまわないが――」

取り敢えず事情がわかって、早瀬は、料理に口をつける。ワインも妖恋華が注いでくれた。

「飲み過ぎないで下さいね。まだお連れしたいところがありますので――」

妖恋華は、悩ましげな目を向けてきて、早瀬は、思わずドキマギしてしまう。

それを見て、勝見が鷹揚に笑っていた。阿片王という忌まわしい呼称が付けられているとは、とても信じられない穏やかさである。

「『ルビイ』でもないのに、上海ピュアドールにそこまでしてもらうとはうらやましいですな。いったいどうやったら、そうなれるのですか」

早瀬に答えられるわけがない。勝見は、笑みを絶やさなかったが、料理がひと通り片付くと、その目は鋭く光った。

「今日、上海ピュアドールを介して、あなたをお招きしたことについては、他にもう一つ用件がありまして、フランス租界の店にしたのもそのためなのですよ。ここでなら日本語の会話はわからない」

そう言いながらも、勝見は、『アラスカ』での妖恋華と同じように声を落とした。

「実は、上海に駐屯する軍の一部によからぬ計画があります。日本の軍人が英米側に殺されたように見せ掛け、租界に軍を進めて占領してしまおうという計画です。それで英米との関係が決裂すれば、独伊との同盟に走らざるを得ない」

「なんですって！」

早瀬は、つい大声を出してしまう。

日本軍は、過去に二度、中国を相手に上海で戦争をやっていた。一度目は、日本人僧侶が中国人に襲われた事件が、二度目も日本の軍人が中国兵に殺されたことがきっかけになっているのだが、どちらも日本の謀略ではないかという噂が囁かれている。

「英米の犯行に見せ掛けるって、どういうふうにやるつもりなのでしょう」

「あなたは、シュタインバッハと菰田大尉が殺された現場に居合わせたそうですな。そこでは、部屋の中で上海デスドールが消え、その部屋へ最初に入っていったあなたに、逃がしたのではないかという疑いが掛けられた。あれとよく似たことが起これればどうでしょうな。誰も出入りのできない部屋の中で、日本人と西洋人が死んでいて、凶器は西洋人の方にある。普通は、西洋人が日本人を殺して自殺をしたと思うのではありませんか」

「ちょっと待って下さい。それって上海デスドールが、シュタインバッハの時とよく似た殺しをするということですか」

「この魔都で、そのような殺しができるのは上海デスドールしかいません。しかも、殺される日本の軍人は、真鍋中尉だということです」

「真鍋が！」

早瀬は、愕然となる。

「英米との協調を画策している真鍋中尉が、その英米側に殺されたとなれば、それ見たことか、ヤツらは信用がならないと、戦争を起こす、より格好の口実になります」

「それって、本当のことなんですか」

「確度はかなり高いと、私は見ております」

そう言われても、俄かには信じられない。そして、それが顔に出ていたのであろう。

「軍に資金を提供している私が、どうして戦争を止めようとするのかと思っておられるのでしょうな。英米を相手に租界で戦うとなれば、租界の被害は今までの比でなくなります。もし租界が甚大な被害をこうむれば、上海の繁栄は失われ、阿片の売買にも計り知れない影響を及ぼすことでしょう。それは即ち、軍にとってもよくないということです。このことは以前から口を酸っぱくして言っているのに、未だに理解のできない輩《やから》が多い。嘆かわしいことです。要は、戦争をするなら他でやれということです」

「真鍋には直接言わないんですか」

「あのお堅い御仁が、阿片商人の言うことを聞くと思いますか。あの方が使っている軍の機密費も、私の提供した金がかなり入っているのですがね。それに、狙われていることがわかったとしても、それで上海から逃げ出すお人でもないでしょう」

確かにそうだと、早瀬も思う。

「あなたは中尉の友人で、しかも、上海デスドールのトリックを見破っているそうですな。今回も豹徳林殺しのことが新聞に出ていました。その記事の出元が『上海蛇報』の早瀬秀一という日本人であることは、私の方でも摑んでいたのです。ですから、あなたならなんとかできるのではないかと思いました。あなた、関東軍から睨まれているのでしょう。それで上海へ逃げてきた。もし止めてもらえれば、私が関東軍へ不問にするよう話を通しましょう」

「なんとかできると言われても――」

阿片商人の言い分を聞くのは、やはり釈然としないものがあったが、もし本当なら、真鍋を助け、戦争も止めたいと思う。しかし、どうすればいいのかが全くわからない。

ワインのほのかな酔いは一気に醒め、何を食べたのかさえわからない上の空状態で、早瀬は、店を出た。妖恋華が、また黄包車をとめ、二人で乗り込んでくっ付くことになったが、それさえもはっきりと自覚できない有様で、じっと考え込んでいる。妖恋華も何も言わなかった。

それで気が付くと、中国人がやっているバーの前で降ろされた。どうやら共同租界に戻ってきて、その中の華人街に足を踏み入れたようである。妖恋華の案内でバーの中へ入ると、まだ日が沈んでいないので開店前のような感じであったが、ここでも先客が待っていた。早瀬より少し若そうな中国人の男である。

「ここが最後の場所です。『春申正紙』の記者で、張成憲《ちょうせいけん》とおっしゃる方ですわ。『ルビイ』へも取材に来ておられます。顔はご存知なのではありませんか」

そういえば、見覚えはある。

しかし、妖恋華は、紹介だけすると、

「私は、そろそろ店に行かなければいけませんので、後はよろしくお願いします。飲み過ぎないで下さいね」

　と言い、

「こちらの費用は私のところへまわして下さい」

　張には、そう中国語で頼んで、一人だけ帰っていった。

　またもや事情がさっぱりわからず、早瀬は、戸惑いを隠せない表情で、張と向き合う。

「ご足労いただいて申し訳ない。実は、僕の方からあなたが退院したら会わせてほしいと、上海ピュアドールに頼んだのです。豹徳林殺しのトリック、うちの新聞にも載りましたが、あれはあなたが見破ったものですよね」

　すっかり有名人になってしまったようだと、早瀬は、苦笑を浮かべ、

「その俺に何の用です？」

　と尋ねた。

「あなたの記事は豹徳林が指甲套を使って殺したということだけなのですが、お聞きになったのは、豹が殺された状況だけですか」

　だけというのが、どういうことなのかわからなかったが、早瀬は、真鍋から聞いたことや見せられた写真のことを伝えた。

「つまり豹が館の中のどこで殺されたとか、豹と一緒にいた他の者たちがどうなったかは聞いていないわけですね」

　やはりどういうことなのかわからない。

「我々中国人の情報伝達がどのようになされているか、日本人であるあなたに言うわけにはいかないのですが、僕は、満州から伝わってきた豹殺しの状況を、上海で最初に聞いた記者の一人です。現場には郭城子にいた情報員も駆け付け、日本人が来るまでの間に、その様子を詳細に調べました。その逐一を僕は聞いています」

「――――」

「あなたが見せられた豹の死体の写真は、地面の上に転がっていましたが、豹が殺されたのはそこではありません。そして、あの館では豹以外に、七人の女性からなる親衛隊と偽者の豹も殺されていました。偽者はどうやら本物の命令で殺されたようですが、親衛隊を殺したのは上海デスドールです。彼女の顔を見ているから、生かしてはおけなかったのです。上海デスドールが潜入していた梅公一座の女たちが行方不明になっていて、それも消されたようですが、あっちは豹殺しを依頼した者が、別の連中に消させたようです」

「――――」

「まあ、そういうことで、僕は、事件現場の状況の全てを聞き、なんだかおかしいと思いましてね。それで、あなたに聞いてほしくなったのです。あなたなら、上海デスドールがどうしてそんなことをしたのかわかるのではないかと思いました。僕は、それが知りたいのです。なぜなら、殺された親衛隊の一人が僕の妹だから――」

こうして、早瀬は、豹徳林の隠れ家で何があったか、その全てを聞くことになったのである。

5

その日は、十一月の第四木曜日であった。

早瀬秀一は、一人でマヤコフビルに来ていた。

南京路側の『アラスカ』へは入らずに、四川路側へまわり、オフィス用の出入り口からビルの中へ入る。こちらにはエレベーターがないので、階段を上がるしかない。足はかなりよくなって、ステッキも必要ではなくなったが、五階まで上がるのは結構つらかった。しかし、上がっていかなければならない。

まだ昼間だが、一、二階は営業しているものの閑散としている。三、四階の倉庫もひっそりとしていた。しかも、五階にたどり着くと、五階にはアメリカ系の会社しか入っていないので、サンクスギビング・デーのこの日は休みになっていた。だから誰もいない筈なのだが――。

黒いフード付きの黒いマントをまとった人物が、休みになっているオフィスのドアの前に屈み込んでいる。鍵穴に何かを差し込んでいるようであったが、すぐにそれを鍵穴から抜いて立ち上がった。しかも、ノブをまわすとドアはスッと開いて、黒ずくめの人物は、こちらを向いた。フードを深々とかぶっているので顔は見えず、マントで体型はわからない。

しかし、

「お待ちしておりました」

という声を聞けば、早瀬には、誰だかわかった。いや、声を聞く前からわかっていたのだ。

「この広い上海で、ようやく一人に絞り込めたのですね」

妖恋華であった。

上海ピュアドールと呼ばれている。そして、それだけではなく、

「上海デスドール」

と、早瀬は呼び掛けた。

「お前は、そんな技も持っていたのか」

「はい。お師匠が呼んできた鍵師に教え込まれました。これさえあれば、大抵のドアは開けることができます」

妖恋華が見せたのは、早瀬は知らないが、プロの泥棒が使う開錠道具の一つらしい。それを鍵穴へ差し込んでいたのである。

「張氏の話を聞いて気付かれたのですね。どうしてわかったのか、私にも教えて下さいますか」

「ああ、聞かせてやるよ」

と、早瀬は応じる。

「真鍋たちは豹が殺されたことにしか注目していなかったが、中国側の調査は実に綿密だった。豹徳林が指甲套を奪われて喉を突かれた場所は、館の左翼側にあった塔の上の部屋だった。そこの寝台に括り付けられた縄が窓を通して地面にまで垂らしてあった。しかも、その部屋には手錠が残されていて、五人の親衛隊も殺されていた。そして、五人のうち四人は拳銃で撃たれていた

んだが、一人だけは撃たれただけでなく、豹と同じように指甲套で喉を突かれていた。しかも、その部屋へ入る扉は拳銃で何発も撃たれ、その挙げ句に打ち破られていた。扉には中から鍵が掛けられていたらしい。そのことから、彼らはこう考えた」

「────」

「おそらく、最初、部屋の中にいたのは、豹と手錠を掛けられた上海デスドールに、三人の親衛隊だったと思われる。なぜなら拳銃で撃たれた四人のうち、二人は寝台の上に倒れていたからだ。そこには大きな血溜りがあった。豹徳林の喉から噴き出たものだ。豹は、上海デスドールに指甲套を奪われ、喉を突かれて寝台へ倒れ込み、そこへ二人の親衛隊が駆け付けた。一方、上海デスドールは、その後、同じ指甲套でもう一人の親衛隊も突き刺し、そいつの拳銃を奪って豹に駆け寄っていた二人を撃った。手錠をされたままで、どういうふうに撃ったのかまではわからないが、凄い腕前だったんだろう。そして、上海デスドールは、手錠を外し、残りが少なくなっていた拳銃は捨てて、豹の側で倒れた二人から拳銃を奪い、三人の親衛隊にトドメを刺した。どうしてそれがわかるかといえば、親衛隊の拳銃は六連発だが、捨ててあった拳銃は二発残っていた。それなのに、寝台で倒れた二人には三発浴びせられ、喉を切られた親衛隊も一発撃たれていた。だから、最初、二人に二発ずつ浴びせ、拳銃を変えて三人に一発ずつ撃ったことになるんだ」

「────」

「それから上海デスドールは、部屋にあった縄を使って、豹と一緒に窓から地面に下りた。豹と同じく指甲套でやられた親衛隊が、拳銃でトドメを刺されていることからして、この時、豹も、まだ死んでいなかったと思われている。豹は、二度、喉を刺されているが、外にいた連中がドアを打ち破ろうとしていたんで、まず塔から出て二度目を刺したと、彼らは考えているんだ。そして、上海デスドールは、一階の窓ガラスを破って館の中へ戻り、塔の上の部屋へ行って、ドアを破っていた四人の親衛隊のうち、二人をそこで撃ち殺した。それで残りの二人には追い掛けられ、上海デスドールは、館を飛び出して裏庭の川べりにまで逃げ、そこで二人を撃ち殺し、二人は川へ落ちたか、落とされたようだ。当日は激しい雷雨があって痕跡がわかり難くなっているのだが、川べりに争ったような痕が残っていて、上海デスドールが使ったと思われる二丁の拳銃のうちの一丁が、その川べりに落ちていたそうだ。それに、そもそも事件が発覚したのは、二人の死体が礫河と合流して郭城子の近くまで流れてきたところを発見されたことが発端になっている」

そして、川で見つかった二人の親衛隊のうちの一人が、張成憲の妹であったらしい。

「しかし、ここまで綿密に調べ上げた彼らがわからなかったのは、どうして豹徳林を塔の上から下の地面にまで持っていったのかということと、二人の親衛隊を川へ流したのかということだ。親衛隊を全員殺したのは、上海デスドールの顔を見ているからだろう。それなら扉の外にいた四人は、どうせ中へやって来るのだから、待ち伏せて撃ってもよかった筈だ。上海デスドールの銃の腕は、相当なものだったんだからな。なのに上海デスドールは、一旦、地面に下り、しかも豹を一緒に連れて行くという面倒なことをして、さらにそこから館の中へ戻るというややこしいことをしている。そして、塔の上の部屋へ戻っても、二人を仕留めただけで逃げ出している。上海デスドールが持っていた二丁の拳銃のうち、一丁は残り一発になり途中で捨ててあったが、もう一丁は弾が充分に残っていた。しかも、追い掛けた方は途中で弾を新たに詰めていたようで、あいつの腕なら、いくらでも仕留められた筈なのに、どういうわけか、川べりまで逃げている」

「――――」

「俺は、それを聞いて、ハッと思い付いた。豹徳林が塔の上から下ろされたのは、豹を落としたということじゃないのかと――。つまり以前、新聞に載った『豹徳林、没落』の記事だよ。あれは中国語だと、豹は落ちてない、まだ降参してないということを意味していた。しかし、豹は上海デスドールにやられた。それをあの記事に引っ掛け、『豹徳林、落』――つまり落ちてしまったといいたかったんじゃないかと思った。しかし、あれは『春申正紙』の記事だから、あれを読んでいる人間はたくさんいる。これだけで一人に絞ることはできない。そこで、川だ。豹徳林に関する記事があって、川に二人の人間が放り込まれたということになれば、『ルビイ』でアイルランド人の事件が起こった時のことを思い浮かべずにはいられない。あの時、犯人だった二人のアイルランド人は、『ルビイ』の警備員によって蘇州河へ放り込まれた。しかも、二人が見破られるきっかけになったのが、『没落』の記事だ」

「秀一さんが見破ったのでしたね」

「豹徳林が塔から落とされたことと、二人の親衛隊の死体が川で見つかったことは、あの出来事の見立てだったんだ。そして、『没落』の記事と二人が川へ放り込まれたことの関係を知っているのは、俺と、あの時、俺を暴行したヤツら、菰田と警備主任に警備の連中、それに、お前だ。お前自身がそう言っていた。しかも、お前は俺に暴行のことを口止めさせたから、俺は、『没落』の件を記事にしなかった。但し、菰田や警備のヤツらが他でそのことをしゃべったという可能性はある。しかし――」

「あの人たちは秀一さんを犯人扱いにして、秀一さんの指摘で間違いだと知らされた。いわばあの人たちの失点、汚点です。その失点を、しかも、秀一さんの手柄になるようなことを、あの人たちがわざわざ他人に話すわけはない。でも、私が他で話した可能性もありますね」

「俺に口止めしたお前が話したとは思えないが、可能性としてはある。だが、『没落』の件が外へ洩れていれば、俺は、あれだけ『ルビイ』に出入りしているんだ。誰かがそのことを言ってきてもよさそうなものだ。あの雑用係なら、真っ先にそうするだろう。しかも、普通その件が洩れていれば、まずは俺がしゃべったと疑われる筈だ。そしたらビヤ樽主任と警備の連中が文句の一つも言ってくるか、有無も言わさず蘇州河へ放り込んだかもしれない。しかし、未だにそういうことはない。つまり洩れていないってことだ。だから『没落』と川のことがわかるのは、あの場にいた人間だけ。そして、上海デスドールは女だ。あの場にいた女は――」

「私だけ。しかも、私は、秀一さんから見立て殺人を扱った探偵小説を借りて、こんな殺し方があるのだということを知っている」

妖恋華は、フードの奥から、じっとこちらを見ているようであった。

「お見事ですわ。その話をもう張氏になさったのですか」

「いや」

と、早瀬は、首を振った。

「その前に、自分で確かめずにはいられなかった」

「それで今日ここへ来られたのですね。アメリカ人が真鍋様を殺したように見せ掛けるには、今日の密談場所ほどうってつけのところはない。でも、ここがわかったということは、私が密室の中でどうやって二人を殺そうとしているかも見抜かれたのですね」

「このビルの中については、この前、お前が話してくれた。密談場所となっている五階の様子は、特に詳しくだ。警備員が見張り、窓もない密談場所へ侵入するのは天井の換気孔を使うしかなく、そこへ入るには屋上に上がるしかない。しかし、四階の事務所から上がるのは無理。では、どうするか。それについては、このビルにちょうどいいものがあった」

「――――」

「このビルは四川路側の三、四階の壁に、マリエナの巨大ポスターが掲げられている。三、四階の壁には窓がなかったんだ。だから南京路に面している『アラスカ』の方は、そっちに窓を設けることができるけど、南京路の奥側に当たる、こっちのオフィスでは、一、二、五階は、四川路側に窓を設けることができるのでオフィスとして貸し出されているものの、ポスターがある三、四階は窓がないから倉庫になっている。だから、この五階にあるアメリカ系の会社のオフィスも、四川路側に窓がある。その窓の下は、マリエナのポスターだ。ポスターは風雨に晒されても傷まないように、額に入れられている。普通の人間なら立つこともできない狭い幅で、たとえ立てるだけの幅があったとしても、普通の人間は四階の高さに脅えて立つことなどできない。しかし、サーカスの経験があるお前は立つことができる。それどころか、それを伝って屋上へ上がることも、お前ならできる」

「――――」

「お前は、ここのオフィスに忍び込み、窓から屋上に上がって天井裏へ入り、そこから五階の密談場所へ行くつもりだ。でも、部屋の天井からいきなり現われたら、いくらなんでも中の二人は驚くだけでなく、警戒する。だからお前は、一旦、廊下へ下り、部屋のドアを叩いて、真鍋を呼び出す。何か異変があったとでも言ってな。お前を殺し屋とは知らない真鍋は、お前が来るのはよほどのことがあったと思い、ドアを開けるだろう。そこでまず真鍋を殺し、次いでアメリカ人も殺して、凶器はアメリカ人に握らせておく。そして、お前は部屋に中から鍵を掛け、天井の換気孔から脱出するんだ。換気孔の蓋は部屋も廊下も元へ戻し、再びマリエナの巨大ポスターを使って、このオフィスへ戻ってくる」

「でも、私が真鍋様に言った日を今日だと、よくわかりましたね」

「たとえば日曜日なら、このオフィスは休みで忍び込むことはできる。でも、窓から出たりすれば、マリエナのポスターは今や上海名物の一つだ。このポスターを見ていく人間は多い。日曜日となれば尚更だ。ポスターを使って屋上に上がるお前の姿が見られてしまう可能性が高い。だが、今日はサンクスギビング・デー。アメリカの祝日だ。やはりこのオフィスは休みで、アメリカの祝日には海兵隊の軍楽隊が租界を行進する。そして、彼らはこのビルのところまで来ると、マリエナに敬意を表して立ち止まり、『ペルシャン・マーケット』を演奏する。マリエナが十八番にしている曲だ。それが、あのポスターができてからの恒例になっている。だから軍楽隊がいる間、人々はそちらを見ていて、ポスターには注目しない。今、ここの一、二階のオフィスも閑散としているのは、もうすぐやって来る軍楽隊を見にいっているからだ。お前は、それを利用して屋上を行き来するつもりなんだ。『ペルシャン・マーケット』の演奏時間は、およそ六分から七分。しかも、人々は軍楽隊が近付いてくる時や遠ざかっていく時も、しばらくはそっちに注目しているだろうから、もう少し時間はある筈。お前なら充分にやれるだろう。それでも時間は短くしたいから、屋上にある換気孔への出入り口は前もって夜中にでも忍び込み、鍵を外してあるんじゃないか」

「素晴らしいです」

妖恋華は、妖しく微笑んでいた。

「さすが秀一さんです。全てお見通しですね」

「お前がそう仕向けたからだ」

早瀬は、苦渋の表情を浮かべた。

「お前が『アラスカ』へ連れて来て、密談の件とこのビルのことを話し、勝見や張に会わせたからだ。お前は、今までもそうだった。赤死病や洛神亭の時は、自分でトリックを実演してみせた。上海デスドールの情報をまず鄭将国に聞いたのもそうだ。あいつの情報は、趙老人がネタ元だった。実際、あの老人の方が、伍癌や専技処のことをよく知っていた。お前は、あの老人とも知り合いだったんだから、最初からあっちに話を聞いていればよかった筈なのに、わざわざ鄭に会わせた。あれは鄭を殺した時に、俺たちを最初に現場へ駆け付けさせようとして、鄭と面識を持たせたんだ。俺たちが上海デスドールを追っていると向こうにわかれば、事件が起こった時、秘書が警察より先に俺たちへ連絡してくると見たんだ。秘書にそう仕向けていたのかもしれない。なにしろ警察は信用できないし、中国人を差別する。だから、俺たちの方へ連絡させた。そうすれば、密室となっている現場の状況を手付かずのままで見せることができる。警察が先に乗り込んでいれば、どれほど荒らされるかわかったものじゃないからな。そうやって推理をしやすいようにさせたんだ」

「――――」

「そして、お前は俺をあの老人にも会わせた。それで先に鄭に会わせたことをおかしいと俺が思えば、そこから上海デスドールの正体に気付くかもしれないと考えたんだろう。しかも、お前は、悩ましい衣装でわざとゴロツキどもを挑発し、上海デスドールを男だと思っていた俺に女でも男が倒せることを見せ付けたばかりか、細長い絹の使い方にも俺の注意を惹かせた。そして、トドメが豹と親衛隊のことだ。あいつらを殺すのに、わざわざ『没落』の記事とアイルランド人殺しの見立てをやってみせた。どうしてそんなことをする！　これじゃあ見抜いてほしいと言っているようなものじゃないか」

「はい。見抜いてほしかったのです」

妖恋華は、淡々と答えた。

「殺し屋をやめたかったのか。だったら素直にそう言えよ。いや、その前に師匠の言うことなんか聞くな。そいつのところから逃げ出せばいいじゃないか」

「それはできません」

妖恋華は、きっぱりと否定した。

「私は、お師匠に造られた殺人人形。その命に従い、言われた殺しはきっちりとやり遂げることが私の全て。そのことは私の身体の隅々に沁みついています。それに親を知らない私を育て、いろんなことを身に付けさせてくれたのも、みんなお師匠」

そう言って、妖恋華は、小さい頃から教わってきたことを話した。

それを早瀬は、

「みんな人殺しのためなんだろう」

と否定したが、

「歌や踊りも教えられたおかげで、租界の華やかな舞台に立てたことは事実です。そして、いろんな国の人とも話をすることができました」

妖恋華は認める。

「そうした恩を忘れることはできません」

「だったら、どうしてこんなことをするんだ」

「お師匠は、西太后の言葉を覚えている溥儀皇帝が、いずれは自分を満州へ迎えて、専技処を復活させてくれると信じています。お師匠には殺し屋を育てることしかできないから。それで上海で殺しをやり、満州へ金を送り続けましたが、なかなかいい知らせが来ません。私は、お師匠が利用されているのだろうと思いました。しかも、お師匠は、いい知らせが来ない焦りと苛立ちから阿片に溺れるようになり、身体が弱ってきました。それでも、お師匠は夢を見続けています」

「それで殺しを終わらせようとしたのか」

「上海デスドールが不可能な状況の中で殺しをやってきたのは、勿論、お師匠によってそういう殺し屋に育てられたからです。しかし、それだけが理由ではなかった。前に秀一さんは、そんな状況の中で殺しをやる理由を三つ挙げましたね。誰かに罪をかぶせるか、自殺に見せ掛けるか、自分を特別な殺し屋と思わせたいか」

「――――」

「私は、それ以外の理由に気付いたのです。正体を悟られずに殺すなら、そうしたことをしないで、普通に殺した方がいい。それなのに、密室での殺しや消失といったトリックを弄すれば弄するほど、それをできた者が限られてしまい、自ずと犯人が絞られてくる。赤死病の事件では、柱時計に上がって脚を広げられる者。洛神亭の事件では、細長い絹を昇り降りできる者。そして、豹殺しでは、指甲套という特殊なものを使ったばかりに口の中を切ってしまう。そういうことです」

「なんだって、犯人を絞り込ませるために密室や消失をやるだと――」

「ですから、私は、いろんなトリックを使い、不可能な状況の中で殺しをやってきました。そうすれば、私は、お師匠に命じられた殺しをきっちりとやり遂げながら、その一方で誰かが私に気付いてくれる。そう思ったのです。そして、これはと思った方にはそれとなく気付きやすいようなヒントも出してきました。しかし、誰もトリックを見破ることができなかった。勿論、私に気付くことも――。そうした時に、秀一さん、あなたと出会ったのです。あなたは、『没落』の記事からアイルランド人殺しの犯人を見破った。それでもしやと思い、赤死病のパーティーへ連れて行くと、そこで私が消えたトリックも見抜いた」

「だから俺をあっちこっちへ引っ張りまわして、ヒントを出し続けたわけか。競馬場や麻雀カジノへ連れて行ったのも、鄭の秘書と踊り子を依頼者だとわからせようとしたんだろう。お前は、伍癌と一緒に現われた時、二人に声を聞かれていた。俺の知っている限り、上海ピュアドールでいる時、天蘋とは言葉を交わしていなかったが、陸には競馬場や麻雀カジノで声を聞かれている。だから、陸なら気付いているかもしれないと思っていたんじゃないか。もしかして陸と天蘋に自分の声を聞かせたのも、わざとか」

「声を出したのは偶然です。お師匠が殴られそうだったので、止めようとしただけです。確かにもし声を覚えていて、ハリウッドへ行きたいという二人の意志が強ければ、私のことを言うかもしれないと思ったのですが、拳銃を出してきた時点で、それはないとわかりました」

「なんて面倒なことをするんだ。そんなまわりくどいことをするから、今までに何人も死なせてしまったんじゃないか。変な理屈などこねず、素直に自分だと言っていれば、少なくともあの二人は死なせずにすんだ筈だ」

早瀬は、思わず妖恋華を責めたが、妖恋華は、表情を変えず、

「それは、秀一さんも同じではありませんか」

と言ってきた。

「同じって、どういうことだ」

「秀一さんも気付いていたのでしょう。洛神亭のトリックを暴いた時には、私がゴロツキどもを倒したことと併せて、かなりの疑いを持ち、上海デスドールの声で問い詰められた陸という秘書が私を見ていたことで確信を抱いた筈です」

「容疑者の一人だと言ってたじゃないか。犯人自身が自分のやったことを実演するとは思わないさ。しかも、自分だと特定させるために不可能な状況での殺しをやるなんて――」

「いいえ。秀一さんは、気付いていながら昔の失敗にこだわり、それを繰り返すことばかりを恐れて、そうした確信から遠ざかろう遠ざかろうと、逃げていたのです。目を背けていたのです。素直に指摘していればよかったのに、面倒でまわりくどいことをなさった。そのせいで死なずにすんだ人を死なせてしまいました」

「くっ」

「もうすぐ『アラスカ』の前には、真鍋中尉がやって来ます。私の正体がわかったのですから、中尉のところへ行って、真相を話してくればいいのです。あの人なら、秀一さんの話をきちんと聞いてくれます。そして、アメリカの情報員まで巻き込まれることになっているのですから、中尉から連絡を受けた租界の警察も、いい加減な対応はしないで、しっかりと私を捕まえるでしょう。私はここにいます」

早瀬は、じっとしていた。

「どうしたのです。そうすればお友達を助けることができて、租界へ攻め込もうとする軍の暴走も止めることができるのですよ」

わかっている。そんなことはわかっている。それでも、早瀬は、なかなか動くことができず、

「捕まったら、お前はどうなる」

と聞いていた。

「私のことを心配なさっているのですか。私は、当然、処刑されるでしょう。その前に拷問を受けて、背後関係やお師匠のことを吐けと言われることになります」

「お前、拷問されるのか。でも、そうなれば伍癌も捕まるぞ。それに『ルビイ』だってどうなることか。あの店の連中はお前の正体を知らないんだろう」

「私はどんな拷問を受けようとも、何も話しません。お師匠は青幇の庇護下にいます。以前、青幇の依頼を受けて、邪魔者を何人か殺したことがあるのです。青幇は敵や裏切り者には容赦しませんが、受けた恩を仇で返すようなことはしません。青幇はお師匠を匿い続けます。おそらくお師匠は、私を失ったことで専技処復活の夢もなくし、がっくりすることでしょう。それで阿片にますます溺れ、死んでいくと思います。でも、それでいいのではありませんか。もう人を殺すことはできないのですから――」

「――」

「それに、私が自白を強要されることはないと思います。上海デスドールに殺しを頼んできた者の中には、租界の幹部もいます。日本や欧米の軍、情報機関の関係者もいます。そうした人たちは累が及ぶのを恐れ、警察に圧力を掛けて事情は明るみにしないまま、さっさと処刑させるでしょ

う。ですから『ルビイ』も安泰です。『ルビイ』が怪しいということになれば、『ルビイ』に来て、私と親しくしていた客はどうなるのかということになり、これも圧力が掛かって『ルビイ』は無関係ということでおさまります。私が拷問されるのは、今までの鬱憤晴らし、それで責め殺される確率が高いでしょうね」

「――――」

「さあ、どうなさったのですか。止めなければ、私は行きます。それで、あなたのお友達は殺されます。そして、私の正体を知ったあなたをお師匠が殺せと命じれば、私はあなたも殺します」

早瀬の脳裏に、ある光景が浮かぶ。

妖恋華が、真鍋と落ち合い、二人して『アラスカ』へ入る。そして、真鍋は、密談場所へ行き、妖恋華は、軍楽隊を見ると言って『アラスカ』を出ていく。早瀬が駆け付けたのは、軍楽隊が去っていった後だ。五階へ行くと、すでに真鍋もアメリカ人も殺されていて、日本の憲兵隊がアメリカ人の仕業だと喚く。しかし、早瀬は、上海デスドールのトリックをどういうわけか指摘することができず、憲兵隊は、勝ち誇ったかのように笑うのだ。しかも、そこへ妖恋華も姿を見せ、早瀬を責める。

そんな光景だ。

だから止めなければならない。そんなことはわかっている。わかっているのだ。しかし、一歩が踏み出せない。

「それにたとえ今、上海で戦争が起こるのを防ぐことができても、大きな戦争へ向かう流れを止めることはできないでしょう。そういう時代がすぐ近くまで来ていて、そこでは上の命令で誰でも殺す殺人人形がたくさん出てきます。何万、何十万、いえ、何百万、何十万と出てくるかもしれません。そうなれば、たった一人の殺人人形を悠長に捜していることなど、もうできなくなりますよ」

「なんだと――」

「――」

「お前、俺が真鍋を『ルビイ』へ連れて行った時には、もうあいつを殺せと言われていたのか。そして、それをおくびにも出さず、俺を騙し、真鍋をたらしこんで、サンクスギビング・デーのこの日に、密談をさせるように仕向けたのか」

「はい。秀一さんが真鍋様を連れて来た時にはさすがに驚きました。知り合いとは思ってもいませんでしたから――。でも、これは好都合だと、すぐにほくそ笑みました」

「だったら、これもそうか。赤死病の事件の時、俺は、黒の部屋でお前に襲われ、倒れるところを抱き止められた。俺は、それで何かに気付いたように思いながら思い出せなかった。お前が俺に下着姿を見せて挑発したり、よくくっ付くようになったのも、それを思い出させようとしたからなんだろう。あの時の感触を――。でも、俺は、お前の色香に惑わされて思い出せなかった。さぞかし愚か者だと軽蔑していたんだろうな」

「その通りです。いやらしい人だと心底から思っていましたわ。しかも、私があなたにおごったお金は、殺しの依頼料から出ていたものですよ。入院費もそうです。なのに、あなたはそれでいい服を着て、いいものを食べ、喜んでいた。入院費のことは感謝していた。馬鹿な人だと思っていました」

「くそっ」

「これだけ言われて、まだ動かないのですか。そこまで意気地なしとは思いませんでした。謎を解く力はあっても、男としてはやはり全然ダメだったのですね。そんなあなたを頼りにしてしまった私が愚かでした。命が危ないとわかっていても信念を貫く真鍋様の方が、ずっとずっと魅力的です。もうあなたを頼りません。これから、その真鍋様を殺してきます」

妖恋華は、そう冷然と言い放つと、早瀬の横をサッとすり抜け、階段へ向かった。

「させるか！」

早瀬は、ようやく足を踏み出し、背後から妖恋華の肩に手を掛けた。

それで止められるとは思っていない。なにしろ何人もの男たちをあっという間にやっつけてしまうのだ。かなうわけがない。あの身のこなしで逆襲に遭い、苦もなく倒されてしまうだろうから、このまま必死にしがみ付き、たとえ殺されようとも絶対に離さない。そんなことを考えていた。

だから、この後、『ルビイ』で暴行された時のような痛みが、いや、それ以上のものが襲ってくることも覚悟して、思わず目をつぶったのだが――。

ドサッ！

という音がして、早瀬の手から妖恋華の感触がなくなった。

（なんだ）

目を開けた視線の先に、信じられないものが映った。

黒の部屋で見た中身のない赤死病の衣装を思い起こしてしまう。

妖恋華が、しおれた花のように、床の上にくずおれていたのである。

6

「どうした！」

と、早瀬は叫び、傍らに屈み込んで、抱き起こした。

その拍子に、かぶっていた黒いフードがハラリと取れる。

それで顔が露になったのだが、早瀬は、思わずハッと息を呑んだ。フードのせいか、話の展開に注意を奪われていたせいか、今まで気付かなかったのだが、寒い十一月の暖房もしていない廊下だというのに、妖恋華の人形のような美貌に、びっしりと汗が浮かんでいた。しかも、息が荒い。

「お前、どこか悪いのか」

その時、早瀬が手を添えた相手の腰の辺りに、ヌルっとした感触を覚えた。それでその手を離し、自分の顔のところへ持ってくると、手に赤いものが付いている。

血であった。

マントを見ると、その部分も濡れていた。それでマントをはだけさせると、その下に着ていたスーツの上着も濡れていて、それもめくると白いブラウスが赤く染まっている。

「どうしたんだ、これは――」

「二人の親衛隊を、川まで、おびき出そうとした時、撃たれて、しまいました」

声も苦しげである。

「お前を川まで追っていった二人は、途中で弾切れになったそうじゃないか」

「それを待っていて、やられたのです。上海デスドールとしたことが、不覚でした」

「治療はしなかったのか」

「上海へ戻る手筈を、整えてくれた連中と会った時、近くの医者で、取り敢えず応急措置だけ」

「上海へ戻ってからもしてないのか」

「だから、弾が残ったままで、なんとか我慢していたのですけど――」

「ダンスなんかしていたら、傷がふさがらないだろう。そうか。真鍋と一緒にお前の舞台を見た時、お前の顔に汗が光って、息も乱れていたのは、口の怪我よりも、そっちの痛みに耐えていたからなんだな。そういえば、あの時、租界の幹部とかいうヤツが、ダンスの衣装のことを言っていた。アラビアン・ナイトみたいな、マタ・ハリのような衣装を着なくなったのは、肌を出して傷を見られてしまうのを避けていたのか」

「はい」

「それで、とうとう傷口が開いてしまったんだな」

「内臓が傷付いたのかもしれません」

「いつからだ。出血したのは――」

「このビルの階段を上がっていた時――」

「それなのに、鍵を開けていたのか」

「秀一さんなら、必ず来ると、信じていました」

「なんてことだ。どうしてきちんと治療をしなかったんだ」

「満州でもし入院にでもなれば、豹殺しとの関係が、疑われていたかもしれない。それは、上海でも同じこと」

「自分の正体を見破ってほしかったんだろう。殺しをやめたかったんだろう。なら、それでいいじゃないか」

「それでは、いけない」

「どうしてだ」

「あなたに、見破ってほしかった。だから、あなたに、早く会って、豹殺しを、どう推理するか、聞きたかった。でも、日本の捜査は、不充分だった」

「それで『春申正紙』の記者を紹介したのか」

「覚えていますか。上海を離れる前、あなたに、とても高く売れるネタを、提供したいと、言いました」

「ああ、そう言ってたな。お前にばかり頼るわけにはいかないから、別にないならそれでいいと思っていたけど——。それが、上海デスドールを一人に絞るネタだったというのか」

「だから、豹の隠れ家の側に、川が流れているとわかり、西太后に扮した豹と、塔の上で会うとわかって、どうしても、やりたかった。あの見立てを——。あれがわかるのは、あなただけだから——。うまく、やったでしょう。塔の上からは、落としたし、ちょっとヘマはしたけど、二人とも、川へ、放り込んで、やった」

「お前、そこまでして——」

「秀一さんに、見抜いてほしかった」

「病院へ行こう」

早瀬は、妖恋華を抱え上げようとした。

しかし、妖恋華は、

「ダメ」

と制する。

「私は、お師匠の、命を、果たさなければ、ならない」

「なんてややこしいヤツなんだ。お前、殺したいのか止めてほしいのか、どっちだ」

「よく、わかりません。だから、私と、あなたは、似た者、同士。あなたも、私を、どうしたいのか、わからなく、なっている」

その時、遠くから軍楽隊の音楽が聞こえてきた。『星条旗よ永遠なれ』だ。

「ああ、もうすぐ、『ペルシャン・マーケット』が、始まる。そうなれば、お師匠の、命を、果たせない」

妖恋華が、ビルの外の方へ目をやり、苦しそうに喘ぐ。

「もういい。やるな」

妖恋華は、早瀬に目を戻した。

「ごめんなさい。汚い金で、あなたに――」

「それもいい」

「あなたと、過ごした時が、楽しかった。楽屋でのこと、競馬場や、麻雀のことも――」

「お前、あれが楽しかったのか」

すると、妖恋華が、

「抱いて――」

と言ってきた。

もう人形のような表情は崩れて、苦痛の中に、切なげな色を精一杯滲ませている。

「しっかりと、抱いて、離さ、ないで――」

「恋華！」

「初めて、その名で、呼んで、くれましたね」

妖恋華は、必死に微笑もうとして、

「恋華！」

早瀬は、もう一度、そう呼び掛け、その身体を抱き締める。

そして、どれくらいの時間が経ったか。
軍楽隊の音が、すぐ近くで響き渡っていた。
曲は、『ペルシャン・マーケット』。

【著者】獅子宮敏彦（ししぐう・としひこ）

奈良県生まれ。龍谷大学卒。2003年に「神国崩壊」で第10回創元推理短編賞を受賞。主な作品に『砂楼に登りし者たち』『神国崩壊 探偵府と四つの綺譚』『君の館で惨劇を』『アジアン・ミステリー』など。

ミステリー・リーグ

上海《シャンハイ》殺人《さつじん》人形《ドール》

●

2017年4月24日　第1刷

著者…………獅子宮敏彦《ししぐうとしひこ》

装幀…………川島進
装画…………加藤木麻莉

発行者…………成瀬雅人
発行所…………株式会社原書房

〒160-0022 東京都新宿区新宿 1-25-13
電話・代表 03（3354）0685
http://www.harashobo.co.jp
振替・00150-6-151594

印刷…………新灯印刷株式会社
製本…………東京美術紙工協業組合

ISBN978-4-562-05399-5, Printed in Japan